Das bittere Gift der Zwietracht

Bhavya Heubisch

Das bittere Gift der Zwietracht

Volk Verlag München

Covermotiv: Adobe Stock – stock.adobe.com/Lazy_Bear

Die Deutsche Bibliothek verzeichnet diese Publikation in der Deutschen Nationalbibliografie; detaillierte bibliografische Daten sind im Internet über https://portal.dnb.de/ abrufbar.

© 2023 Volk Verlag München
Neumarkter Straße 23; 81673 München
Tel. 089 / 420 79 69 80; Fax: 089 / 420 79 69 86

Druck: Pustet, Regensburg

Alle Rechte, einschließlich derjenigen des auszugsweisen Abdrucks sowie der photomechanischen Wiedergabe, vorbehalten.

ISBN 978-3-86222-464-7

www.volkverlag.de

Fanfaren

„Lasst mich durch!" Mit beiden Ellbogen kämpfte sich Johann Balthasar Michel durch die Menge, die sich vom Schrannenplatz Richtung Karlstor schob. Ganz München schien auf den Beinen, um den neuen Kurfürsten Max Joseph willkommen zu heißen, nachdem der ungeliebte Karl Theodor endlich das Zeitliche gesegnet hatte.

Dumpf tönende Kanonenschüsse, zu Ehren Max Josephs von der Bürgerwehr auf der Giesinger Höh abgefeuert, erschütterten die Luft.

„Gleich muss er da sein", keuchte ein Mann, drängte sich rücksichtslos nach vorn und trat dabei Michel mit seinem Nagelschuh heftig auf den Fuß.

„Pass doch auf, du Depp", fauchte Michel und schob sich weiter. Nahm nur flüchtig wahr, wie prächtig sich die Stadt herausgeputzt hatte. Bürgerhäuser waren mit Girlanden aus Tannengrün geschmückt, weiß-blaue Fahnen wehten aus den Fenstern, buntbestickte Tücher zierten die Fensterbänke. Immer mehr Schaulustige strömten aus den Gassen. Michel wurde ständig angerempelt, das Stimmengewirr um ihn herum war ohrenbetäubend.

Endlich, als die Glocken des Liebfrauendoms, der Peters- und Heilig-Geist-Kirche ihr Willkommensgeläut anstimmten, Fanfarenklänge den Einzug des Kurfürsten ankündigten, hatte Michel es bis vor zum Karlstor geschafft. Schon rollte die prächtige, mit Blumen und Bändern geschmückte, von edlen Rössern gezogene Kutsche durch das Tor. Im offenen Wagen saß Max Joseph und winkte huldvoll in die Menge. Wie aus einem Munde erschallten Vivatrufe. Frauen hoben ihre Kinder hoch, Männer schwenkten die Hüte, um ihren neuen Landesherrn zu begrüßen.

Als Max Joseph sich von seinem Sitz erhob, kannte der Jubel keine Grenzen mehr und ließ die Willkommensworte der Stadtdelegierten untergehen, die ihm die vergoldeten Stadttorschlüssel übergaben.

Eine junge Frau, von den Schaulustigen fest an Michel gedrückt, betrachtete mit glänzenden Augen den Kurfürsten, das prunkvolle Gefährt, die edlen Rösser.

„Was für ein Weib!", durchfuhr es Michel. Eine feingewirkte Haube bedeckte ihr Haar, eine widerspenstige Locke fiel ihr in die Stirn. Aus ihrem ebenmäßigen Gesicht blitzten braune Augen hervor, ihre vollen, leicht geöffneten Lippen erschienen ihm mehr als verheißungsvoll.

Er wollte sie gerade ansprechen, als sich eine Nonne mit ihren Zöglingen zwischen sie schob. Die weiß gekleideten Mädchen näherten sich der Kutsche. Mit einem tiefen Knicks überreichte eines der Kinder Max Joseph einen Blumenstrauß.

Der Kurfürst hob die Hand und bat um Ruhe. Schlagartig wurde es still. Nur seine Bologneser Hündchen kläfften.

Wie zufällig presste sich Michel an die Schöne. Er staunte nicht schlecht, als sein Trinkkumpan, der Brauer Pschorr, an die Kutsche trat. Noch ehe der Kurfürst mit seiner Ansprache beginnen konnte, streckte der Pschorr ihm die Hand hin und sprach so laut, dass alle es hören konnten: „Gott sei Dank, dass Ihr endlich da seid. Jetzt wird alles gut."

Michel lächelte in sich hinein. Nicht schlecht, sich gleich an den Kurfürsten ranzuwanzen.

Max Joseph beugte sich aus dem Gefährt. „Ein guter Landesvater will ich dir sein. Dir und allen Bayern."

Erneut brandete Jubel auf, die Klänge der Fanfarenbläser vermischten sich mit Hurrarufen, Böllerschüsse durchschnitten die Luft.

Ein Pferd, durch die Schüsse aufgeschreckt, scheute und bäumte sich wiehernd auf.

Mit aller Kraft umklammerte einer der Herolde das Zaumzeug, versuchte vergeblich, das Tier zu beruhigen. Ein heilloser Tumult entstand, panisch versuchten die Menschen, dem Pferd auszuweichen. Der Schönen donnerte ein Ellbogen gegen die Stirn, ihre Haube fiel zu Boden. Geistesgegenwärtig hob Michel die Haube auf und zog, während er sich einen Weg durch die Menge bahnte, die junge Frau hinter sich her. In einer Seitengasse blieben sie stehen.

Mit roten Wangen fasste die Frau ihr dichtes, braunes Haar zusammen und griff nach ihrer Kopfbedeckung. „Dank dir recht schön. Gott sei Dank sind wir heraus aus dem Gewühl. Hoffentlich ist dem Kurfürst nix passiert."

„Das glaub ich nicht", beschwichtigte Michel und dankte im Stillen dem Himmel für den Aufruhr. „Bestimmt ist er schon zur Maxburg unterwegs."

„Dank dir noch einmal." Die junge Frau drehte sich um und wollte gehen.

„Wart doch", hielt Michel sie zurück. „Wie heißt du denn?"

Nach kurzem Zögern antwortete sie: „Die Katharina bin ich."

„Wenn du willst, begleite ich dich noch ein Stück."

Sie schüttelte den Kopf. „Den Weg find ich schon allein."

Auf keinen Fall wollte Michel sich jetzt schon von ihr trennen. Ihre schlanke Gestalt, ihre braunen Augen hatten es ihm angetan. „Das glaub ich dir gern. Aber zu zweit geht sich's besser."

„Hartnäckig bist nicht schlecht. Also gut, dann kommst halt ein Stück mit. Und wer bist du?"

„Der Johann Balthasar Michel. Aber alle nennen mich nur Michel."

Als sie ihn von Kopf bis Fuß musterte, wünschte er, er hätte statt der einfachen Jacke den Gehrock angezogen.

„Und was machst so?", forschte Katharina weiter, während sie durch die Gasse schlenderten und dabei immer wieder von Fußgängern zur Seite gedrängt wurden, die nach dem Spektakel wahrscheinlich nach Hause oder auf eine zünftige Maß in eine Wirtschaft wollten.

„Mal das eine, mal das andere", wich er aus.

„Hast keine anständige Arbeit?"

„Frag doch nicht so viel. Erzähl mir lieber, was du so machst."

Katharina blieb stehen. „Mit einem, der nix Anständiges arbeitet, red ich nicht."

Die resolute Art, mit der sie ihm Paroli bot, imponierte ihm. Und er spürte, dass er ihr, obwohl sie so forsch daherredete, auch nicht grad zuwider war. Er sah es an ihrem Lächeln, dem Aufleuchten ihrer Augen. Und warum sollte er es ihr nicht erzählen? „In Mannheim bin ich ein angesehener Pferde- und Weinhändler gewesen."

„Und was machst in München?"

Ein paar Soldaten torkelten aus einer Weinschänke, taxierten Katharina mit begehrlichen Blicken. Rasch zog Michel sie weiter. „Sind unsichere Zeiten, mit dem ständigen Krieg. Einmal fallen die Franzosen über uns her, dann wieder die Österreicher. Weißt nicht, wann sie dir die Pferde einziehen. Für den Krieg wollt ich meine Tiere nicht hergeben und hab das Gestüt verkauft. Soll sich ein anderer darum kümmern. Später hab ich in Augsburg gewohnt. Aber in München gefällt's mir besser. War früher schon öfters in der Stadt und hab einige Freunde hier. Ich mag die Kaffeehäuser, die Wirtschaften. Und Theatervorstellungen gibt's auch mehr als genug."

Da Katharina ihm aufmerksam zuhörte, fuhr Michel, der sonst nicht gerne über sich redete, fort: „Weißt, was ich vorhab?"

„Was denn?"

„Eine eigene Weinwirtschaft will ich aufmachen. Mit dem besten Wein, den man trinken kann." Das Lächeln, mit dem sie ihn nun anblickte, ließ sein Herz höherschlagen.

„Wie man eine Wirtschaft führt", entgegnete sie, „davon

versteh ich was. Meinem Vater gehört das Dürnbräu in der Hackenstraße."

Während Katharina erzählte, wie sie dem Vater im Wirtshaus zur Hand ging, erreichten sie den Hofgarten. Michel zog Katharina auf eine Bank. Durch die Blätter der Lindenbäume fielen Sonnenstrahlen auf ihr Gesicht und ließen ihre braunen Augen noch dunkler erscheinen. Michel konnte sein Glück kaum fassen. Katharina war so ganz anders als die Frauen, die er sonst mit verführerischem Gepränkel und schönen Worten für sich gewann. Er spürte: Mit lockeren Sprüchen brauchte er ihr nicht zu kommen. Aus Angst vor einer Abfuhr sprach er vorsichtig: „Ich würd dich gern wiedersehn."

Wieder musterte sie ihn ganz genau. Schon befürchtete er, sie würde sich abwenden. Doch dann schlug sie vor: „Kommst halt auf ein Bier zu uns. Weißt ja jetzt, wo du mich findest." Sie stand auf und strich ihren Rock glatt. „Aber jetzt muss ich heim. Begleiten brauchst mich nicht. Tät ein schönes Donnerwetter geben, wenn der Vater mich mit einem fremden Mannsbild sehen würd."

Lebzelter

Nach dem Gespräch mit Katharina blieb Michel noch eine Weile im Hofgarten sitzen. Was für ein Weib war ihm da begegnet! Sie war nicht nur schön, ihr Stolz und ihre Schlagfertigkeit ließen ihn erahnen, dass sie ihm ebenbürtig war.

Zwei Mädel blieben vor der Bank stehen. „Schad, dass die Carolin beim Einzug nicht mit dabei war", klagte die eine. „Soll eine ganz eine Schöne sein."

„Aber der Kurfürst ist so viel älter als wie sie", gab die andere zurück. „So einen würd ich nicht wollen."

Michel sah sie kichernd weiterziehen. Mit seinen vierundvierzig Jahren war auch er viel älter als Katharina. Doch was spielte das für eine Rolle, wenn man eine Frau begehrte? Tief in Gedanken machte er sich auf den Heimweg. Um dem Gedränge auf den Straßen zu entgehen, wählte er die engen Seitengassen. Hier bot sich ihm ein anderes Bild als in der Mitte der Stadt, wo schmucke Hausfassaden, gefällige Auslagen von behäbigem Wohlstand zeugten. Hier kam er vorbei an verkommenen Hinterhöfen, sah räudige Hunde im Unrat wühlen. Die Häuser zeigten tiefe Risse im Verputz, Fensterläden hingen schief, aus Regenfässern stank es gottserbärmlich. Michel beschleunigte seinen Schritt, denn er brauchte dringend einen frischen Pfeifentabak. Nahe dem Schrannenplatz betrat er das Ibel'sche Verkaufsgewölbe, in dem Zucker, Kaffee, Seidenbänder, Schmuck und Tabak feilgeboten wurden. Er kaufte ein Päckchen Tabak, stand anschließend vor der Auslage der Bortenmmacherin Kreszenz Danner. Ein feinbesticktes Band stach ihm besonders ins Auge und sofort kam ihm Katharina in den Sinn. Mit einem „Grüß Gott" betrat er den Laden.

Die Danner Kreszenz, einen Stickrahmen in der Hand, blickte auf, ein junges Mädel an einem Webstuhl schaute ihn neugierig an.

„Was darf's sein?", fragte die Kreszenz.

Michel deutete auf das mit Blumen und Ornamenten bestickte Band. „Das da."

„Carlotta, wickel's ein", befahl die Kreszenz dem Mädel.

Carlotta stand auf, zog aus einem Schubkasten eine Tüte hervor und verstaute das Band.

„Du weißt nicht", fragte er die Kreszenz, „wo ich ein Dienstmädel finden könnt? Eines, das zuverlässig ist? Hätt keine schwere Arbeit bei mir."

„Ich werd drüber nachdenken", versprach sie. „Wo findet sie Euch denn?"

„Im Lebzelterhaus im vierten Stock."

Im Lebzelterhaus, in dem Lebkuchenmacher, Wachszieher und Metsieder wohnten, stieg Michel die Treppen hinauf. Der Geruch von Wachs und Honig vertrieb die Erinnerung an den Gestank in den heruntergekommenen Gassen. Im vierten Stock sperrte er auf und betrat die Wohnung, die ihm sein Freund, der Meixner Nepomuk für einige Zeit überlassen hatte. Sogar die Anmeldeformalitäten, mit denen jeder Wohnungsinhaber Übernachtungsgäste den Behörden melden musste, hatte der für ihn erledigt.

Besonders wohl fühlte sich Michel in den Zimmern nicht. Im Gegensatz zu seinen herrschaftlichen Räumen in Mannheim, waren sie nur bescheiden eingerichtet. In der Wohnstube standen vier rupfenbespannte Stühle um den grob gezimmerten Holztisch, an einer Wand befand sich neben dem Eckschrank ein Kanapee. Zwei Polsterstühle mit ausgebleichten Bezügen lehnten neben dem Fenster. Viel Licht ließ es nicht herein.

In der Schlafkammer zog Michel seine Jacke aus und warf sie auf die Truhe neben der Tür. Wunderte sich wieder einmal über das bunte Bild an der Wand. Mit erhobenem Finger sprach der heilige Franziskus mit Vögeln, Füchsen und Rehen.

Im Rahmen steckten einige Palm- und Buxzweige. Michel zog das vertrocknete Grünzeug, das ihn schon die ganze Zeit gestört hatte, heraus und warf es unters Bett.

Versteh einer die Katholiken, dachte er. Beten zu irgendeinem Heiligen, wenn sie etwas bedrückt. In seinem protestantischen Elternhaus hatten die Eltern nur Gott um Hilfe angefleht. Er selbst hielt nicht allzu viel vom Beten, regelte seine Angelegenheiten lieber selbst.

In der Wohnstube setzte er sich an den Tisch, zog einen Stuhl heran und legte seinen Fuß darauf. Seit er sich den Knöchel vor einigen Jahren bei einem Reitunfall gebrochen hatte, tat er ihm oft sakrisch weh. Und jetzt, nachdem ihm der Depp draufgetreten war, ganz besonders.

Er lehnte sich zurück, stopfte sich eine Pfeife, drückte den Tabak fest, zündete ihn an und schmauchte vor sich hin. Sofort stand ihm Katharina wieder vor Augen. Wie anders war sie doch als die Frauen, mit denen er sich früher in Liebesabenteuer gestürzt hatte. So richtig gefallen hatte ihm keine, keine sein Herz so in Aufruhr versetzt.

Der Gedanke an Katharina bestärkte seinen Entschluss, sich in der Stadt als Weinwirt niederzulassen. Den besten Wein wollte er kredenzen, die Gäste mit spaßigen Geschichten unterhalten, denn Sorgen hatten die Leute mehr als genug. Mit den ständigen Kriegen, die das Land überzogen. Ihm graute es vor dem Krieg. Ihm war es gleich, welcher Fürst über ihn herrschte, Hauptsache, er sorgte für Frieden. Hoffentlich war Max Joseph besser als sein verknöcherter Vorgänger, der die Bevölkerung mit rigider Polizeiaufsicht und einer erbarmungslosen Bücherzensur drangsaliert hatte.

Doch Michel war ganz zuversichtlich. Er kannte Max Joseph aus Mannheim, wo ihn der jetzige Kurfürst des Öfteren auf seinem Gestüt besucht hatte. Umgänglich und leutselig war er gewesen. Eine rigide Polizeiaufsicht konnte er sich unter ihm nicht vorstellen.

Michel stöhnte auf. Ein heftiger Krampf zog seine Wade zusammen. Er stand auf, drückte die Ferse fest gegen den Boden.

Es klopfte an der Wohnungstür. Michel humpelte durch den Flur und öffnete. Wunderte sich nicht schlecht, als das junge Mädel, das die Bortenmacherin Carlotta genannt hatte, vor ihm stand. Schwarze Locken drängten unter der Haube hervor, ihre Augen blitzten keck.

Weil er sie nur stumm betrachtete, machte sie einen Knicks. „Grüß Gott, gnädiger Herr. Ich bin die Carlotta. Meine Mutter schickt mich, weil Ihr sie nach einer Zugeherin gefragt habt."

„Komm rein." Er führte Carlotta in die Wohnstube und deutete auf einen Stuhl. „Setz dich."

Sie nahm Platz, musterte unauffällig die achtlos hingeworfene Kleidung auf dem Boden, die Stiefel, die neben dem Stuhl flackten, die Tabakkrümel auf dem Tisch.

„Ich brauch jemand zum Aufräumen. Und jemand, der kocht und für saubere Wäsche sorgt. Kannst das?"

„Daheim geh ich der Mutter bei allem zur Hand. Und drei Jahr bin ich beim Magistratsrat Gmeiner in Dienst gestanden. Vom Aufräumen versteh ich was."

Michel freute es, dass so eine Ansehnliche gekommen war, versteckte sein Wohlgefallen aber hinter einem strengen Ton. „Wenn es stimmt, was du sagst, kannst bei mir anfangen. Du kommst in der Früh um neun und gehst so um zwei. Kochst mir jeden Tag ein Essen und wenn ich nicht daheim bin, stellst es auf den Herd, damit ich's bloß noch warm machen muss. Ums Aufräumen und die Wäsche kümmerst dich auch. Einen halben Gulden pro Woch und zehn Kreuzer Wirtsgeld zahl ich dir. Bist einverstanden?"

Carlotta nickte.

„Dann komm mit in die Küche." Im Flur deutete er auf eine schmale Holztreppe, die in die Dachkammer führte. „Da hinauf gehst nie. Hast mich verstanden? Überhaupt nie!"

Sie nickte wieder.

In der Küche zeigte er ihr den gusseisernen Herd, über dem an einer Stange Töpfe und Pfannen hingen, die hölzerne Stellage mit dem Tongeschirr.

„Und was soll ich kochen?"

„Kraut und Kohl mag ich nicht. Ansonsten ist's mir gleich. Hauptsache, es schmeckt."

Carlotta fuhr mit der Hand über den Herd, begutachtete die Töpfe und Pfannen. Ihr war's recht. Überarbeiten würde sie sich in dem Haushalt nicht. Verstohlen betrachtete sie Michel von der Seite und musste sich eingestehen, dass er ihr ganz gut gefiel. Er sah so anders aus als die Handwerksburschen, die ihr, die groben Gesichter zu einem schiefen Grinsen verzogen, manchmal hinterherpfiffen. Michel hatte beinahe etwas Herrschaftliches an sich, wie er mit geradem Rücken so vor ihr stand. Und trotz seines strengen Tons spürte sie, dass auch er Gefallen an ihr fand. Und noch etwas Gutes hätte der Dienst bei ihm: Am Nachmittag bliebe ihr immer noch Zeit, der Mutter im Laden zu helfen.

Michel zog einen Schubkasten auf, holte einen Schlüssel hervor und drückte ihn Carlotta in die Hand. „Verlier ihn nicht. Und sperr immer ab, wenn du gehst."

Kaum hatte Carlotta die Wohnung verlassen, stieg Michel hinauf zur Kammer, steckte den Schlüssel ins Schloss und drückte die knarzende Tür auf. An der Wand lehnten abgenutzte Dielenbretter, von Staub überzogene Bilderrahmen, auf dem Boden stapelten sich etliche Kisten, in den Ecken hingen dicke Spinnweben. Durch die Dachluke drangen einige Sonnenstrahlen. Mitten im Raum stand eine auf grobe Böcke geschraubte Holzplatte.

Michel bückte sich nach der Tasche neben der Tür. Er klappte sie auf, entnahm ihr ein Dokument und legte es auf die Platte. Löste die sorgsam verknotete Schnur und glättete das Papier. Studierte die Zahlen. Zufrieden rollte er das Dokument wieder zusammen.

Teufelswerk

Kurz vor dem Abendläuten stieß Michel die Tür zum Dürnbräu auf und betrat die Wirtsstube. Das Gegröle bierrauschiger Zecher schlug ihm entgegen, die Luft, ein Gemisch aus Tabakqualm und dem Geruch nach Geselchtem und Kraut, war zum Schneiden dick. Dicke Kerzen, auf Bierfilzl geklebt, tauchten den Raum in dämmriges Licht.

Michel entdeckte Katharina und nickte ihr zu. Mit einem Blick auf ihren Vater hinter dem Tresen, schüttelte sie den Kopf.

Michel, in seiner Freude, sie wiederzusehen, ließ sich davon nicht abhalten und ging auf sie zu. Als sie den Finger auf die Lippen legte, suchte er enttäuscht nach einem Platz an den voll besetzten Tischen. Entdeckte auf einer Bank noch eine Lücke.

„Grüß Gott beieinander. Habts noch einen Platz?"

Die Männer musterten den Fremden, rutschten dann enger zusammen. „Setz dich. Wer bist?", fragte einer.

„Michel heiß ich."

„Und? Bist auf der Durchreise?"

„Kann schon sein." Michel zog den Tabakbeutel aus der Jackentasche, stopfte seine Pfeife und zündete sie an.

Katharina trat an den Tisch. „Was möchtest trinken?"

„Sei so gut und bring mir eine Halbe." Verschwörerisch blinzelte er ihr zu.

Wortlos drehte sie sich um und ging zum Tresen.

Die Männer feixten: „Schauts den an. Schöne Augen tät er der Kathi machen. Dass er sich dabei bloß nicht brennt."

Der Xaver moserte hin zum Michel: „Schöntun brauchst der fei nicht. Einer wie du hätt ihr grad noch gefehlt."

„Wer sagt denn, dass ich ihr schöntu?"

„Meinst, ich hab nicht gesehen, wie du sie angeschaut hast?"

Nach Streit stand Michel nicht der Sinn. Ruhig entgegnete er: „Wie denn?"

Die Stimme vom Xaver wurde lauter: „Stell dich nicht dümmer, als wie du bist."

Die Männer am Tisch versuchten, den Xaver zu beruhigen. „Jetzt gib eine Ruh. Gleich, wer sie wie anschaut, kriegen tut sie keiner. Du nicht", sprach einer zum Xaver und deutete dann auf den Michel, „und du auch nicht. Der ihr Vater lasst keinen an sie ran."

Michel hatte genug von dem Geschwätz. Vater hin oder her, die schöne Wirtstochter würde er schon noch für sich gewinnen. Aufgeräumt rief er: „Herr Wirt, eine Runde Schnaps für alle am Tisch."

Die Männer brachen in lautes Gelächter aus: „Wennst uns jedes Mal, wenn die Kathi an den Tisch kommt, einen spendierst, kannst ihr ruhig schöne Augen machen. Gell, Xaver?"

Der blickte voller Grant in seinen Bierkrug. „Mir doch gleich."

Katharina hatte alle Hände voll zu tun. Stellte Teller mit Geselchtem, Kraut und saurem Lüngerl auf die Tische, brachte Hafen mit Brotsuppe zu den alten Frauen hinten am Ecktisch.

Immer wieder versuchte Michel, einen Blick von Katharina zu erhaschen, doch sie tat, als würde sie ihn nicht kennen. Endlich kam sie an seinen Tisch, sammelte die leeren Bierkrüge ein und fragte: „Willst wirklich alle freihalten?"

„Wenn ich's doch sag."

Sie nahm die Krüge und stellte sie dem Vater hin.

Trotz der lauten Trinksprüche, mit denen sich die Zecher in der Wirtsstube zuprosteten, hörte Michel ihn schimpfen: „Red nicht so lang mit dem. Wer weiß, was das für einer ist."

Unter dem Gejohle der Männer fuhr Katharina den Vater an: „Ich red mit wem ich will. Sonst kannst dir eine andre zum Bedienen suchen." Sie füllte die Gläser mit Enzian und knallte sie aufs Tablett. Ging an den Tisch der Männer und stellte ihnen die frisch gefüllten Bierkrüge und den Schnaps hin. Lächelte, wie zum Trotz gegen den Vater, Michel freundlich an. „Zum Wohl, miteinander."

Michel hob das Glas. „Zum Wohl auf die schöne Wirtstochter."

„Auf die Wirtstochter." Die Männer stießen an, schwappten den Enzian hinunter und bestellten gleich noch einen. Ihre Gesichter wurden röter, ihre Stimmen lauter. Nur der Xaver blieb stumm. Schaute immer sauertöpfischer hin zu dem Neuankömmling.

„Ich zeig euch was." Michel zog eine Münze aus der Westentasche und legte das Geldstück auf seine geöffnete Hand.

„Und jetzt schaut her." Geschickt bewegte er die Finger, streckte sie, beugte sie.

Gebannt verfolgten die Männer jede seiner Bewegungen.

Michel lächelte in sich hinein. Die Spielerei, die er sich als Kind von umherziehenden Gauklern abgeschaut hatte, funktionierte immer. Er schloss seine Hand um die Münze. „Und jetzt passt auf." Er drehte die geschlossene Hand ein paarmal hin und her und öffnete sie wieder.

Die Männer schrien auf. Die Münze war verschwunden.

„Und jetzt …", Michel schüttelte die Hand und das Geldstück kam wieder zum Vorschein.

Die Männer grölten, klatschten sich auf die Schenkel. Immer wieder musste Michel das Kunststück wiederholen.

Die Gäste an den Nebentischen standen auf, verfolgten jede seiner Bewegungen. Katharina schob sich zwischen die Zuschauer, die betagte Magda kam aus der Küche, sogar der Vater trat hinzu.

„Jetzt aber zum letzten Mal." Michel, dem schon die Finger ganz steif wurden, zwinkerte Katharina zu.

Eine der Frauen vom Ecktisch ließ ihre Brotsuppe stehen und zwängte sich zwischen die Männer. Sah die Münze verschwinden, sah sie wieder auftauchen. Krächzend stieß sie hervor: „Was der da macht, ist Teufelswerk." Sie bekreuzigte sich und murmelte: „Und führe uns nicht in Versuchung, sondern erlöse uns von dem Übel."

Mit einem Schlag erstarb das Gelächter. Die Gesichter wurden ernst, die Mienen versteinert.

Michel, mit einem Blick auf die Alte: „Lasst euch von der keine Angst einjagen. Was ich mach, hat mit dem Teufel nix zu tun. Ich zeig euch, dass es ganz harmlos ist."

„Schluss mit dem unchristlichen Zeug!", herrschte Konrad ihn an. „Besser, du gehst jetzt."

Die Männer rückten von Michel ab. Wie Nadelstiche fühlte er ihre feindseligen Blicke.

„Lassts ihn doch zeigen, ob wirklich nix Schlimmes dran ist", kam ihm Katharina zu Hilfe.

Das ließ sich Michel nicht zweimal sagen. „Schaut her." Vor den Augen der Zuschauer ließ er die Münze im Jackenärmel verschwinden und wieder auf die Handfläche gleiten.

Erleichtert atmeten alle auf, nur der Xaver schluckte schwer.

Die Tür flog auf, ein Gendarm polterte herein, polterte hin zum Konrad: „Bist noch gescheit? Fast eine Viertelstund bist über der Sperrstund!" Er deutete zum Tisch. „Was ist da los?"

Schweigen.

„Was da los ist, hab ich gefragt."

Katharina resolut: „Nix ist los. Bloß unterhalten haben wir uns."

„Dann machts Schluss. Und zwar schnell. Sonst meld ich euch wegen Missachtung der Sperrstund. Dann kriegts eine saubere Strafe."

Der Xaver deutete hin zum Michel, ließ die Hand wieder sinken. Mit einem von der Obrigkeit wollte er doch lieber nix zu tun haben.

Letzte Ölung

Bruder Athanasius trat aus dem neben der Residenz gelegenen Franziskanerkloster und machte sich auf den Weg zu einem Krankenbesuch. In der Kaufingergasse blieb er vor einem baufälligen Haus, das sich an das noble Gasthaus „Schwarzer Adler" lehnte, stehen. An etlichen Stellen war der Dachstuhl eingebrochen, Fenster hingen schräg in den Angeln, aus der verbeulten Regenrinne tröpfelte Wasser auf den Gehsteig. Über dreizehn Parteien wohnten in dem Schandfleck mitten in der Stadt.

„Also dann", gab er sich einen Ruck und ging die ausgetretene Treppe hinauf, vorbei an verzogenen Türstöcken, durch die im Winter ein eisigkalter Wind pfiff. Vom zweiten Stock führte eine enge Stiege in den dritten, von dort eine noch engere in den vierten Stock.

Oft hatte er bei seinen Krankengängen hier die Lehensrössler, die sich für mageren Lohn verdingten, besucht. Hatte ihre verrenkten Glieder wieder eingerichtet, Salbe auf wundgescheuerte Hände gestrichen. Die Männer hausten in hölzernen Verschlägen, in denen sie sich kaum aufrichten konnten. Athanasius atmete schwer, stieg weiter in den fünften Stock.

Durch seine Schritte aufgeschreckt, verkrochen sich magere Ratzen im Gebälk.

Ohne anzuklopfen, trat er in die Kammer.

„Hast heut schon was gegessen?" Prüfend musterte er das ausgemergelte Gesicht der Stangl Babett.

Sie zog die verschlissene Decke bis unters Kinn und hustete. „Schon."

„Was denn?"

„Einen Kanten Brot."

„War was drauf?"

Keine Antwort.

Athanasius zog aus dem Beutel, den er für seine Armenbesuche immer bei sich trug, ein Stück Wurst und ein Milchweckerl. Vom Holzbrett, das in der Kammer als Anrichte diente, nahm er ein Messer, zerschnitt das Weckerl und belegte es mit dicken Scheiben Blutwurst. Bevor er alles ans Bett trug, stopfte er die Lumpen, mit denen die Babett die Ritzen des verzogenen Fensters abgedichtet hatte, fester in die fingerbreiten Fugen. Einen Ofen gab es nicht. Einen Teppich auf dem kalten Boden auch nicht.

Athanasius reichte ihr das Weckerl.

Mit Fingern, von der Podagra* aufgetrieben, nahm sie es, biss gierig hinein.

---

* *Podagra: alter Ausdruck für Gicht.*

„War der Doktor schon da?", fragte er.

Ein qualvolles Ringen um Luft, ein Kopfschütteln waren die Antwort.

Es war zum Verzweifeln. Die Armen hatten kein Geld für den Doktor, lagen mit schwerer Krankheit darnieder, bis der Herrgott sie abberief. Athanasius entnahm seinem Beutel eine Flasche mit Efeumixtur und hielt sie der Babett an die Lippen. „Trink. Ist gut gegen den Husten."

Sie schluckte etwas von dem Saft, kaute dann weiter am Weckerl.

Athanasius setzte sich auf die Bettstatt. „Hast wenigstens deine Arbeit noch?"

„Schon. Aber schau dir meine Händ an. Lang kann ich als Waschfrau nicht mehr arbeiten."

Er war einmal draußen gewesen im Lehel, hatte sie beobachtet, die Wäscherinnen, denen die Hausmädel feiner Herrschaften die schmutzigen Hemden, Tischtücher und Bettlaken brachten. In einer Hütte weichten die Wäscherinnen die Stücke in heißen Wasserkesseln ein, bearbeiteten sie anschließend mit Wurzelbürste und Kernseife. Trugen dann die gefüllten Körbe zu den Stegen, spülten die Wäsche in der reißenden Isar, wrangen die Stücke aus und hängten sie auf die zwischen Holzmasten gespannten Leinen. Das Schleppen, das Bücken, das eisigkalte Wasser machten vielen zu schaffen. Ihre Kleider wurden nass, die Füße kalt, die Hände klamm.

Athanasius streichelte Babetts aufgetriebene Finger. „Ich schick dir jeden Tag einen Bruder mit was Kräftigem zum Essen. Und eine Salbe geb ich ihm mit. Mit der reibst die Händ ein. Dann wird's schon besser werden."

Er schlug das Kreuzzeichen auf Babetts Stirn. „Gott segne und behüte dich."

Schweren Herzens verließ er die ärmliche Kammer.

Er wollte gerade in die Ledererstraße zur Meierin gehen, die nach der Geburt ihres elften Kindes nicht mehr auf die Füß kam, als ihm ein Bub entgegenrannte. „Athanasius! Schnell! Zum Hochleitner sollst kommen. Er stirbt!"

Athanasius eilte hinter dem Buben her, bog ein in die Weingasse und klopfte an die Tür des Zensurkommissars.

Von Schluchzen gebeutelt, öffnete ihm dessen Frau. „Gott sei Dank bist da. Mit ihm geht's zu End."

Ungeduldig zog sie ihn in den Flur. Athanasius warf nur einen flüchtigen Blick auf die prächtigen Gemälde, die goldglänzenden Kerzenleuchter an den Wänden.

Sie führte ihn ins Schlafgemach. Dicke Teppiche bedeckten den Boden, schwere, mit Borten verzierte Vorhänge verdunkelten den Raum, im Kachelofen knisterten Holzscheite.

Athanasius trat ans Bett des Hochleitner Anton. „Stimmt's, dass du mich hast rufen lassen für deinen letzten Gang?"

Aus trüben Augen blickte ihn der Hochleitner an. Von dem wohlgenährten Kommissar des Bücherzensurkollegiums war nicht mehr viel übrig. Hohlwangig, mit bläulich schimmernden Lippen lag er da. Verströmte einen üblen Geruch. Nach Schweiß, nach Angst, nach Verfall.

Händeringend bat seine Frau: „Gib ihm den Segen." Sie deutete auf den Tisch. Auf dem weißen Tuch stand alles für die Letzte Ölung bereit: zwei brennende Kerzen, ein kleines Kruzifix, eine Schale mit Weihwasser.

Athanasius beugte sich zu dem Todgeweihten. „Willst wirklich den Segen vom Allmächtigen? Hast ihn doch sonst immer geschmäht. Hast uns des Aberglaubens bezichtigt."

Der Hochleitner schwieg.

Athanasius zog einen Hocker heran und setzte sich.

„Gib ihm den Segen!", drängte die Gattin.

„Erst, wenn er wieder bei Sinnen ist."

Athanasius nahm den Rosenkranz aus seiner Tasche und murmelte: „Ave Maria, gratia plena, Dominus tecum..." Seine Gedanken schweiften ab. Beim Konfiszieren unliebsamer Schriften galt der Hochleitner als ganz ein scharfer Hund. Unter dem neuen Kurfürsten waren immer noch über zwanzig Räte und drei Direktorialpersonen des Zensurkollegiums damit beschäftigt, Bücher nach aufrührerischen Gedanken zu durchforsten, unzählige Traktate zu verbieten, Druckereien zu kontrollieren. Sogar die Schrift des Rottenbucher Klosterapothekers Weinmann, „Sammlung medizinischer Versuche mit auserlesenen Pflanzen", hatten sie beschlagnahmt.

Athanasius rief sich zur Ordnung und betete weiter: „Sancta Maria, mater Dei, ora pro ..." Ein lästerlicher Gedanke durchzuckte ihn. Sollte er wirklich für den Hochleitner beten? Dessen unflätiges Geschimpfe klang ihm noch im Ohr: „Die ganze Stadt ist voll mit euch Betbrüdern. Wird Zeit, dass der Montgelas die Stadt von euch säubert."

Der Hochleitner röchelte: „Salb mich für den Herrn."

Athanasius entnahm seinem Beutel das Gefäß mit dem vom Bischof geweihten Krankenöl.

„Gesalbt willst werden? Wo du immer gegen uns warst?"

„Ich will nicht ins Fegfeuer. Und in die Höll schon gleich gar nicht."

Athanasius schüttelte den Kopf. War immer das Gleiche: Im Leben völlten, hurten und geizten sie, doch schlug ihnen die letzte Stunde, winselten sie um die göttliche Gnade.

„Bereust denn wirklich deine Sünden?"

„In die Höll will ich nicht."

„So kann ich dir das heilige Sakrament nicht spenden. Aus tiefstem Herzen bereuen musst. Und alles ehrlich beichten."

Mit rasselndem Atem befahl der Sterbende seiner Frau: „Lass uns allein."

Schluchzend verließ sie den Raum.

Stockend beichtete der Hochleitner das mit seiner Magd.

Athanasius schluckte schwer. Also stimmte das Gerücht. Dass der Hochleitner sie geschwängert und dann auf die Straße gesetzt hatte.

„Wo ist sie jetzt?"

„Fort."

„Wie weit fort?"

Die Augen des ehemaligen Zensurkommissars wurden glasig. Athanasius wusste, viel Zeit blieb ihm nicht mehr. „Wo ist sie?"

„Auf Haidhausen." Er hustete, ein Speichelfaden rann ihm aus dem Mund. „Gib mir endlich den Segen."

„Nicht, bevor du mir einen guten Batzen für sie vermachst."

„Geh zu meiner Frau, die soll's dir geben. Aber verrat mich nicht."

„Das Beichtgeheimnis gilt auch für dich. Aber dafür spendest unsrer Kirch eine Patene. Eine goldene. Nicht so eine billige wie's letzte Mal."

„Ich versprech's." Mühsam hob der Hochleitner den Kopf. „Ich spend alles, was du willst. Und ich bereu all meine Sünden." Mit verdrehten Augen sank er zurück.

Athanasius tauchte die Finger in das Krankenöl, bestrich damit die Augen und Ohren, die Nase, den Mund, die Hände und Füße des Sterbenden. Betete dabei: „Durch diese heilige Salbung und durch seine mildreiche Barmherzigkeit verzeihe dir der Herr, was du gesündigt hast."

„Keine Höll!" waren die letzten Worte des einstmals so mächtigen Bücherzensors.

Athanasius faltete die Hände. „Du bist gesegnet im Namen unseres Herrn. Er erbarme sich deiner, er sei dir gnädig und nehme dich auf in sein ewiges Reich." Er schloss dem Toten die Augen und verließ den Raum. Murmelte hin zur Kommissarsgattin: „Es ist vollbracht. Morgen komm ich, um was zu besprechen."

Wieder auf der Straße wollte er gleich zu den Seelnonnen, damit sie nach altem Brauch ein Strohkreuz vor die Haustür legten. Zum mahnenden Gedenken, dass in dem Haus ein Toter zu beklagen war. Überlegte es sich anders. Zuerst wollte er Katharina besuchen. Möge Gott verhüten, dachte er, dass ihr jemals ein Schicksal wie das der Magd vom Hochleitner widerfuhr.

Hostie

Sperrstund! Teufelswerk! Hatten denn alle den Verstand verloren? Mit Katharina hatte er auch nicht richtig sprechen können. Und das Geschenk, das er im Bortenladen für sie erstanden hatte, trug er immer noch mit sich herum. Mit wütenden Schritten überquerte Michel nach seinem Besuch im Dürnbräu den Schrannenplatz. Menschenleer lag er vor ihm. Nur ein Bauer zog einen rumpelnden Karren hinter sich her. Vor dem Lebzelterhaus holte Michel seinen Schlüssel aus der Tasche, war froh, als er endlich in seine Wohnung gelangte. Er hängte seine Jacke an den Türhaken und zog die Stiefel von den Füßen. Goss sich in der Wohnstube ein Glas Wein ein, setzte sich hin und nahm den ersten Schluck. Er brauchte jemanden, mit dem er reden konnte. Über seine Pläne, seine Sorgen. Gleich morgen wollte er seinen Freund, den Lechner Anton besuchen. Ob der sich sehr verändert hatte? Fast ein Jahr mochte ihr letztes Treffen her sein. Kennengelernt hatte er ihn und seine Frau Sieglinde in Augsburg. Nach einem protestantischen Gottesdienst, als etliche Gläubige in einem Wirtshaus noch zum Mittagsmahl beisammensaßen. Außer dem Anton und seiner Frau befanden sich zahlreiche weitere Münchner unter ihnen, weil in ihrer Heimatstadt protestantische Gottesdienste verboten waren.

Um die trübe Stimmung zu vertreiben, die sich bei dem Gedanken an die lange Heimfahrt unter ihnen breitmachte, hatte der Anton eine Fiedel hervorgezogen und ein Lied angestimmt. Später hatte Michel ihn und einige seiner Freunde ab und zu in München besucht.

Damals, als sie beim Wein zusammensaßen, war ihm auch die Idee gekommen, in München eine Weingaststätte zu eröffnen.

„Das schaffst du nie", hatte der Anton ihm widersprochen. „Protestanten ist das nicht erlaubt."

Doch sein Vorhaben war Michel nicht mehr aus dem Kopf gegangen.

Am nächsten Nachmittag verließ Michel das Haus. Klopfte in der Zweibrückengasse an die Tür des Instrumentenmachers Lechner. Sieglinde, das Haar zu einem straffen Zopf gebunden, das Wolltuch vor der Brust gekreuzt, öffnete. „Grüß dich, Michel. Ist das eine Freude, dass wir uns wieder einmal sehen."

Herzlich drückte er ihre Hand. „Hab viel an euch gedacht."

Er säuberte seine Schuhe am Fußabstreifer, nahm den Hut ab und ging in den Flur mit dem blank gescheuerten Holzboden.

„Wie lang bleibst in der Stadt?", fragte Sieglinde.

„Dieses Mal bleib ich länger und wohne deshalb bei meinem Freund, dem Meixner Nepomuk."

Sie deutete auf eine Tür. „Dann geh nur hinein."

Michel klopfte an und betrat Antons Werkstatt. Mit breitem Lächeln kam der auf ihn zu. „Ja, so was. Bist wieder einmal da? Schau: Der Ferdinand und der Max haben mich auch grad besucht. Erinnerst dich noch an sie?"

„Freilich. Der Bäckermeister und der Schauspieler."

Der Max und der Ferdinand klopften ihm auf die Schulter. „Wie geht's dir denn?"

„Kann nicht klagen."

„Wie lang bleibst in der Stadt?", wollte jetzt auch der Anton wissen und stellte Michel einen Schemel hin.

„Kommt drauf an. Hab so manches zu erledigen."

„Setz dich. Wir sind gerade dabei, was zu besprechen."

Anton schob die Fingerhobel, Schnitzmesser und Leimpinsel auf der Werkbank zusammen, hängte die Geige, in die er eine Zarge einpassen wollte, zu den anderen Instrumenten an die Wand. Nahm aus dem Eckkasten vier Gläser, füllte sie mit Wein und stellte sie mit einem Hafen Griebenschmalz und einem Korb voll dicker Scheiben Schwarzbrot auf die Werkbank.

„Wir wollen heimlich zum Gottesdienst nach Augsburg. Fahrst mit?"

Michel zog ein Stück Brot durchs Schmalz. „Ich weiß nicht. Hat sich anscheinend viel verändert, seit ich euch das letzte Mal besucht hab. Der Nepomuk hat mir erzählt, dass es Auskundschafter gibt, die uns Protestanten nachspionieren. Vielleicht geh ich auch wieder zurück nach Augsburg. Weil's eine freie Reichsstadt ist und Katholiken und Protestanten dort gleichgestellt sind."

„Warum machst es nicht?", fragte der Max.

„Hab Pläne. Deshalb überleg ich's mir noch."

„Ich glaub nicht, dass die Fahrt gefährlich ist", schaltete sich der Ferdinand ein. Wie sollens uns denn draufkommen? Wir treffen uns in der Nacht kurz vor zehn am Sendlinger Tor. Um diese Zeit ist's noch nicht verschlossen. Dort wartet ein Landauer auf uns. Hab alles schon geregelt. Wir fahren gleich los und kommen, so Gott will, in der Früh in Augsburg an. Dort wohnen wir bei meinem Schwager und geh'n später zum Gottesdienst. Ist eh eine Schand, dass wir ihn nicht in München feiern dürfen."

Der Max brummte: „Angst hab ich schon, dass sie uns erwischen. Neulich habens einen von uns sogar aus der Stadt gejagt."

Michel biss vom Schwarzbrot ab. „Dann denkt noch einmal darüber nach."

„Nix da", wiegelte der Anton ab. „Ist alles schon arrangiert. Wir fahren! Und? Was ist mit dir?"

Michel zögerte. Doch seine Freunde, und vor allem den Anton, wollte er nicht enttäuschen.

„Also gut, dann komm ich halt mit."

Anton erhob das Glas. „Darauf trinken wir. Ich hab's so

satt, jeden Sonntag in die Heilig-Geist-Kirch zu rennen und so zu tun, als wär ich ein Katholik."

„Mir geht's genauso", stimmte ihm der Max zu. „Und von dem Rumgewedel mit dem Weihrauch wird's mir immer ganz schlecht."

Anton trank sein Glas aus, füllte es erneut. „Mir graust's einfach, wenn mir der Pfarrer die Oblate in den Mund schiebt und sagt, das wär der Leib vom Christus."

Er entkorkte noch eine Flasche und schenkte allen nach. „Am meisten stinkt mir die Beichte. Jedes Mal muss ich mir ein paar Sünden ausdenken, damit ich was zu erzählen hab. Und die Rosenkranzbeterei zur Vergebung meiner Sünden, die ich eh nur hergelogen hab, stinkt mir genauso."

Nach der dritten Flasche wurden die Freunde immer lauter. Antons Frau kam herein. „Schreits nicht so rum! Man hört euch ja bis auf die Straße. Spionieren genug herum." Sie wandte sich an ihren Mann: „Reiß dich zamm. Denk an unsern Bub."

„Was ist denn mit ihm?", wollte Michel wissen.

„Der Karli hat sich's in den Kopf gesetzt, dass er zur Landesbienenzucht nach Schleißheim will", antwortete Anton. „Gegen billiges Kostgeld kriegen sie dort Unterricht in Bienenzucht und die Lehrbücher obendrein. Anschließend werden sie als Bienenanwärter ins Land geschickt, weil's heißt, dass die Bienen so wichtig sind." Er kratzte sich am Kopf. „Die mit ihrem neumodischen Zeug. Lieber wär's mir, wenn er meine Werkstatt einmal übernehmen würd. Aber da ist nix zu machen."

„Wir müssen höllisch aufpassen", klagte Sieglinde, „damit keiner merkt, dass wir Protestanten sind. Sonst kann er's vergessen. Im Religionsunterricht fragt ihn der Pfarrer ganz schön aus. Wie's zugeht bei uns. Und ob wir auch regelmäßig beten." Verschmitzt lächelte sie hin zum Michel: „Hab extra ein paar Heiligenbilder aufgehängt, damit der Bub was zum Erzählen hat. Und schau: Neben der Tür gibt's sogar einen Weihwasserkessel. Mit einem Engel drauf."

Sie klemmte sich die leeren Weinflaschen unter den Arm und verließ die Werkstatt.

Ungläubig schaute Michel den Anton an. „Sag bloß, du schickst deinen Bub zum Religionsunterricht."

„Was soll ich denn machen? Seine ganzen Freunde gehen hin."

„Und wenn du sagst, dass er krank ist?"

„Doch nicht die ganze Zeit! Wenn sie mir draufkommen, dass ich ein Lutherischer bin, ist's aus mit meiner Werkstatt. Und mit der Spintisiererei vom Bub genauso."

„Die neue Kurfürstin ist doch auch Protestantin", warf der Max ein. „Meinst nicht, dass es mit der besser wird?"

Der Anton skeptisch: „So lang uns die Pfarrer als Ungläubige verschreien, wär ich mir da nicht so sicher."

„Ich glaub schon, dass sich mit der Kurfürstin was ändert", widersprach Michel. „Hat in der Residenz sogar einen protestantischen Kabinettsprediger. Schmidt heißt er."

„Träum du nur schön weiter", spöttelte der Anton. „Weißt, was mir ein Metzgersbursch erzählt hat? Was der Carolin ihrem Prediger passiert ist?"

„Was denn?"

„Der Hofmarschall hat ihm eine Wohnung im Haus von einem Brauer gemietet. Und wie der Brauer erfahren hat, dass der Prediger ein Lutherischer ist, hat er ihm auf der Stell gekündigt. Und wissts warum? Weil er Angst hat, dass ihm der Blitz ins Haus einschlagt, wenn einer von denen Ketzern bei ihm wohnt."

Die Männer lachten so laut, dass nicht einmal Sieglinde, die wieder mahnend an der Tür stand, sie beruhigen konnte.

„Also, bleibt's dabei?", wandte sich Anton an den Michel. „Heut vor zehn am Sendlinger Tor?"

Michel stand auf und knöpfte seine Jacke zu. „Ich werde da sein."

Draußen dunkelte es bereits. Zurück in seiner Wohnung zündete Michel die Kerzen auf dem Küchentisch an. Carlotta hatte alles für ihn hergerichtet. Ein Graupeneintopf stand bereit, das schmutzige Geschirr war abgewaschen, die polierten Gläser reihten sich auf der Stellage. Michel wärmte das Essen auf, schöpfte sich vom Eintopf in einen Tonhafen und setzte sich. Die Fleischeinlage war grad richtig, das Gemüse nicht verkocht, die Graupen sämig. Nach dem Essen griff er nach der Weinflasche auf dem Tisch und schenkte sich ein. Nahm einen kräftigen Schluck, füllte das Glas erneut und trank es aus. Schläfrig geworden, lehnte er sich auf dem Stuhl zurück.

Plötzlich kam ihm Dorothea, seine letzte Geliebte in den Sinn. Ihr Lachen, ihre Scherze, ihr fülliger Körper, hatten es ihm damals angetan. Doch schon nach kurzer Zeit war sie harsch und freudlos geworden. Hatte ihn Weiberheld geheißen, wenn er sich am Geplänkel mit einer Schönen erfreute, Trunkenbold, wenn er mit Freunden beim Wein zusammensaß. Froh war er, als er sie endlich weiterhatte.

Begehrlich dachte er an Katharina. Der Wunsch, sie in seine Arme zu schließen, wurde schier übermächtig. Obwohl er sie kaum kannte, spürte er: Sie war anders als die Frauen, mit denen er bis jetzt zu tun hatte. Sie war die Richtige für ihn.

Vom Turm der Heilig-Geist-Kirche erklangen neun Glockenschläge. Zeit, sich langsam auf den Weg zu machen.

Michel zog seine Lederstiefel an, hoffte, dass ihm sein Fuß, der ihm beim längeren Gehen immer wieder wehtat, mit Schmerzen verschone. In der Schlafkammer sperrte er die Schatulle im Kleiderkasten auf, entnahm ihr etliche Münzen, schob sie in die Geldkatze und befestigte sie am Hosengürtel. Steckte zur Tarnung, falls sie doch kontrolliert wurden, das Gebetbuch, das er hinten im Kasten fand, in seine Joppentasche. Zerdrückte in der Küche die Kerzendochte, bis die Flammen zischend erloschen. Dann verschloss er die Wohnungstür, stieg die Treppen hinab und verließ das Haus.

Pechschwarz lag das Tal vor ihm. Mühsam kämpfte sich der Mond durch dunkle Wolken, warf trübe Schatten auf den Weg. Windböen peitschten um die Ecken, trieben alles, was nicht festgebunden war, vor sich her: Planen, die sich von den Karren an den Hauswänden losgerissen hatten, Blechkübel, die scheppernd die menschenleere Gasse entlangrollten.

Michel schlug den Mantelkragen hoch, schritt eilig Richtung Sendlinger Tor. Erste Regentropfen klatschten vom Himmel und verwandelten sich in einen heftigen Regenguss. Im Nu war seine Hose durchnässt, klebte ihm bei jedem Schritt an den Beinen. Der Gedanke, bei dem Sauwetter nach Augsburg zu fahren, war ihm nicht geheuer. Die Wege vom Regen aufgewühlt, die Pferde überanstrengt, würde es ewig dauern.

Er zog die Hutkrempe fester in die Stirn und eilte die Sendlingergasse entlang. Aus dem Fenster einer Bierschenke fiel Licht. Die Tür ging auf, ein Mann torkelte heraus. Michel wartete, bis der Betrunkenen verschwunden war. Er wollte gerade weitergehen, als er Schritte vernahm.

Aus der Josephspitalgasse huschten, die Hüte tief ins Gesicht gezogen, zwei Männer und hasteten ebenfalls Richtung Sendlinger Tor.

Vorsichtig schlich Michel ihnen nach. Hielt sich dabei im Dunkel der Hauswände, bereit, sich jederzeit in eine Durchfahrt zu flüchten.

Die Männer erreichten das Tor und drückten sich in eine Mauernische. Langsam kam Michel näher, verbarg sich, nur wenige Schritte von den finsteren Gesellen entfernt, hinter einem Mauervorsprung. Auf dem Platz vor dem Tor sah er den Landauer, sah den Max, der im strömenden Regen am Gefährt lehnte. Und da kamen auch schon der Anton und der Ferdinand herbeigerannt und stiegen ein.

Michel beobachtete, wie die beiden Männer zum Wagen deuteten und die Köpfe zusammensteckten. Er presste sich an die Wand, unterdrückte mühsam den Hustenreiz, der ihm die

Kehle verkratzte. Ein fetter Ratz wuselte um seine Füße herum. Michel wich zur Seite, trat dabei auf eine Glasscherbe, die unter seinem Fuß zerbarst.

Einer der Männer drehte sich in seine Richtung. Entsetzt erkannte Michel den Schuhmacher Weinberl. „Ausgerechnet der!", durchfuhr es ihn. Ein ganz ein scharfer Hund, wenn's ums Aufspüren von Protestanten ging, hatte Anton erzählt. Michel hielt den Atem an und drückte sich noch fester gegen die Wand.

Der Weinberl, der ihn zum Glück nicht entdeckt hatte, wandte sich wieder seinem Kumpan zu und deutete zum Wagen. Deutlich vernahm Michel: „Ich hab's dir doch gesagt: Die fahren heimlich. Eine Tratschkattl hat's mir gesteckt. Hat gehört, wie der Bäckermeister mit seiner Frau darüber geredet hat."

Sein Kumpan schüttelte den Kopf. „Der soll einer von denen sein? Das glaub ich nicht."

Michel hörte den Weinberl triumphieren: „Kannst es ruhig glauben. Hab ihn einmal gesehen, wie er nach der Heiligen Wandlung die Hostie in die Hand gespuckt hat."

Der andere pfiff durch die Zähne. „Pfui Teufel! Dann hätt ich ja die ganze Zeit das Brot von einem Ketzer gegessen. Hoff bloß, dass ich mich nicht vergift hab damit. Halten wir sie auf! Wenn wir ihnen richtig einheizen, werden sie's schon zugeben, dass sie nach Augsburg fahren."

„Die streiten bestimmt alles ab", widersprach der Weinberl. „Obwohl... Mit einer tüchtigen Tracht Prügel..." Michels Gedanken rasten. Er musste seine Freunde warnen. Doch wie? Er schickte ein Stoßgebet zum Himmel, hoffte, dass sie so schnell wie möglich ohne ihn fuhren. Nach einer Weile, die ihm wie eine Ewigkeit vorkam, ließ Max die Peitsche knallen und lenkte die Pferde stadtauswärts.

Kurz darauf gingen die finsteren Gesellen zurück in die Sendlingergasse. Als sie in einen Durchgang verschwunden waren, humpelte Michel, so schnell es sein schmerzender Fuß zuließ, nach Hause. Überlegte fieberhaft: Sollte er seinen Freunden gleich in aller Früh mit einer Retourchaise* aus der Neuhauser Straße nachfahren? Sie noch vor der Rückkehr nach München warnen? Doch in Augsburg würde er sie nie finden. Wütend stieß er hervor: „Sind ja saubere Zustände, wo einer den andern bespitzelt."

Immer heftiger prasselte der Regen herab. Vor dem Lebzelterhaus wischte sich Michel sich die Nässe aus dem Gesicht, nestelte den Schlüssel aus der Hosentasche, schloss auf und ging hinein.

Medaillon

Konrad war nicht entgangen, dass Katharina in letzter Zeit leise vor sich hin summte, wenn sie die Wirtschaft saubermachte. Jedes Mal gab ihm das einen Stich, denn es erinnerte ihn schmerzlich an seine verstorbene Hedwig. Oft hatte die gesungen, Fröhlichkeit im Haus verbreitet.

Doch kaum sprach er die Tochter auf den Magistratsrat Krinner an, verstummte sie. So wie jetzt, als er ihr erzählte, dass sich der Krinner wieder verheiraten wollte und ein Aug auf Katharina geworfen habe.

„Geh weiter!", wiegelte sie ab. „Was soll ich denn mit dem?"

Die Gelegenheit, sein Kind mit einem Magistratsrat zu verheiraten, wollte Konrad sich nicht entgehen lassen.

„Unterhalt dich wenigstens einmal mit ihm. Wirst sehen, was für ein nobler Mann er ist."

„Hab keine Lust." Und schon war Katharina draußen bei der Tür.

Der Krinner, der Krinner! Verächtlich verzog Katharina die Lippen, als sie die Wohnstube betrat. Sie nahm das Linnen

---

* *Retourchaisen: Kutschen, die für die Hin- und Rückfahrt der Reisenden bereitstanden.*

vom Vortag zur Hand und bestickte es mit zierlichen Stichen. So, wie ihre Mutter es sie einst gelehrt hatte. Den Faden nicht zu stramm, aber auch nicht zu locker gezogen. Sie legte den Stoff auf ihr Knie, glättete ihn und betrachtete die Blumenornamente.

Schon wieder wanderten ihre Gedanken zu dem Fremden, der sich Michel nannte. Sah ihn vor sich, wie er neulich gezaubert, die ganze Wirtschaft unterhalten hatte.

Konrad kam herein und setzte sich ihr gegenüber. „Du kannst mir nicht immer ausweichen, wenn dir nicht passt, was ich zu sagen hab. Ich hab nämlich was zu bereden."

„Fangst schon wieder mit dem Krinner an?"

„Hab schon öfters versucht, es dir beizubringen: Es ist an der Zeit, dich zu verheiraten."

„So eilig ist's auch wieder nicht. Außerdem: Wer geht dir dann bei allem zur Hand? Mit wem außer mir willst besprechen, was wir den Gästen servieren sollen? Und wer kauft dann für dich ein?"

„Das wird sich finden. Hab dir doch gesagt, dass der Krinner Joseph sich nach dem Tod von seiner Frau wieder verheiraten will. Hab ein bisschen nachgeholfen und ihm erklärt, was für eine gute Partie du wärst. Würdest eine schöne Mitgift mitbringen und wie man einen Haushalt führt, weißt auch. Also hat er sich für dich entschieden."

„Spinnst jetzt? Den will ich nicht. Und wen ich einmal heirat, das bestimm ich schon selber."

Schon schimpfte Konrad los: „Bist genauso eigenwillig wie deine Mutter. Bei der hat auch immer alles nach ihrem Kopf gehen müssen. Heiraten müssen hat sie mich trotzdem, ob sie hat wollen oder nicht. Auf Geheiß von ihrem Vater. Und was der Vater sagt, das gilt bis heut."

Katharina sprang auf und warf das Stickzeug auf den Tisch. „Das kannst mir nicht antun. Den Krinner kann ich nie und nimmer mögen."

„Ums Mögen geht's nicht. Außerdem ist's eine abgemachte Sach. Morgen, bevor wir die Wirtschaft aufmachen, kommt er. Dann redest mit ihm. Und weh, du bist widerspenstig gegen ihn." Konrad rumpelte auf, erbittert standen sie sich gegenüber.

„Den nehm ich nicht."

„Und ob du ihn nimmst. Wär ja noch schöner, wenn sich die Töchter ihre Männer selber aussuchen. Ich hab's bestimmt und dabei bleibt's."

Nachdem Konrad gegangen war, blieb Katharina wie versteinert zurück. Was war nur in den Vater gefahren? Seit dem Tod der Mutter hatte er sie bei vielem um Rat gefragt und eine tüchtige Hilfe war sie ihm auch. Und jetzt das. Der Magistratsrat Krinner war schon oft auf ein Bier bei ihnen gewesen, hatte stocksteif, eingepresst in sein schwarzes Gewand, dagesessen. Aber sie konnte sich denken, warum der Vater auf ihn spekulierte. Er war Mitglied in der Gemein, der Gemeindevertretung, und wollte für sein Leben gern in den äußeren Magistrat gewählt werden. Nach der Heirat würde sich der Krinner bestimmt für ihn einsetzen. „Verschachern will er mich", flüsterte sie. „Aber da hat er sich sauber verrechnet." Mit klopfendem Herzen gestand sie sich ein: Da war auch noch der andere. Den sah sie gern.

Am nächsten Morgen entschied sich Katharina für den samtenen Rock, die weiße Bluse und das rote, mit Silberketten verschnürte Mieder. Nahm aus einem Schrankschuber das Medaillon, das ihr die Mutter mit den Worten geschenkt hatte: „Wenn du einen Rat brauchst, fleh zur heiligen Hildegard." Wehmütig betrachtete Katharina das Medaillon und steckte es in die Rocktasche.

Als sie die noch leere Wirtsstube betrat, saßen der Vater und der Krinner schon da. Die Magda deckte mit Kaffee und frischen Schmalznudeln auf, ging dann zurück zur Küche. Katharina sah, wie sie mit neugierigem Blick an der Tür stehen blieb.

Der Krinner erhob sich. „Ich freue mich, heute mit dir alles zu bereden."

„Gott zum Gruß", antwortete Katharina und setzte sich.

„Kannst dich glücklich schätzen", begann der Vater, „dass ich so einen guten Mann für dich gefunden hab." Der Krinner lächelte selbstgefällig.

„Wenn alles so läuft, wie wir geplant haben", fuhr Konrad fort, „kann die Hochzeit bald stattfinden."

Katharina saß kerzengerade da, hielt die Hände fest verschränkt auf dem Schoß.

„Der Herr Magistratsrat kann dir ein gutes Heim bieten. Und du bist dann die ehrenwerte Frau Magistratsrat."

Katharina graute es vorm Krinner. Dünnlippig, hohlwangig saß er ihr gegenüber. Doch auch wenn er so vornehm tat, spürte sie seinen begehrlichen Blick auf ihrem Busen. Ob es stimmte, was ihr eine Händlerin erzählt hatte? Dass er den Hübschlerinnen* nicht abgeneigt war? Sie konnte es sich nicht vorstellen, so verbissen wie er dreinschaute. Wie aus weiter Ferne hörte sie, wie der Vater ihm schöntat. So wortkarg er sonst auch war, fand er jetzt gar kein Ende mehr.

„Sag du auch einmal was!", fuhr er sie an. „Kannst doch die ganze Zeit nicht bloß dasitzen."

„Sie wird überwältigt sein von der guten Nachricht", beschwichtigte der Krinner. „Schau, Katharina. Ich bin ein treuer Katholik und wir werden im Sinne des Herrn unsere Ehe führen. Und jetzt sag, dass es nicht nur der Wille des Vaters ist, sondern auch deiner."

Katharina hörte es an der Küchentür rascheln, sah den skeptischen Blick der Magda. Das verlieh ihr Mut.

„Ich fühle mich geehrt, erbitte mir aber noch etwas Zeit. Vielleicht wisst Ihr, dass ich dem Vater bei allem helfe. Und vor meiner Verheiratung muss er eine andere einstellen. Das kann

---

* *Hübschlerin: alter Ausdruck für eine Dirne.*

dauern." Sie atmete auf. Gott sei Dank war ihr die Ausred grad noch rechtzeitig eingefallen.

„Was redest da?", polterte der Vater. „Um mich brauchst dir keine Sorgen machen!"

„Aber, aber, die Kindespflicht ehrt sie doch", beschwichtigte der Krinner, nahm eine Schmalznudel vom Teller, brach eine Ecke ab und schob sie sich in den Mund. Leckte mit feuchter Zunge die Brösel von den Lippen.

„Schlag erstmal ein, darauf, dass wir uns bald wiedersehen."

Kalt fühlte sie seine Hand in der ihren. Nur mit Mühe brachte sie hervor: „Dann bis bald."

Kaum war der Krinner draußen, brüllte der Vater los: „Was fällt dir ein, die ganze Zeit dazusitzen wie eine verstockte Gans? Hättest ihm nicht gleich deine Zustimmung geben können?"

Katharina umklammerte das Medaillon. „So leicht lass ich mich nicht verscherbeln." Konrad stand so heftig auf, dass der Stuhl zu Boden krachte und stürmte schimpfend hinaus.

Gebackener Fisch

Athanasius knurrte der Magen. Seit den Morgenstunden unterwegs, hatte er bis auf den hastig hinuntergeschlungenen Haferbrei noch nichts gegessen. Heute würde es im Dürnbräu in Schmalz gebackenen Fisch geben, wie ihn die Magda jeden Freitag zubereitete. Nicht den mageren, in Essigsud gebeizten wie im Kloster. Dann konnte er auch Katharina endlich wiedersehen. Seit ihrem sechsten Lebensjahr hielt er seine schützende Hand über sie. Hatte sie zu einem tiefgläubigen, rechtschaffenen Menschen erzogen. Wie er es ihrer Mutter am Sterbebett versprochen hatte.

Im Dürnbräu sah Athanasius den Magistratsrat Krinner vor einem Bier sitzen. Mit einem: „Grüß dich, Krinner. Hat's dich auch wieder mal her verschlagen?", nahm er neben ihm Platz.

Krinner deutete auf Katharina, die mit einem Tablett voller Essen aus der Küche kam und die zahlreichen Gäste bediente. „Beim Vater hab ich um ihre Hand angehalten." Mit einem Bierwärmer* rührte er im Krug herum.

„Hast auch ihre Zustimmung?"

„Brauch ich nicht. Hab sie ja vom Vater." Krinner betastete den Krug und nahm einige Schlucke zu sich.

„Wie du das lauwarme Gesöff nur trinken kannst", wunderte sich Athanasius.

„Hab's am Magen."

Athanasius musterte die tiefen Falten um Krinners Mund, die dünnen, bläulichen Lippen, die hohlen Wangen. „Komm doch in unsere Offizin. Dann gibt dir Bruder Vitus was dagegen."

„Keine Zeit. Weil eine Verordnung vom Montgelas die andere jagt. Aber wenigstens schafft endlich einer Ordnung. Gegen die Bettler geht er vor, gegen die Unzucht und gegen die vielen Nonnen und Klosterbrüder geht er auch vor." Erschrocken hielt er inne. „Nix für ungut. Dich mein ich nicht damit. Aber musst selber zugeben: Mit über sechzehn Klöstern in der Stadt gibt's bald mehr Geistliche als Einwohner." Rote Flecken überzogen sein sonst so bleiches Gesicht. „Weißt, was bei der letzten Zählung herausgekommen ist? Über fünfhundert Priester und weit über dreihundert Nonnen haben wir. Ich sag dir: Das gehört abgeschafft."

Athanasius ließ ihn reden. Auch der Krinner würde in seiner letzten Stunde nach einem Geistlichen rufen und die Gnade des Herrn erflehen.

Katharina trat an den Tisch. „Grüß dich, Athanasius. Hab mich schon gefragt, wo du allerweil steckst. Magst einen Fisch? Die Magda hat ihn grad frisch gebacken."

---

* *Bierwärmer: Metallrohr, das mit warmem oder heißem Wasser gefüllt und ins Bierglas gehängt wird.*

Athanasius strich über seinen wohlgenährten Bauch. „Den nehm ich. Und dann setzt dich ein bisserl her zu mir."

Katharina deutete in die volle Gaststube. „Hab alle Händ voll zu tun. Sind mehr Händler als sonst für den Markt gekommen."

„Ein paar Minuten werden schon drin sein."

„Wenn dich die Pflicht ruft", warf selbstgefällig der Krinner ein, „dann lass dich nicht abhalten. Pflichterfüllung ist eine unerlässliche Tugend."

Tiefer Widerwille gegen den Eiferer erfasste Athanasius. Die Eiferer waren immer die Schlimmsten. Hielten sich für die Hüter der Wahrheit, wollten sie durchsetzen um jeden Preis. Kam jemand dabei zu Schaden, wen kümmerte es.

„Willst ein Bier?", unterbrach Katharina seine Gedanken.

„Ja. Und den Fisch kannst auch gleich bringen."

Die Tür ging auf. Ein Mann, ein gelbes Tuch locker um den Hals geschlungen, die Hände in den Hosentaschen, trat ein. Athanasius sah, wie Katharinas Augen plötzlich glänzten.

Auf ihrem Weg zur Magda musste sie vorbei an dem neuen Gast. Athanasius hörte: „Wegen dir bin ich da, du Schöne." Katharina flüsterte ihm etwas zu und verschwand in die Küche.

Athanasius wunderte sich nicht schlecht. Was hatte sie mit dem Mann zu schaffen? Gesehen hatte er ihn noch nie.

Der Fremde hockte sich an einen Tisch an der Wand. Athanasius betrachtete ihn genauer. War eigentlich ein ganz sauberes Mannsbild. Beobachtete mit wachen Augen alles, was in der Gaststube vor sich ging, schaute immer wieder zur Küchentür.

Katharina kam in die Wirtsstube und ging zum Tisch des Fremden. Fahrig strich sie sich über die Stirn, zupfte an der Schürze. Und noch etwas sah Athanasius: den begehrlichen Blick des Mannes.

Katharina holte beim Vater zwei Bier, stellte eins dem Neuankömmling und eins dem Athanasius hin.

„Setz dich kurz her", forderte er sie auf. Fragte mit einer Kopfbewegung hin zu dem Mann: „Kennst den?"

„Nur ganz flüchtig."

„Weißt, wie er heißt?"

„Michel, glaub ich."

Athanasius spürte ihre Verlegenheit und drang nicht weiter in sie. Bei der Beichte würde er es schon noch erfahren.

„Weilen viel Fremde in der Stadt", raunzte der Krinner. „Gibt ständig Ärger, weil sie sich bei der Polizei keine Aufenthaltskarte holen. Beim Verlassen der Stadt, wenn sie die Karte abgeben müssten, fliegen sie auf. Erhalten dann eine saftige Strafe, werden im schlimmsten Fall sogar festgesetzt. Ich für mein Teil würd gar keine Fremden mehr reinlassen."

„Dann ging's schnell bergab mit dem Handel", widersprach Athanasius. „Und das Tuch unsrer Klosterweberei könnten wir dann auch nicht mehr an Auswärtige verkaufen."

„Ich möchte zahlen", rief der Mann, der Katharina die ganze Zeit nicht aus den Augen gelassen hatte.

Als sie sein Geld entgegennahm, bemerkte Athanasius, wie er ihr einen kleingefalteten Zettel zuschob, wie sie ihn rasch in der Rocktasche verschwinden ließ.

Nachforschungen musste er anstellen über den Mann, den sie Michel genannt hatte.

Bürgerrecht

Dem Michel ging Katharina nicht mehr aus dem Sinn. Saß er in einer Schankstube, dachte er an sie. Schlief er ein, galt sein letzter Gedanke ihr. Sogar in seinen Träumen geisterte sie herum.

Er zerbrach sich den Kopf darüber, was der Verknöcherte im Dürnbräu mit ihr zu schaffen hatte. Angenehm war der ihr nicht gewesen. Das hatte er gemerkt. Und der Klosterbruder?

Was wollte der von ihr? Gott sei Dank hatte sie seinen Zettel an sich genommen. „Ich wart jeden Tag um zwölf beim Fischbrunnen auf dich", hatte er geschrieben. Vorgestern war er umsonst dort gewesen und gestern auch. Heute wollte er sein Glück erneut versuchen.

Unruhig ging Michel in der Wohnung auf und ab. Wenn er ernsthaft um Katharina werben wollte, musste er seinen Plan mit der Weinwirtschaft endlich in die Tat umsetzen. Mit einem ohne richtige Arbeit würde sie sich nie einlassen. Das hatte sie ihm deutlich zu verstehen gegeben.

Den Adler Carl mit seinem noblen Gasthaus in der Kaufingergasse, bei dem er wegen des schmackhaften Geselchten häufig zu Gast war, hatte er bereits nach einer Weinwirtschaft, die zum Verkauf stand, gefragt. Carl hatte ihm den „Goldenen Hahn" in der Weingasse, den „Ochsenwirt" in der Bräuhausgasse und die vom Rasp in der Rosengasse genannt. Doch beim „Goldenen Hahn" gefielen Michel die Gäste nicht: eingebildete Madammen, wohlbeleibte Herren, die sich Wunder was auf ihre Herkunft zugutehielten. Und der „Ochsenwirt" stand in schlechtem Ruf, weil lauter Heruntergekommene dort verkehrten. Aber die Wirtschaft vom Rasp wär vielleicht nicht schlecht. Mitten in der Stadt gelegen, kehrten bestimmt viele Gäste ein. Besonders am samstäglichen Getreide-, Vogel- und Hundemarkt auf dem Schrannenplatz oder dem Rossmarkt im Tal. Er konnte sich das Ganze ja einmal anschauen.

In der Rosengasse betrachtete Michel die Hausfront. Frisch verputzt, machte sie einen guten Eindruck. An den Fenstern hingen saubere Vorhänge, im Erker im ersten Stock glänzte eine bunt bemalte Marienfigur.

Er zog die Uhr aus seiner Westentasche. Kurz nach zehn. Vielleicht keine schlechte Zeit, um mit dem Rasp zu reden. Er stieß die Tür auf und trat ein. Zwei, in tiefe Laibungen eingelassene Butzenfenster gaben den Blick auf die Gasse frei. An den weiß gekalkten Wänden hingen ausgestopfte Gamsköpfe, der Dielenboden blitzte frisch gescheuert. Sogar eine Klampfe und ein Hackbrett lehnten an der Wand, zeigten, dass hier auch gefeiert wurde. Und der bullige Kachelofen im Eck würde im Winter für Wärme sorgen.

Eine knarzende Tür ging auf, ein untersetzter Mann mit einem dicken Schnauzbart, den Lederschurz umgebunden, kam auf ihn zu. „Wir öffnen erst um elf."

„Die Tür war offen. Hätten Sie kurz Zeit, um was zu bereden?"

Der Rasp musterte den in feines Tuch gekleideten Mann, der mit dem Hut in der Hand vor ihm stand. „Um was geht's?"

„Hab gehört, dass Sie daran denken, die Wirtschaft zu verkaufen."

„Von wem?"

„Vom Adler Carl."

Der Rasp zwirbelte an seinem Bart. „So, so, der Adler Carl. Und was hat das mit Ihnen zu tun?"

„Ich trage mich mit dem Gedanken, eine Weinwirtschaft zu eröffnen. Und Ihre würde mir gefallen." Wohlwollend blickte sich Michel um. „Ist gut gelegen und sauber herschaun tut sie auch."

„Und wer sind Sie?" Prüfend musterte Rasp den Michel. „Und wie steht's mit Ihren Geldmitteln?"

„Die sind kein Problem. Setzen wir uns hin. Dann erkläre ich Ihnen alles."

Rasp zögerte. Doch wenn der Fremde vom Carl kam, konnte er sich ja anhören, was er zu sagen hatte. Vor allem, da er bis jetzt noch keinen passenden Käufer gefunden hatte. Dem einen hatten die Räume im oberen Stock nicht gefallen, dem anderen war der Keller zu klein gewesen. Er stellte eine Flasche Wein auf den Tisch und füllte zwei Gläser. Die Männer nahmen Platz und tranken sich zu.

Michel schnalzte mit der Zunge. „Nicht schlecht."

Da der Fremde aussah, als wäre er nicht gerade der Ärmste, wollte sich der Rasp nicht lumpen lassen. „Ein Burgunder. Ein besonderer Jahrgang. Also, was haben Sie vor?"

„Ich bin der Balthasar Michel. In Mannheim habe ich einen alteingesessenen Weinhandel gehabt, später bin ich nach Augsburg gezogen. Wie gesagt, nun möchte ich in München eine Weinwirtschaft eröffnen."

„Warum sind Sie nicht in Augsburg geblieben?"

„Das tut nichts zur Sache. Also: Stimmt es, dass Sie Ihre Wirtschaft verkaufen wollen?"

„Verkaufen wollen, würd ich sie schon."

„Warum? Sind Sie in Geldnöten?"

„Wir verdienen mehr als genug." Rasp nahm einen Schluck vom Wein. „Ist wegen der Kinder. Hab einen kleinen Bub und zwei Töchter. Die eine ist dreizehn, die andere fünfzehn. Sind gefährliche Zeiten für sie."

„Die Mädel müssten Ihnen doch eine große Hilfe sein."

„Schon. Aber mir graut vor den französischen Soldaten in der Stadt. Und österreichische lungern auch noch rum. Wann der nächste Krieg kommt, weißt auch nicht. Jetzt sollen die Franzosen bei uns einquartiert werden. Die Offiziere in Wirts- und Bürgerhäusern, die Soldaten in sonstigen Unterkünften. Kriegen alles für umsonst und fressen uns die Haar vom Kopf. Und was meinen Mädeln passieren könnt, daran mag ich gar nicht denken."

„Und wo wollen Sie hinziehen?"

„In die Nähe von Otterfing. Dort auf dem Land ist's besser. Mit dem Geld aus dem Verkauf übernehm ich den Hof vom Schwager. Der Schwager ist alt und will sich zur Ruh setzen."

„Wie viel würden Sie denn verlangen?"

Rasp überlegte. Sollte er den Betrag nennen, den er mit seiner Frau beratschlagt hatte? Oder mehr? Wenn der schon durchblicken ließ, dass Geld keine Rolle spielte, konnte es nicht schaden, den Preis höher anzusetzen.

„Für die Weingastgebergerechtigkeit zweitausend Gulden. Die Gebühr dafür müssten Sie beim Magistrat bezahlen. Die Gewerbeerlaubnis beantragen Sie bei der Stadt. Und für das Haus will ich noch tausendfünfhundert dazu. Ist geräumig, hat einen großen Keller und einen beachtlichen Speicher. Hinten im Garten gibt's einen Brunnen und drei Remisen für die Pferde. Außerdem haben wir die Erlaubnis, den Gästen Kost und Logis zu bieten. Aber das machen wir nicht mehr, weil meiner Frau die Arbeit zu viel geworden ist. Wär aber ein guter Zugewinn für Sie. Was meinen Sie? Wär ein wohlfeiler Preis."

Michel überlegte, ob er nachverhandeln sollte. Doch so, wie das Haus ausschaute, schien es die Summe wert. „Bin nicht abgeneigt. Müsste mir halt alles einmal ansehen."

Dem Rasp kamen jetzt doch Zweifel. „Ich weiß auch nicht. Ich kenn Sie ja gar nicht. Haben Sie überhaupt eine Aufenthaltserlaubnis?"

Michel zog die Karte, die er wegen der ständigen Polizeikontrollen stets bei sich trug, hervor und reichte sie dem Gastwirt.

Der las vor: „Hiermit gewähren wir dem Handelsmann Johann Balthasar Michel, gebürtig in Mannheim, zurzeit wohnhaft im Lebzelterhaus im Tal 170, das Recht, sich dreißig Tage in der Stadt aufzuhalten. Nach Ablauf der Frist ist er gehalten, die Stadt zu verlassen oder um eine neue Genehmigung zu ersuchen."

Er gab Michel die Karte zurück. „Was ist, wenn die Genehmigung abläuft?"

„Dann lasse ich sie erneuern."

Schon wieder befielen den Rasp Zweifel. „Das geht mir alles viel zu schnell. Ich muss erst noch einmal darüber nachdenken. Nix für ungut. Aber Sie könnten auch ein Aufschneider sein."

Bei den unfreundlichen Worten gab Michel harsch zurück: „Was soll Ihnen denn passieren? Wir machen einen anständigen Vertrag, anschließend bekommen Sie Ihr Geld und können weg."

Michel sah, wie der Rasp überlegte. Vom Wein trank, das Glas wieder abstellte.

„Gibt's einen Leumund, der für Sie bürgt?"

Michel dachte an seine Freundschaft mit Max Joseph, der ihn auf seinem Gestüt in Mannheim öfter zum Kartenspiel besucht hatte. Doch das Misstrauen des Rasp ging ihm gegen den Strich. „Gibt es. Sogar einen von ganz oben. Aber wenn Sie mir nicht trauen, erkundige ich mich nach einer anderen Wirtschaft."

„Verstehen Sie mich nicht falsch", lenkte Rasp ein. „Aber die Behörden kontrollieren unerbittlich, wer in der Stadt bleiben darf und wer nicht. Wenn ich an den Falschen verkauf, würde mir eine saftige Strafe drohen."

„Sie müssen selber wissen, was Sie wollen. Sind ja Ihre Töchter und nicht meine."

Bei der Erwähnung seiner Töchter zuckte der Rasp zusammen. „Werd drüber nachdenken. Aber gesetzt den Fall, dass ich mich für Sie entscheid, müssen Sie wissen, dass es nicht einfach wird. Sie brauchen zuerst das Bürgerrecht. Ohne das darf keiner eine Wirtschaft aufmachen. Oder haben Sie es schon?"

„Noch nicht. Aber das kann ja nicht so schwierig sein. Was würde es kosten?"

„Berechnet sich aus Ihrem Vermögen."

Michel trank aus und erhob sich. „Überlegen Sie es sich. Und danke für den edlen Wein."

„Beantragen Sie zuerst das Bürgerrecht. Vorher können wir eh nix machen."

„In ein paar Tagen hab ich's. Und dann zeigen Sie mir alle Räume, den Speicher und den Keller. Wenn wir handelseinig werden, bekommen Sie das Geld sofort."

Auch der Rasp stand auf. „Fragen Sie wegen dem Bürgerrecht im Rathaus nach dem Magistratsrat Rupert Gmeiner."

Froh gestimmt verließ Michel die Wirtschaft. So schnell wie möglich musste das Bürgerrecht her. Und den Rasp würde er schon noch rumkriegen. Bis jetzt hatte immer alles geklappt, was er sich vorgenommen hatte. Und vielleicht war Katharina heute endlich am Fischbrunnen. Bis zwölf war's nicht mehr allzu lang hin.

Fischbrunnen

Nach der Unterredung mit dem Rasp ging Michel die Rosengasse entlang, hoffte, dass Katharina heute auf ihn wartete.

Er bog auf den Schrannenplatz ein und und blickte voller Erwartung zum Fischbrunnen. Sie war wieder nicht gekommen. Enttäuscht lehnte er sich an die steinerne Umfassung des Brunnens und betrachtete das Treiben auf dem Platz. Tuchhändler bauten ihre Stände auf, priesen einfache Ware aus Leinen oder Rupfen an. Schickten Käufer auf der Suche nach edleren Stoffen ins Tuchhaus, in dem sie die wertvollen Ballen aufbewahrten. Bauern stapelten Getreidesäcke, Töpfer boten ihre Ware feil. Lautstark wurde gehandelt, gemessen, gewogen. Französische Soldaten schlenderten umher und warfen jungen Frauen herausfordernde Blicke zu. Einige lächelten kokett zurück. Zu fesch sahen die Soldaten aus, in ihren dunkelblauen Röcken und den flammend roten Beinkleidern. Von der Hauptwache aus überwachten Gendarmen den Platz, bereit, beim geringsten Streit zwischen den Händlern einzugreifen.

Hinter Michel plätscherte es aus den Wasserspeiern ins Becken. Er drehte sich um, tauchte die Hände ins kühle Nass. Stieß, als er aufschaute, einen Seufzer der Erleichterung aus. Mit dem Rücken zu ihm betrachtete Katharina die Auslage der noblen Weinhandlung d'Orville. Sie blickte über ihre Schulter und kam, als sie ihn sah, langsam auf ihn zu.

Freudig eilte er ihr entgegen und legte seine Hand auf ihren Arm. „Endlich bist gekommen!"

Unwirsch machte sie sich los. „Wenn uns jemand sieht! Und überhaupt: Was fällt dir ein, mir einfach einen Zettel zuzustecken."

„Was hätt ich denn machen sollen? Hast ja getan, als kennst mich nicht." Er lachte. „Und geholfen hat's ja."

„Eingebildet bist nicht schlecht. Meinst, ich renn dir wegen einem Zettel nach? Einkaufen wollt ich."

Michel sah, dass eine Bürgersfrau sie beobachtete. „Lass uns wohin gehen, wo es ruhiger ist."

Sie gingen ins Tal. Kreuz und quer standen hier Pferde- und Ochsengespanne, Pferde wieherten, Ochsen schnaubten. Händler entluden ihre Karren und schleppten ihre Ware zum Schrannenplatz.

Michel deutete zum Lebzelterhaus. „Da wohn ich. Kommst mit zu mir?"

„Ich geh doch nicht in eine fremde Wohnung!"

„Dann gehen wir dort drüben hinein. Dort kennt dich bestimmt keiner."

Katharina zögerte. Doch der Wunsch, noch länger mit ihm zusammen zu sein, gab den Ausschlag. „Also gut. Ich komm mit."

Michel führte sie zur gegenüberliegenden Straßenseite in einen finsteren Durchgang. Dort öffnete er die Tür zur Einkehrwirtschaft zum Schlicker, in dessen Hof Händler ihre Tiere abstellen und in bereitgestellten Zimmern nächtigen konnten. Bürgersleute traf man hier kaum an. Zu schlecht war der Ruf der Absteige, in der trotz der Sperrzeit bis spät in die Nacht gezecht wurde.

Empört trat Katharina einen Schritt zurück. „Da hinein geh ich nicht. Sitzen nur üble Leut drin."

Michel, ungeduldig, ihr von der Verhandlung mit dem Rasp zu berichten: „Dann erzähl ich dir alles beim Gehen."

Sie schlenderten Richtung Dürnbräu, wichen Passanten aus, gingen vorbei an Bettlern, die mit ausgestrecktem Arm ein Almosen erflehten.

„Und? Was hast so Wichtiges zu sagen?", fragte sie.

Stolz stieß Michel hervor: „Bald hab ich eine eigene Weinwirtschaft. Kennst den Rasp in der Rosengasse?"

„Freilich. Ist gut mit dem Vater bekannt. Und seine beiden Töchter, die Lisl und die Marei, kenn ich von klein auf. Hab gehört, dass er wegwill aus der Stadt."

„Ich habe mit ihm verhandelt. Die Wirtschaft würde mir gefallen und er scheint nicht abgeneigt, sie mir zu verkaufen."

„Setzt immer alles so schnell um, was du dir vornimmst?"

„Wenn's mir wichtig ist, schon." Er blieb stehen und zog sie an sich. „Und du, du bist mir das Allerwichtigste."

Katharina schüttelte den Kopf. „Aus uns kann nix werden."

„Aber warum? Bin ich dir nicht gut genug?"

Sie wich einen Schritt zurück. „Ich bin einem andern versprochen. Dem, mit dem du mich im Dürnbräu gesehen hast."

„Dem verkniffenen Kerl?", entfuhr es Michel. „Hat er dein Jawort?"

„Nein. Aber der Vater hat's ihm gegeben."

Michel nahm Katharinas Hände in die seinen. „Mir sollst gehören und keinem andern."

Wie warm und weich fühlten sich Michels Hände an. Ganz anders als die kalten vom Krinner. Zögernd begann sie: „Ich kenn dich doch gar nicht richtig. Und das Wort vom Vater gilt."

„Aber warum grad der Verknöcherte? Der passt gar nicht zu dir."

„Der Vater sorgt sich halt um mich. Fürchtet, dass ich eine Einschichtige bleib."

„Du? Du könntest doch einen jeden kriegen."

Wie sollte sie es ihm nur erklären? Dass sie hin- und hergerissen war zwischen dem Drang, dem Vater einfach nachzugeben, und dem Wunsch, sich den Mann, den sie einmal heiraten würde, selber auszusuchen. Und der Krinner wäre das ganz bestimmt nicht.

„Es ist so", begann sie, „dass der Vater nach meiner Heirat vielleicht in den Magistrat kommen könnt. Durch die Fürsprache vom Krinner. Wenn ich nur wüsst, wie ich dem auskommenn könnt."

Sanft strich Michel ihr übers Gesicht. „Würdest mich denn wollen?"

„Regel du erst einmal das mit der Wirtschaft." Sie machte sich los und rannte davon.

Verdutzt schaute Michel ihr nach. Carlotta, die hinter einem Hauseck hervorlugte, bemerkte er nicht.

Unauffällig zog sich Carlotta zurück. Da schau her, grollte sie. Ausgerechnet mit der Katharina war er verbandelt.

Ihrer engsten Vertrauten aus Kindertagen schenkte er, was sie sich so sehnlich wünschte. Fast jeden Tag war sie früher ins Dürnbräu geeilt. Alles hatten sie geteilt, sogar ihre Puppen getauscht. Gelacht wurde viel, als Katharinas Mutter noch lebte. Lieder hatten sie mit ihr gesungen, Kinderreime hergesagt. Später, als sie beim Besticken der Borten und Katharina dem Vater helfen musste, hatten sie sich kaum noch getroffen. Und jetzt das! Verbittert lachte Carlotta auf. Aber Wunder war's keins, dass er sich an die Katharina herangemacht hatte. Bei der Mitgift, die sie mitbringen würde. Und was hatte sie? Nix.

Missmutig ging Carlotta zurück zum Lebzelterhaus. Dem Michel den Dreck wegzuputzen, die Wäsch zu machen, ihm ein Essen hinzustellen, dafür war sie gut genug. Zu was hatte sie ihm fast jeden Tag einen frischen Blumenstrauß auf den Tisch gestellt? Ihren Rocksaum etwas höher höher geschoppt, damit er ihre schlanken Fesseln bewundern konnte? Versucht, ihn mit ihrem schönsten Lächeln zu betören? Grad für die Katz war es gewesen.

Einfach ungerecht war's, grummelte sie weiter vor sich hin, dass die einen alles hatten, die andern jeden Tag schauen mussten, wie sie das Geld fürs Essen herbekamen. Als sie noch beim Gmeiner in Dienst stand, hatte sie gesehen, was Wohlstand hieß. Der hatte, wenn ihm das Fleisch nicht schmeckte, den Teller einfach beiseitegeschoben, und war in die Wirtschaft gegangen. Das Wasser war ihr im Mund zusammengelaufen, wenn sie den vollen Teller in die Küche zurücktrug. Was mitzunehmen, hatte sie sich nicht getraut, weil ihr die Köchin genau auf die Finger schaute. Bei ihnen daheim gab es fast nie Fleisch. Nur manchmal, an den hohen Feiertagen. Knapp war das Geld zwar immer noch, doch mit ihrer zusätzlichen Arbeit als Zugeherin kamen sie einigermaßen hin. Carlotta presste die Lippen aufeinander. Sie wusste, was Sparen hieß und wie man einen Hausstand zusammenhielt. Mit ihr wär der Michel besser dran, als mit einer wie der Katharina, der es nie an was gefehlt hatte.

In Michels Wohnung sank sie auf einen Stuhl und presste ihre Hände gegen die Augen. Sofort sah sie wieder vor sich, wie zärtlich Michel Katharina an sich gezogen hatte. Sie fuhr mit dem Finger über ihren Mund. Wünschte sich mehr als alles andere auf der Welt, seine Lippen auf den ihren zu spüren.

In der Schlafkammer öffnete sie die Schranktür und besah sich im Spiegel. Große, dunkle Augen blickten ihr entgegen. Ihr fülliger, tiefroter Mund war auch nicht zu verachten. Und ihre rosige Haut ließ nichts mehr ahnen von den Blattern, die sie als Kind entstellt hatten. Sie strich über ihre Brüste, hörte, wie die Wohnungstür ins Schloss fiel.

„Carlotta, bist da?", rief Michel.

Rasch klappte sie die Schranktür zu, schüttelte das Bett auf, tat geschäftig.

„Ist das Essen fertig?", fragte er an der Tür.

„Bin noch nicht dazu gekommen, bei dem ganzen Verhau", patzte sie ihm hin. Deutete auf die leeren Gläser neben dem

Bett, die achtlos hingeworfenen Papiere. Hob einen Strumpfsocken und ein verknittertes Hemd vom Boden auf.

„Was bist denn so grantig?" Michel legte seine Hände auf ihre Schultern und drehte sie zu sich herum. „Wenn du was hast, dann sag es mir."

„Ihr müsst Euch eine andre Zugeherin suchen."

„Warum? Hast eine bessere Stelle gefunden?"

„Das ist's nicht."

„Was dann? Bist nicht mehr zufrieden bei mir?"

„Nie beachtet Ihr mich, nie sagt Ihr mir was Schönes. Wo ich mir solche Müh geb, Euch alles recht zu machen."

„Hast denn keinen Verehrer, der dir was Schönes sagt?"

„Doch", log sie.

„Dann ist ja alles gut." Behutsam strich er ihr übers Gesicht. „Ich möchte, dass du bei mir bleibst. Ohne dein Essen, tät ich glatt verhungern. Und jetzt geh in die Küche. Ich hab einen Riesenhunger."

In der Küche stellte Carlotta die gusseiserne Pfanne auf den Herd. Spürte noch immer Michels Berührung auf ihrem Gesicht. Noch war nicht alles verloren.

Schluckzettel

Schon seit dem Morgengrauen half Carlotta ihrer Mutter, beugte sich über den Tisch, sortierte Stoff in gleich breite Streifen.

„Umsäum jetzt den Rand", befahl die Kreszenz. „Aber, dass mir hernach keine Fransen vorstehn." Carlotta zog einen Zwirn durchs Nadelöhr.

Schon als kleines Kind hatte sie der Mutter zur Hand gehen müssen. Musste zuerst auf Stoffflecken gerade Stiche, Kreuz- und Schlingstiche üben. Blutige Finger hatte sie sich dabei geholt. Und recht machen konnte sie der Kreszenz auch nix.

„Stick nicht so schlampig!", hatte die geschimpft. „Siehst nicht, wie sich der Stoff zusammenzieht?"

Einmal hatte ihr die Mutter den Maßstock so fest auf den Kopf geschlagen, dass ihr das eine Ohr ganz aufgeschwollen war. Knapp war das Geld gewesen, an ein neues Gewand nicht zu denken. Aus alten Röcken hatte die Mutter den Saum rausgelassen, Flicken auf abgeschabte Stellen genäht, die Socken so lange gestopft, bis von ihnen kaum noch was übrig war. Mit der Zeit wurde es besser, die Bortenmacherei brachte mehr Geld ein, die Mutter wurde umgänglicher. Jetzt hatte Carlotta ab und zu sogar Stoff für ein neues Kleid.

Sie schob ihre Gedanken beiseite und fuhr, wie die Mutter ihr gerade befohlen hatte, mit ihrer Arbeit fort. Umkettelte erst die schmalen, dann die langen Ränder.

Die Kreszenz füllte inzwischen ein Band festen Stramins mit Kreuz- und Stielstichen. Beugte sich, weil ihre Augen immer schlechter wurden, tiefer über den Stoff. Seit ihren Vitus die Schwindsucht dahingerafft hatte, musste sie sich mit ihrer Tochter allein durchschlagen. Nun hieß es Ware einkaufen, sich mit Stoffhändlern herumstreiten, die immer wieder versuchten, sie übers Ohr zu hauen. Sie stand auf, streckte den schmerzenden Rücken. „Mach noch mehr Streifen."

Carlotta legte das Band beiseite und begann zu schneiden. Schrie plötzlich auf. Tief war ihr die Schere in den Daumen gefahren. Blut tropfte auf ihren Rock, verfleckte die weiße Schürze.

„So kann ich nicht zu meinem Dienstherrn!"

„Hättest halt besser aufgepasst", grantelte die Mutter.

Carlotta wickelte ein sauberes Stück Leinen um den Daumen. „Ich muss geh'n. Das Essen für den Herrn vorbereiten."

„Der Herr, der Herr! Nix wie den hast noch im Kopf."

Oben in ihrer Kammer band Carlotta die blutbefleckte Schürze ab und zog das Arbeitsgewand über den Kopf. Suchte im

Kasten nach einem Kleid, das ihr gut zu Gesicht stand. War es das blaue, mit Häkelborten verzierte, oder das grüne mit den bunt bemalten Knöpfen? Sie entschied sich für das blaue, weil es ihre Brüste gut zur Geltung brachte. Anschließend bürstete sie sich das Haar und bedeckte es mit einer Haube. Zog ein paar Strähnen hervor, drehte sie zu gefälligen Locken. Beim Gedanken an den Michel schlug ihr Herz höher. Einen besseren Dienstherrn konnte sie sich nicht wünschen. Er war so ganz anders als ihr vorheriger, der Gmeiner, der mit groben Worten nicht gespart hatte. Michel war freundlich und hatte ihr sogar einen halben Kreuzer zusätzlich zu ihrem Lohn zugesteckt.

Carlotta band sich einen roten Gürtel um, schoppte den Rocksaum höher, bis ihre schlanken Fesseln hervorblitzten.

Was konnte sie nur tun, damit er wenigstens ein Mal den Arm um sie legte, ihr ein zärtliches Wort zuflüsterte? Hin und her überlegte sie. Die Schluckzettel ihrer verstorbenen Großmutter kamen ihr in den Sinn.

„Sind alle in Altötting geweiht", hatte sie gesagt. „Wenn du dir was ganz Besonderes wünschst, isst einen davon. Dann lasst ihn ganz lang im Mund und betest ein Vaterunser dazu. Wenn du zwei davon isst, hilft's noch besser. Kannst sie auch für einen Liebeszauber hernehmen, wenn du willst, dass einer dich mag. Dann gibst sie ihm heimlich ins Essen."

Die Großmutter hatte, wenn die Gicht sie plagte, mehrere Schluckzettel in Wasser aufgelöst und es dann getrunken. Kurz darauf war das Gliederreißen weg.

Carlotta kruschelte in der Truhe herum. In einem alten Stundenbuch fand sie den Bogen mit den aufgeklebten Bildchen, die die Schwarze Madonna aus Altötting zeigten. Sie zog eins ab und steckte es in den Mund. Murmelte ein Vaterunser. Schob vorsichtshalber noch zwei Bildchen nach, befeuchtete sie mit der Zunge, schluckte das pappige Zeug hinunter. Anschließend verstaute sie den Bogen in der Rocktasche.

Bevor sie ging, öffnete sie die Tür zum Bortenladen. „Dann bis später."

„So laufst mir nicht herum!" Die Mutter steckte Carlottas Locken unter die Haube, zupfte am Rock, bis er die Fesseln bedeckte. „Ich weiß, wie sie sind, die feinen Herrn. Erst wollens dich, dann lassens dich fallen." Sie schlug das Kreuzzeichen auf Carlottas Stirn. „Geh mit Gott."

Als Michel später die Wohnung betrat, siebte Carlotta gerade Mehl in eine Schüssel, gab Milch und Eier dazu.

„Was gibt's zum Essen?", rief er an der Tür.

Carlotta schlug den Teig zu schaumigen Blasen. „Eine Mehlspeis. So wie Ihr sie mögt. Mit Zucker und viel Weinbeerl."

„Ruf mich, wenn du fertig bist." Schon stieg er die Stufen zur Dachkammer hinauf.

Grantig bearbeitete Carlotta den Teig. Wieder hatte er sie kaum angeschaut. Sie hörte, wie er oben das Schloss aufsperrte, hörte die Dielen knarzen, als er in der Kammer hin- und herging. Zu gern hätte sie gewusst, was es mit dem stets verschlossenen Raum auf sich hatte. Vergeblich nach einem zweiten Schlüssel gesucht.

Entschlossen nahm sie vier Schluckbilder aus ihrer Tasche, zerriss sie, rührte sie unter den Teig und gab ihn in die Pfanne. Wartete, bis er goldbraun glänzte, zerpflückte ihn in kleine Stücke. Ein paar Papierecken standen noch hervor. Rasch drückte sie das Papier in die Mehlspeis, überdeckte das Ganze mit feingesiebtem Zucker.

„Das Essen ist fertig", rief sie hinauf.

Michel setzte sich an den Küchentisch. „Gut riecht's."

Carlotta stellte ihm den gefüllten Teller hin. „Wohl bekomm's."

An den Türrahmen gelehnt beobachtete sie, wie Michel sich einen Löffel voll in den Mund schob. Wie er langsam kaute, zu der Flasche Wein auf dem Tisch griff, sich einschenkte, trank. Anschließend den Teller leer aß.

„Wollt Ihr noch was? Ist noch genug da."

Michel schob den Teller von sich. „Wenn du mir weiter so gut kochst, werd ich noch kugelrund."

Carlotta lächelte in sich hinein und dankte im Stillen ihrer Großmutter.

Leumund

Heute wollte Michel es hinter sich bringen und, wie es ihm der Rasp geraten hatte, beim Ratsmitglied Rupert Gmeiner sein Bürgerrecht beantragen. Am Schrannenplatz stieg er die Treppe aus roten Marmorstufen, die direkt in den großen Rathaussaal führte, hinauf, trat ein und sah sich bewundernd um. Durch drei, fast bis an die Decke reichende Fenster schien die Sonne herein. Beleuchtete die mit Hunderten von Messingmuscheln verzierte Decke, strich über die Gemälde einer Ahnengalerie an den Seitenwänden.

Was für einen Gegensatz zu den armseligen Menschen, die sich hier drängten: Männer, deren Ausdünstungen Michel übel in die Nase stiegen, Frauen in fadenscheinigem Gewand, abgemagerte Kinder.

„Was ist hier los?", fragte er einen finster dreinschauenden Aufseher.

„Die Almosenverteilung, wie an jedem Mittwoch. Wenn die Leut ein Armenbillett vorweisen, erhalten sie je nach Bedürftigkeit ein bis drei Gulden. He, du da!", fuhr der Aufseher einen Bettler an. „Wart gefälligst, bis du dran bist."

Eine Frau, das Gesicht mit Eiterpusteln übersät, keifte: „Lassts mich frei! Ich hab nix getan!" Sie kauerte in einer Ecke, in der ein Gendarm heruntergerissene Männer, in Lumpen gekleidete Frauen bewachte.

„Gschwerl. Nix wie Gschwerl", schnaubte der Aufseher. „Sind eingefangene Bettler, die hergebracht und registriert werden. Hernach kommens ins Arbeitshaus. Schadet ihnen nix, wenns mal was arbeiten müssen. Ich verdien mein Geld auch nicht für umsonst. Was willst eigentlich du? Schaust nicht grad aus, als bräuchtest ein Almosen."

„Zum Magistratsrat Gmeiner möchte ich."

„Da bist falsch. Da musst ins kleine Rathaus am Petersbergl. Die Amtsstuben sind dort."

Am Petersbergl stand Michel vor der steinfarben bemalten Fassade des kleinen Rathauses und legte die Hand auf die Ummauerung der steilen Außentreppe.

„Halt!", fuhr ihn ein Wachposten an. „Wohin willst?"

„Zum Magistratsrat Gmeiner."

„Bist angemeldet?"

„Ja", log Michel forsch.

Der Aufseher musterte ihn, fand ihn anscheinend passabel und trat zur Seite.

Michel ging die steinerne Ratsstiege hinauf, betrat das Rathaus und gelangte vor die Tür der großen Ratsstube. Klopfte an und betrat nach dem „Herein" den eichengetäfelten Raum. Sah sich einem wohlgenährten Mann hinter einem Schreibtisch gegenüber. Der Tisch quoll schier über vor Büchern und Dokumenten, ein Briefbeschwerer in Löwenform hielt einen Packen glattgestrichener Dokumente an ihrem Platz.

„Was führt Euch her?", fragte ihn der Mann und nahm seinen Nasenzwicker ab.

„Den Magistratsrat Gmeiner möchte ich sprechen."

„Da seid Ihr genau richtig."

„Kann ich bei Euch das Bürgerrecht beantragen?"

„So ist es. Aber das gibt's nicht für einen jeden. Und schon gar nicht für umsonst. Solltet Ihr es bewilligt bekommen, wird die Gebühr dafür aus Eurem Vermögen berechnet. Habt Ihr eins?"

„Kann man so sagen."

„Doch Geld allein ist nicht ausschlaggebend", fuhr der Magistratsrat fort. „Einen guten Leumund braucht's auch. Kommt jeden Tag ein andrer daher, der bei uns sesshaft werden will. Sind viel Unbrauchbare dabei."

Die abfällige Bemerkung stieß Michel sauer auf. Mit fester Stimme forderte er: „Den Antrag möchte ich gleich jetzt stellen."

Wie zufällig legte er einen Gulden auf den Tisch, wie zufällig schob ihn der Magistratsrat unter die Papiere.

„Zuerst nehme ich Eure Personalien auf", erklärte Gmeiner schon viel umgänglicher. „Dann geb ich sie in die Ratsversammlung. Dort wird darüber entschieden. Und gesetzt den Fall, Ihr erhaltet die Bewilligung, seid Ihr dann bereit, den Bürgereid vor dem Rat zu schwören?"

Auf irgendetwas zu schwören, war Michel zuwider. Trotzdem nickte er.

„Dann nehmt Platz." Gmeiner tauchte einen Federkiel ins Tintenfass und streifte ihn ab.

„Name?"

„Johann Balthasar Michel."

„Geboren?"

„1755 in Mannheim."

„Wohnhaft wo?"

„Vorübergehend im Lebzelterhaus 170 im Tal."

„Habt Ihr die polizeiliche Genehmigung für Euren Aufenthalt?"

Michel zog sie aus der Innentasche seiner Joppe und schob das Papier dem Magistratsrat hin. Gmeiner musterte es eingehend. „Scheint alles in Ordnung zu sein. Passt auf, dass Ihr die Frist nicht überschreitet. Beruf?"

„Weinhändler. In der Rosengasse möcht ich die Weingaststätte vom Rasp übernehmen. Den Preis für die Weingastgebergerechtigkeit haben wir schon ausgehandelt."

Der Magistratsrat nickte aufgeräumt. „Bin selber in der Zunft der Weinwirte und habe eine Weinwirtschaft am Rindermarkt." Freundlich lächelte er Michel an. „Wenn Ihr die Wirtschaft vom Rasp übernehmt, dann sind wir fast Nachbarn. Gott sei Dank wollt Ihr nicht noch eine Bierschänke aufmachen. Gibt schon über hundertsechzig in der Stadt. Seit der Aufhebung vom Bierzwang kommen immer mehr dazu. Die Sauferei stürzt die Leut noch ins Verderben. Religion?"

„Protestantisch."

Mit offenem Mund starrte ihn der Gmeiner an. Die Tinte tropfte vom Federkiel, hinterließ einen dicken Batzen auf dem Papier. „Was seid Ihr?"

„Wie meint Ihr das?"

„Was für eine Religion Ihr habt, hab ich gefragt."

„Ich habe es schon gesagt. Protestant bin ich."

„Raus!"

Verdutzt stand Michel auf. „Und mein Bürger…?"

„Raus!"

„Aber…"

„Weißt denn nicht", schrie Gmeiner, „dass in der Stadt kein Lutherischer wohnen darf?"

Verwirrt strich Michel sich über die Stirn. „Warum denn nicht? In Augsburg dürfen sie's doch auch."

„Aber jetzt bist in München. Seit über vierhundert Jahr hat hier kein Akatholik das Bürgerrecht gekriegt. Und jetzt schau, dass du weiterkommst."

So rüde wollte Michel sich nicht abfertigen lassen. „Gibt es nicht doch eine Ausnahme? Ich könnte für alle Unkosten aufkommen. Und für alle sonstigen Ausgaben auch."

„Geld! Geld!", fauchte der Gmeiner und schlug mit der Faust auf einen Folianten. „Meinst vielleicht, damit kannst alles regeln? Für Protestanten gibt's bei uns kein Bürgerrecht. Kannst ja nach Augsburg gehn. Da gibt's von solchenen wie dir mehr wie genug. Und jetzt raus."

An der Tür drehte sich Michel noch einmal um. „Mein Bürgerrecht werde ich bekommen, ob es Euch passt oder nicht." Sah aus dem Augenwinkel, wie der Gmeiner den Gulden in seiner Westententasche verschwinden ließ.

Kaum hatte Michel die Amtsstube verlassen, schimpfte der Gmeiner vor sich hin: „Ein Protestant mit einer Weinwirtschaft! Dass ich nicht lach! Und die auch noch ganz in der Näh von meiner. Das ganze Viertel würd in Verruf kommen, die Gäste würden ausbleiben." Er hievte sich aus dem Sessel. Gleich jetzt würde er zum Rasp gehen. Ihm ausreden, an den Michel zu verkaufen. Setzte sich schwerfällig wieder hin. Mit dem Rasp war er seit Jahren zerstritten. Schon allein deshalb würde der nicht auf ihn hören. Aber ihm würde schon noch was einfallen um zu verhindern, dass Michel ihm das Geschäft verdarb.

Schabmadonna

Am späten Nachmittag wanderte Athanasius die Wege zwischen den Gemüsebeeten entlang und genoss die letzten Sonnenstrahlen, die über die hohen Klostermauern, auf den auf Spalieren gezogenen Wein fielen. Seine düsteren Gedanken konnten sie jedoch nicht vertreiben. Immer häufiger tauchten die kurfürstlichen Kommissäre auf. Taxierten mit Kennerblick die Kunstschätze ihres Klosters, begutachteten die wertvollen Kerzenständer, die goldenen Messgeräte. Verkauft sollte alles werden, hatte er die Kommissäre reden hören. Und noch Schlimmeres hatte er vernommen: Ihr Kloster sollte aufgelöst werden. Wie sollte es mit ihm und seinen Mitbrüdern nur weitergehen?

Die größte Sorge bereitete ihm jedoch die kostbarste Reliquie ihres Klosters: das Knochenstück aus dem Oberarm des heiligen Antonius von Padua, das den Gläubigen nur an den hohen Feiertagen gezeigt wurde, um ihnen Trost und Hoffnung zu spenden.

Nebel senkte sich herab und verschluckte die Umrisse der Klostermauer. Ihn fröstelte. Er verließ den Garten, stieg die schmale Treppe zum Dormitorium hinauf und betrat seine Zelle. Eine Bettstatt, ein Stuhl, ein Tisch, ein Schrank und ein Metallgestell für die Waschschüssel samt Wasserkrug bildeten die karge Ausstattung. Ein hölzernes Kruzifix hing an der weiß gekalkten Wand.

Müde zog er die Schuhe aus, setzte sich auf die Bettstatt und strich über seine schmerzenden Füße. Den ganzen Tag Kranke zu pflegen, Siechen Trost zu spenden, fuhr ihm Jahr für Jahr mehr in die Glieder. Er zündete eine Kerze an und holte das Bildnis der Muttergottes aus dem Schubkasten. Kurz vor ihrem Tod hatte seine Schwester Franziska es für ihn gemalt. Sanft fuhr er über das liebliche Gesicht der Gottesmutter, über ihren Schutzmantel, der auch schlimmsten Sündern Zuflucht bot.

Er strich sich über die Stirn, stieß dabei die Kerze um. Dicke Wachstropfen befleckten das Gesicht Marias. Das letzte Andenken an Franziska war ruiniert.

Niedergeschlagen zog er sich aus, legte sein Habit auf den Stuhl und kroch unter die dünne Decke. Schlief, noch während er ein Gebet murmelte, ein.

Im Morgengrauen, kurz bevor er sich mit seinen Brüdern zur Laudes versammeln wollte, erwachte Athanasius. Schlug die Decke zurück, streckte sich, kniete sich neben die Bettstatt zum Morgengebet. Seine Lieder wurden schwer, sein Kopf sank auf die Brust. Er schreckte hoch und gemahnte sich zur Pflicht. Tauchte ein Tuch in die Wasserschüssel, wrang es aus und rieb sich damit übers Gesicht. Anschließend zog er sein braunes Habit an und band sich den weißen Franziskanergürtel um. Schlüpfte in die Sandalen, verließ die Zelle, stieg die Treppe hinunter und ging durch den Klostergarten hinüber zur Kirche. Nieselregen legte sich auf sein Gesicht. Er hustete, verschränkte die Arme vor seiner Brust und trat in eine Wasserlache. „Himmelherschafts..." Erschrocken presste er die Hand auf den Mund.

Dass sie als Barfüßerorden keine Schuhe, und wenn, dann nur dünne Sandalen aus Stroh mit noch dünneren Riemen tragen durften, machte ihm zu schaffen. Eine schmerzhafte Blasenentzündung jagte die andere. Er nieste. Hoffte, dass ihm kein Stockschnupfen,* oder schlimmer noch, ein Gebrest** der Lunge drohte.

Mit eisigkalten Füßen durchschritt er den inneren Kreuzgang, öffnete die Kirchentür und betrat das Oratorium. Die meisten seiner Mitbrüder waren bereits versammelt, beteten und sangen dann aus voller Kehle: „Ecce benedicite Dominum, qui fecit caelum et terrum".

Obwohl ihm die Kälte in die Glieder drang, stimmte er freudig mit ein. Als der Gesang verklang, seine Mitbrüder sich dem stillen Gebet widmeten, hörte er das Kirchenportal zuschlagen. Mit böser Vorahnung trat er durch die Verbindungstür ins Kirchenschiff. Erschrak beim Anblick der drei schwarzgewandeten Männer.

Athanasius beobachtete, wie sie in der Kirche umhergingen, die zahlreichen Altäre musterten, goldene Kerzenleuchter begutachteten, miteinander tuschelten.

Leise zog er sich ins Oratorium zurück. Bruder Ignatius stieß ihn an: „Was ist denn los? Bist ja ganz bleich."

Athanasius stammelte: „Die Kommissäre sind wieder da."

„Gott wird uns vor ihnen beschützen", gab Ignatius zurück.

„Gott wird uns beschützen", bekräftigte Athanasius. Doch Angst beschlich seine Seele.

---

* *Stockschnupfen: fest sitzender Schnupfen im Gegensatz zum Fließschnupfen.*
** *Gebrest: ein längeres Leiden.*

Nachdem die Kommissäre und seine Mitbrüder das Gotteshaus verlassen hatten, schlug Athanasius die Hände vors Gesicht. Gab es denn keinen Ausweg? Vielleicht beim Kurfürsten um Gnade flehen? Doch bei dem war der Prior schon gewesen und zutiefst besorgt zurückgekehrt. Plötzlich kam ihm eine Idee: Was, wenn er ...?

Zögernd betrat er die nördlichste Kapelle des Lettners und kniete vor dem Maria-Schnee-Altar nieder. Blickte auf zur Statue der Maria. Flehte voller Inbrunst: „Heilige Maria, Mutter Gottes, sende mir deinen Ratschluss zu meinem Vorhaben." Ihm schien, als lächele sie ihm zu. Um ganz sicher zu sein, griff er hinter das Standbild und nahm die schwarze Schabmadonna in die Hand. Bruder Ignatius hatte die aus schwarzem Ton geformte und mit Rußfarbe überzogen Madonna, deren Staub göttliche Gnade versprach, von einer Wallfahrt nach Altötting mitgebracht.

Athanasius ergriff das bereitliegende Schabmesser. Kratzte bedächtig eine dünne Schicht des rußgeschwärzten Umhangs ab, fing mit der Hand den feinen Ruß auf, schleckte ihn auf und schluckte ihn hinunter. Um ganz sicherzugehen, rieb er in Höhe ihres Herzens noch einige Körnchen ab und schob sie sich ebenfalls in den Mund. Tiefe Zuversicht, dass sein Plan gelingen würde, durchströmte ihn. Er bekreuzigte sich, säuberte das Schabmesser an seinem Gewand und legte es mit der Madonna wieder zurück.

Im Mittelgang lehnte er sich an einen Pfeiler und überblickte das Kirchenschiff. Eine alte Frau, das Haar mit einem groben Wolltuch bedeckt, sah mit verhärmtem Gesicht zum Altar. Lautlos bewegte sie die Lippen.

Athanasius unterdrückte den Wunsch, sie nach ihren Sorgen zu fragen. Huschte stattdessen in die Sakristei, entnahm dem Kasten ein weißes Tuch und betrat die an die Kirche angeschlossene Alte Kapelle. Öffnete dort den goldenen Schrein und blieb tiefbewegt vor der wertvollsten Reliquie des Klosters stehen. Er nahm das kostbar geschmückte Reliquiar, das die Reliquie des heiligen Antonius in sich barg, an sich, schlug es in das Tuch ein und versteckte es unter seinem Habit. Leisen Schrittes ging er durch den Seiteneingang hinaus, eilte durch den Inneren Kreuzgang und gelangte in den von Wirtschaftsgebäuden umschlossenen Klostergarten.

Einige seiner Mitbrüder harkten Erde, legten Kartoffeln in bereitgestellte Körbe oder beschnitten die Birnen- und Apfelbäume. Athanasius achtete nicht auf ihre Grüße, betrat den Geräteschuppen, den Aufbewahrungsort für Harken, Schaufeln und Schubkarren. Bruder Ignatius, einen Spaten in der Hand, kam auf ihn zu.

„Gott zum Gruß, Bruder. Bist noch nicht zum Krankenbesuch unterwegs?"

Athanasius presste das Reliquiar fester an sich.

Ignatius deutete auf Athanasius' Habit. „Was tragst denn da mit dir herum?"

Athanasius zögerte. Doch da Ignatius sein innigster Vertrauter war, antwortete er schließlich: „Ungemach will ich von unserem Kloster abwenden. Lass mich allein."

Sein Mitbruder rührte sich nicht.

„Geh", bat er abermals.

Ignatius ließ nicht locker. „Ist's was Sündiges, was du tust?"

„Was Sünd ist und was nicht, bestimmt Gott allein." Kopfschüttelnd verließ sein Mitbruder den Schuppen.

Athanasius bückte sich zu einem Seitenverschlag, löste den Türriegel, rückte einige Rechen mit abgebrochenen Zähnen, stumpfe Schaufelblätter, löchrige Leinensäcke zur Seite und kroch hinein. Ganz hinten, nahe der abgeschrägten Holzwand, bettete er das Reliquiar auf ein Reisigbündel, schlug sorgsam das Tuch darum und steckte die Enden fest. Strich wie zur Abbitte darüber und murmelte: „Ich pass auf dich auf."

Von draußen hörte er Ignatius zischen: „Gib Obacht. Da kommt jemand."

Rasch kroch er aus dem Verschlag, legte den Riegel vor, stand auf und klopfte sich den Staub vom Habit.

Vor dem Schuppen unterhielten sich einige seiner Mitbrüder. Fest blickte ihm Ignatius in die Augen. Mit einem „Dank dir recht schön" machte Athanasius sich auf den Weg, sein Tagwerk zu beginnen.

Schulden

Wohlig räkelte sich Michel im Bett. Ihm träumte, dass sich Katharina an ihn schmiegte, ihre Lippen auf die seinen presste.

„Was stöhnst denn so?" Eine blonde Frau beugte sich über ihn und strich ihm über die Stirn.

Erschrocken setzte sich Michel auf. Wer zum Teufel war sie? Die verrutschte Bettdecke gab den Blick auf ihre fülligen Brüste, ihre nackten Beine frei.

„Hast schlecht geträumt?", hakte sie nach.

Ihm wurde mulmig zumute. Nur dunkel erinnerte er sich an sie. „Elsbeth heiß ich", hatte sie ihm zugeflüstert, als sie sich gestern Abend im Dürnbräu neben ihn gesetzt, sich immer enger an ihn gedrückt hatte.

Er setzte sich auf die Bettkante und barg den schmerzenden Kopf in den Händen. Stöhnte, als ihm die harschen Worte, der abschätzige Ausdruck in Katharinas Gesicht in den Sinn kamen. Den ganzen Abend hatte es ihn gewurmt, dass sie ihn wieder einmal kaum beachtet hatte. Ein Bier nach dem anderen musste er bestellen, damit sie an seinen Tisch kam. Nur ein Mal hatte sie ihn angeraunzt: „Was tust mit der Blonden rum?"

„Dann benimm dich halt nicht so, als kennst mich nicht."

An seinen Ärger konnte er sich noch erinnern. Auch an Katharinas verächtlichen Blick auf die Frau an seiner Seite und ihre gekränkten Worte: „Hast ja jetzt jemand gefunden." Doch dann?

Zögernd sprach er zu der Blonden: „Wie bist eigentlich hergekommen?"

„Du bist mir vielleicht einer", kicherte sie. „Hast mich gar nicht schnell genug mitnehmen können. Wie ein Sack bist dann ins Bett gefallen."

Kaum getraute er sich zu fragen: „War was zwischen uns?"

Sanft berührte Elsbeth sein Gesicht. „Wie denn? Hast ja kaum noch stehen können."

Bei ihrer Berührung zuckte Michel zurück. „Besser, du gehst jetzt."

Beleidigt setzte sie sich auf und zog die Decke bis zum Kinn. „In der Nacht bin ich dir grad gut genug gewesen. Hast mich an dich gepresst, dass ich kaum noch schnaufen konnt."

„Ich habe noch viel zu erledigen." Michel stand auf und suchte nach seiner Hose. Achtlos hingeworfen fand er sie auf dem Boden. Er zog sie an, nestelte den Gürtel zu und streifte sein verkrumpeltes Hemd über den Kopf. Knöpfte es, weil ihm der Schädel bei jeder Bewegung brummte, nur mühsam Knopf für Knopf zu.

Auch Elsbeth schälte sich aus dem Bett, schlüpfte in ihr Gewand, verschnürte wortlos das Mieder, fasste ihr Haar zusammen und umwickelte es mit einem Band.

Als Michel sie so stehen sah, nicht mehr ganz jung, aber immer noch verführerisch, wurde ihm schwer ums Herz. Warum war es nicht Katharina? Er nahm Elsbeths Tuch vom Stuhl und legte es ihr um die Schultern. Schob sie sanft zur Schlafkammer hinaus und begleitete sie zur Wohnungstür.

Leise fragte sie: „Sehn wir uns wieder?"

„Warten wir's ab."

„Wann?", drängte sie.

„Weiß ich noch nicht."

„Heut Abend im Dürnbräu?"

Er biss sich auf die Lippe. Bloß das nicht. „Vielleicht ist's besser, wenn du eine Zeit lang nicht ins Dürnbräu kommst."

„Warum denn?"

Rasch überlegte er sich eine Ausrede. „Könntest leicht in Verruf geraten."

Sie wandte sich zum Gehen, winkte ihm zu und rief: „Wegen so einem feschen Mannsbild wie dir wär's mir gleich."

In der Küche setzte er den Wasserkrug an, trank wegen seinem mörderischen Brand in hastigen Schlucken. Wie hatte ihm das mit der Elsbeth nur passieren können? Noch vor einigen Monaten war er weiblichen Verführungskünsten nur allzu gerne erlegen. Doch seit er Katharina kannte, verschwendete er keinen Gedanken mehr an andere Frauen. Und jetzt das. Ihm graute bei der Vorstellung, dass Katharina vielleicht bemerkt hatte, wie er mit der Elsbeth abgezogen war. Ihm deshalb den Laufpass geben würde. Noch einmal setzte er den Krug an, um den schalen Geschmack im Mund loszuwerden. Er musste mit Katharina reden.

Kurze Zeit später stand er beim Dürnbräu vor der noch verschlossenen Tür. Zögerte. Was, wenn Katharina ihn wegen der Blonden zur Rede stellte? Sein Hirn war wie leergefegt. Doch geredet werden musste. Er klopfte an, war erleichtert, dass Katharina und nicht ihr Vater öffnete.

Sie verschränkte die Arme vor der Brust. „Was willst denn jetzt schon? Hast gestern nicht genug Bier gehabt?"

„Ich muss mit dir reden. Auch wenn's dem Vater nicht passt."

„Der ist nicht da. Wenn's gar so wichtig ist, dann kommst halt rein. Magst was trinken?"

„Vom Bier reicht's mir erst mal."

„Das wundert mich nicht. Im Vollrausch bist gestern zur Tür hinaus."

Michel atmete auf. Anscheinend war die Blonde schlau genug gewesen, vor oder nach ihm die Wirtsstube zu verlassen. Er schob sich auf die Bank hinter einem Tisch und betrachtete Katharina, die wortlos den Fegsand zusammenkehrte.

„Sei so gut und setz dich her zu mir."

„Muss alles seine Ordnung haben." Sie schob den Sand auf eine Schaufel und kippte ihn in den Blecheimer. Stellte den Besen an die Wand und nahm ihm gegenüber Platz.

Unsicher begann er: „Du weißt, wie gern ich dich hab. Aber immer gehst mir aus dem Weg. Magst mich denn gar nicht?" Verlegen zupfte Katharina an ihrer Schürze herum. „So sag doch was", bohrte er nach.

Zögernd antwortete sie: „Bist mir nicht grad unrecht. Aber nicht auszudenken, wenn der Vater merken würd, dass mir was an dir liegt. Bin doch dem Krinner versprochen."

Michel hieb mit der Faust auf den Tisch. „Wie lang soll der Vater noch über dich bestimmen? Bist nicht dein eigener Mensch?"

„Er meint's doch nur gut mit mir."

„Gut meint er's? Dass ich nicht lache. Ich seh doch, wie du dich abrackerst. Ich könnt dir ein besseres Leben bieten."

„Geh weiter. Wie denn? Hast ja nicht einmal eine Arbeit."

„Aber genug Geld hab ich. Und das mit der Weinwirtschaft wird nicht mehr lang dauern. Ich war auch schon beim Magistratsrat, wegen meinem Bürgerrecht." Wie der ihn abgefertigt hatte, verschwieg er lieber. „Wenn ich dir ein Geheimnis erzähl, kannst es dann für dich behalten?"

„Freilich."

„Ich hab dir doch gesagt, dass ich in Mannheim nicht gerade der Ärmste war."

„Davon kann ich auch nicht abbeißen."

„Es ist so, dass ich dort den Max Joseph gekannt hab."

„Unsern Kurfürst?"

„Genau. In Mannheim hab ich ihm viel Geld geliehen." Endlich schaute sie ihn freundlicher an. Also fuhr er fort: „Ständig war Krieg im Land, die Staatskasse leer. Nicht einmal die Staatsbediensteten hat er noch bezahlen können. Deshalb sind wir handelseins geworden."

„Stimmt's wirklich, was du sagst?"

Sollte er Katharina von der Verhandlung mit Max Joseph, zu der auch der Baron von Eichthal erschienen war, berichten? Davon, dass er und der Baron Max Joseph Geld geliehen hatten? Ihr von seinem Groll erzählen, dass der Eichthal nun in Amt und Würden stand, er hingegen um sein Bürgerrecht betteln musste? Er verwarf den Gedanken, nahm sich stattdessen vor: Wenn der Magistrat ihm sein Recht nicht bewilligen wollte, würde er zum Kurfürst gehen. Ihn an dessen Schulden erinnern.

„Vertrau mir", bat er sie. „Bis jetzt hab ich immer noch erreicht, was ich wollte. Aber sag: Wenn ich die Weinwirtschaft hab, willst dann die Meinige werden?"

Laut fiel die die Hintertür ins Schloss. Katharina sprang auf. „Der Vater! Schnell!" Sie zog Michel von der Bank und schob ihn zur Vordertür hinaus.

Am nächsten Tag stand Katharina schon in aller Früh mit Putzeimer und Wischlappen in der Wirtsstube. Die Tische klebten von Soßenresten, die Ascher quollen über von stinkenden Zigarrenstummeln.

Sie leerte die Ascher in den Blecheimer, kratzte verspritztes Kerzenwachs von den Tischen und ärgerte sich dabei immer mehr über den Vater. Schlimmer als eine Hausmagd spannte er sie ein. Doch am meisten wurmte sie, dass er sie ständig beobachtete. Sie deshalb nicht mit dem Michel hatte reden können, als sich das blonde Weibsbild an ihn rangewanzt hatte. Katharina klatschte den Wischlappen auf den Tisch. Ein End musste sie haben, die ewige Kontrolliererei. Schließlich war sie die Erbtochter eines angesehenen Gastwirts. Und wie behandelte der sie? Wie ein Putzweib.

Magda, eine weiße Schürze umgebunden, das ergraute Haar unter die Haube gesteckt, kam herein. „Bist grantig?"

„Wie auch nicht, bei dem ganzen Saustall."

Magda nahm einen Besen zur Hand und half Katharina beim Zusammenkehren. „Wird Zeit, dass der Vater noch eine anstellt. Auch für die Küch braucht's noch jemand. Lang kann ich die Arbeit nicht mehr machen."

„Kennst ihn doch. Fremde im Haus mag er nicht."

„Wird ihm nix helfen. Wennst den Krinner heiratest, bist weg."

„Red mir bloß nicht vom Heiraten!"

„Aber Mädel", begütigend sprach die Magda auf Katharina ein. „Wehr dich doch nicht dagegen. Ein Weib braucht einen Mann. Aber lass uns jetzt mit dem Kochen anfangen, damit das Essen fertig wird."

In der Küche schnitt Magda Kutteln in feine Streifen, Katharina schälte Kartoffeln und putzte, während ihre Gedanken beim Michel weilten, dicke Stangen Lauch. Zögernd fragte sie: „Erinnerst dich an den, der mit den Münzen rumgezaubert hat?"

„Freilich. Lustig war's."

„Findest nicht, dass es Teufelszeug war, wie die Alte behauptet hat?"

„Geh weiter. Die Leut nennen alles Teufelszeug, was ihnen fremd ist. Und die Alte kenn ich. Betet immer fromm in der Kirch herum und wenn's keiner sieht, griffelt sie hinein in den Klingelbeutel."

„Wo die sich immer bekreuzigt, bevor sie bei uns mit dem Essen anfangt? Das glaub ich nicht."

„Hab's mit eigenen Augen gesehn. Glaub mir: Die, die vornrum am frömmsten tun, sind hintenrum oft die Schlimmsten. Und jetzt spuck schon aus, was du hast."

„Ist bloß…"

„Jetzt sag schon."

„Der Michel, also der, der mit den Münzen gezaubert hat, gefallt mir." Erleichtert atmete sie auf. Endlich war es heraus.

„So, so, gefallen tät er dir. So richtig?"

„Frag doch nicht sowas."

Magda zog Katharina auf die Küchenbank. „Mir kannst alles sagen. Weißt doch, dass ich's für mich behalt."

Den Tränen nahe stieß Katharina hervor: „Es ist halt so, dass ich den Krinner nicht heiraten will. Immer ist er so ernst. Immer gegen jede Freud. Bildet sich Wunder was ein auf seine Stellung im Magistrat. Wenn ich den heirat, hab ich nix mehr zum Lachen."

„Aber mit ihm hättest einen ehrbaren Mann", widersprach die Magda.

„Aber der Michel ist immer gut aufgelegt. Und Späße machen kann er. Und zaubern."

„Von sowas wirst nicht satt. Und was ist, wenn du einmal Kinder hast? Was arbeitet er überhaupt?"

„Die Wirtschaft vom Rasp will er übernehmen."

„Hat er das Geld?"

„Gesagt hat er's."

„Glaubst ihm?"

„Schon."

„Woher weißt das alles überhaupt?"

Katharina zögerte. „Sagst es bestimmt nicht dem Vater?"

„Weißt doch."

„Am Schrannenplatz hab ich ihn getroffen."

Warnend hob Magda den Finger. „Dass du mir keine Dummheiten machst. Sind schneller passiert, als wie man denkt. Überleg dir's gut. Einen heiraten, den man nicht mag, bringt zwar kein Glück, aber man gewöhnt sich dran. Aber sich auf einen einlassen, der keine richtige Arbeit hat, kann einen ins Verderben stürzen. Wart erstmal ab, ob das mit der Wirtschaft überhaupt was wird. Dann kannst dir's immer noch überlegen."

„Aber der Vater benzt wegen dem Krinner ewig an mich hin."

„Lass ihn benzen. Die Heirat würd ihm zwar zupasskommen, aber unglücklich sehen will er dich nicht."

„Warum ist er dann oft so schroff zu mir?"

„Der tät sich lieber die Zunge abbeißen, als sagen, wenn ihm was gefallt. Mit deiner Mutter war's genauso. Aber wie sie gestorben ist, hätt ihn das fast ins Grab gebracht. Bis heut hat er ihren Tod nicht verwunden."

„Wenn sie doch noch da wär. Die wüsst, was das Richtige ist."

„Bist alt genug, um selber zu entscheiden."

„Wenn's nur so einfach wär!" Katharina schob die Kartoffeln ins brodelnde Wasser und drehte sich zur Magda um. „Neulich hab ich beim Goldschmied ein Kreuz gesehen. Eins zum Umhängen. So eins tät ich mir so sehr wünschen."

„Frag doch den Vater, ob er's dir schenkt."

„Den? Wo er jeden Kreuzer zwei Mal umdreht?"

Plötzlich stand Konrad an der Tür. „Was habt's zum Reden von einem Kreuz? Und kocht sich das Essen vielleicht von allein?"

„Mandel dich bloß nicht so auf", fuhr ihn die Magda an. „Das Essen war allerweil noch rechtzeitig fertig."

Schimpfend ging Konrad hinaus. „Weiberleut. Nix wie Ratschen im Kopf."

Magda feixte. „Der Vater, wie er leibt und lebt. Schimpfen kann er wie kein andrer. Aber ein gutes Herz hat er auch wie kein andrer."

Schwur

Lustlos stocherte Michel im Essen herum. Saures Lüngerl mit Broteinlag. Inzwischen war er zwar an das derbe bayerische Essen gewöhnt, das ihm nach seiner Ankunft ewig im Magen gelegen war, trotzdem verspürte er heute keinen Appetit. Nix ging vorwärts. Nicht mit seinem Bürgerrecht, nicht mit Katharina. Schon immer hatte er sich eine Frau gewünscht, die ihm ebenbürtig, ihm nicht nur wegen seines Geldes zugetan war. Seine Pläne, seine Sorgen wollte er mit ihr teilen. Und Katharina war schön, klug und redete ihm nicht nach dem Mund. Doch es war wie verhext. Immer wenn er mit ihr reden wollte, kam irgendwas dazwischen.

„Schmeckt's Euch nicht?" Schmollend stand Carlotta an der Tür.

„Doch, doch." Er aß etwas vom Lüngerl, spülte mit einem Schluck Bier nach.

„Schaut aber nicht so aus. Möcht bloß wissen, warum ich mir so eine Müh geb."

„Hab dir schon hundertmal gesagt, dass mir dein Essen schmeckt."

„Und das andere?" Carlotta trat an den Tisch, verschob wie zufällig ihr Brusttuch und beugte sich zu ihm.

„Was, das andere?"

Sie beugte sich tiefer. Als Michel den Kopf abwandte, fuhr sie gekränkt zurück. „Dass ich putz, die Wäsche mach und..."

„Deswegen hab ich dich eingestellt." Er schob den Teller von sich und stand auf. „Geh wieder in die Küche." Ärger mit der Carlotta hätte ihm gerade noch gefehlt.

Er nahm seinen Janker vom Haken und verließ die Wohnung. Wollte sich das Haus vom Rasp noch einmal anschauen. Auf dem Schrannenplatz zupfte ihn jemand am Ärmel. Er drehte sich um und blickte ins strahlende Gesicht der Elsbeth.

Kokett blinzelte sie ihn an. „Kennst mich noch?"

Verwirrt ließ er den Blick über ihre Brüste gleiten, über die blonden Locken, die sich unter ihrer Haube hervorschlängelten. Stotterte: „Schön schaust aus."

„Hab neulich nicht gedacht, dass du besonderen Gefallen an mir findest", grollte sie. „Hast mich ja gar nicht schnell genug loswerden können."

„Weil ich was zu erledigen hatte."

Ein Franzmann scharwenzelte um die Elsbeth herum. Sie bedachte ihn mit einem verführerischen Augenaufschlag, hakte sich kichernd bei Michel ein und zog ihn mit sich.

Michel wurde es ganz heiß. „Du weißt, wie du die Männer rumkriegst."

„Dich vielleicht auch?" Mit geöffneten Lippen hob sie ihm ihr Gesicht entgegen. „Dann zeig's mir."

Aus dem Augenwinkel sah er Katharina am Gemüsestand und, wie sie ihn, ihren Korb fest an die Brust gepresst, fassungslos beobachtete. Sofort ließ er ab von der Elsbeth, hörte nicht auf ihr erstauntes „Was ist denn jetzt schon wieder?"

Bevor er Katharina erreichen konnte, war sie verschwunden. Ratlos suchte er den Platz nach ihr ab. Einige Schritte vor ihm hatte sich eine Menschentraube gebildet. Inmitten der Menge sah er den Kurfürsten, der manchmal über den Schrannenplatz schlenderte, um mit seinen Untertanen zu reden.

Max Joseph nahm einen Apfel aus dem Korb einer Marktfrau und biss kräftig hinein. Schon in Mannheim hatte er mit den einfachen Leuten gesprochen, sich nicht gescheut, in bescheidenen Wirtshäusern einzukehren. Auch jetzt war er umringt von Männern und Frauen, die ihm die Hand schütteln, ein paar Worte mit ihm wechseln wollten.

Der Kurfürst schien glänzender Laune, strich einem Buben über den Kopf, rückte einem Mädel die verrutschte Haube zurecht. Michel wurde näher an ihn herangeschoben, sah sich ihm von Angesicht zu Angesicht gegenüber.

Der Kurfürst erstaunt: „Du in München?"

„Gott zum Gruß." Michel verbeugte sich und fügte leicht spöttisch hinzu: „Euer gehorsamer Diener."

„Hör auf mit dem Unfug. Sag mir lieber, wie lange du in München zu bleiben gedenkst."

„Hängt von meinen Geschäften ab." Fest blickte Michel Max Joseph ins Gesicht. „Gibt allerhand Finanzielles zu regeln. Hab noch eine Menge Gelder ausstehen."

Der Kurfürst senkte die Stimme: „Komm morgen zu mir."
Mit einem Mal stand Katharina neben Michel und lauschte erstaunt dem Gespräch. Um ihr zu imponieren, sprach Michel so laut, dass alle es hörten: „Wir könnten wieder einmal Karten spielen. So wie damals in Mannheim."
Max Joseph schmunzelte. „Mit deinen Karten bleibst mir vom Leib. Hast mich ja nie gewinnen lassen." Dann tauchte er in der Menge unter.
Katharina spöttisch: „Scheinst unsern Kurfürst ja gut zu kennen."
Stolz wölbte Michel die Brust. „Sind fast per Du miteinand."
„Dann ist's wahr, das mit dem Geld?"
„Wenn ich's doch sag."
„Aber andre kennst auch gut."
„Wen meinst?"
„Weißt genau, wen ich mein."
„Ach die? Mit der hab ich doch nix. Dich will ich und keine andre."
Katharina stellte ihren Korb auf den Boden. „Das schwörst mir jetzt auf Ehr und Gewissen."
Michel schluckte. Das war ein gewichtiger Schwur. Doch dann hob er die Hand. „Ich schwör's. Aber du musst mir auch was versprechen."
„So? Was denn?"
Da war sie wieder, seine Katharina. Widerborstig und so schön, dass ihm das Herz bis zum Halse klopfte. „Wenn ich wieder ins Dürnbräu komm, tust nicht mehr so, als würdest mich nicht kennen."
„Aber der Vater …"
Ernst standen sie sich gegenüber. „Dann lass mich mit ihm reden."
„Ich werd ihn fragen, wann du kommen kannst." Sie nahm dem Korb vom Boden auf und wandte sich zum Gehen.

„Fragst ihn bestimmt?", rief Michel ihr nach. Doch Katharina hörte ihn schon nicht mehr.

Schuldverschreibung

Am nächsten Morgen schloss Michel die Tür zur Dachkammer auf und trat an die aufgebockte Platte. Zog die in ein Tuch eingeschlagene Rolle hervor, löste die Kordel und glättete das Papier. Die ersten Sonnenstrahlen drangen durch die Dachluke und ließen ihn das Geschriebene gut erkennen: eine Schuldverschreibung, ausgestellt von Max Joseph in Mannheim, als ihn der jetzige Kurfürst, damals noch einfacher Herzog, wieder einmal besucht hatte, um die Pferde seines Gestüts zu bewundern, ihnen über die Flanken zu streichen. Manchmal hatte sich Max Joseph auf einen Rappen geschwungen, war über die abgemähten Felder galoppiert. Ein guter Reiter war er gewesen, hatte schlank und geschmeidig im Sattel gesessen.

Immer häufiger war Max Joseph zu Besuch gekommen, bis sie sich eines Tages bei einer Flasche Tokajer zum Kartenspiel niedersetzten. Max Joseph liebte das Spiel. War bereits als junger Mann regelmäßiger Gast in französischen Casinos gewesen und hatte dort beträchtliche Spielschulden angehäuft.

Zwei Flaschen Wein waren bereits geleert, als Max Joseph von seinen Geldsorgen erzählte, die ihm das Leben vergällten.

Lag es am reichlich genossenen Wein, an der ausgelassenen Stimmung, dass er Max Joseph vorgeschlagen hatte, ihm mit einer größeren Summe auszuhelfen? Nicht nur. Schon damals hatte er gewusst: Einen einflussreichen Gönner zu haben, konnte nie schaden.

Michel steckte das Dokument in eine Ledertasche und machte sich auf den Weg zur Residenz. Es traf sich gut, dass heute Donnerstag war, denn an diesem Wochentag durften die

Bürger ihren Kurfürsten immer zwischen acht und zwölf Uhr ohne Anmeldung sprechen. Max Joseph legte Wert darauf, stets ein offenes Ohr für die Sorgen und Nöte seiner Landeskinder zu haben. Michel konnte nur hoffen, dass heute nicht zu viele Einlass begehrten.

Er hatte Glück. Vor dem Eingang des nördlichen Residenztraktes stand nur ein zur Bewachung abgestellter Soldat, der mit gelangweilter Miene in die Gegend schaute.

„Der Kurfürst hat mich herbestellt", sprach Michel ihn an.

„Dann geh in den dritten Stock und wart im Vorzimmer."

Michel stieg die knarzenden Treppen des düsteren Stiegenhauses hinauf und betrat das Vorzimmer des kurfürstlichen Kabinetts. „Was willst?", befragte ihn ein Lakai gleich an der Tür.

„Der Kurfürst hat mich herbestellt", antwortete Michel.

„Dann wart."

Michel nahm auf einem der blau gepolsterten Stühle Platz und sah sich um. Die Wände waren bedeckt mit Landschaftsgemälden, auf einem Ecktisch stand ein ausladender Vogelkäfig, leuchtend gelbe Sittiche hangelten sich die Gitterstäbe entlang.

Zwei Männer traten ein, setzten sich nach kurzem Gruß. Der eine rieb stumm seine schwieligen Hände, der andere strich das Haar zurück, nestelte am Hemdkragen.

Ein Soldat verließ das kurfürstliche Kabinett, nickte ihnen zu und verließ den Raum.

„Jetzt kannst hinein", verkündete der Lakai.

Michel, die Ledertasche unterm Arm, stand auf und betrat das Kabinett. Einige Bologneser Hündchen sprangen bellend auf ihn zu. Er strich ihnen über das weiß-wuschelige Fell, zufrieden trollten sie sich in ihren Korb.

„Dein Besuch hat ja nicht lang auf sich warten lassen", brummte Max Joseph.

„Ihr habt doch gesagt, dass ich kommen soll."

Der Kurfürst deutete auf den Stuhl vor seinem Schreibtisch. „Setz dich." Ohne Michel weiter zu beachten, blätterte er in einigen Papieren, setzte unter manche seine Unterschrift.

Michel musterte Max Joseph. Das Gesicht war voller geworden, sein Doppelkinn wurde durch den Hemdkragen hochgeschoppt, die Weste spannte über dem Bauch. So schneidig wie früher sah er nicht mehr aus.

Das kurfürstliche Kabinett hatte er sich auch anders vorgestellt. Kaum fünf Schritte in der Länge und in der Breite maß der Raum. Durch das geöffnete Fenster drang der Gestank des Stadtbachs, der träge hinter der Residenz vorbeifloss. Es hieß, dass der Kurfürst im Gegensatz zu seiner Gemahlin bescheiden lebte. Doch dass er so ärmlich residierte? Nur die zahlreichen Uhren und Gemälde an den Wänden des karg eingerichteten Kabinetts verliehen dem Raum etwas Glanz.

Umständlich zündete Max Joseph eine Zigarre an, zog mehrmals daran, bis sie richtig brannte, und richtete endlich das Wort an den Michel. „Ist ganz schön lang her, dass wir Karten gespielt haben."

Als wolle er das Gespräch hinauszögern, griff er hinter sich und nahm einen der Spazierstöcke aus einem Bronzeständer. „Schau. Der Neueste in meiner Sammlung."

Michel fuhr über den goldenen Löwenkopf, die filigran geschnitzten Eichenblätter. „Ein wunderbares Stück. Aber eigentlich bin ich hergekommen …"

„Ich weiß, ich weiß."

Michel zog das Dokument aus der Mappe und legte es auf den Tisch.

Der Kurfürst, nach einem flüchtigen Blick auf das Papier: „Du kommst zur unrechten Zeit. Meine Finanzen stehen schlechter denn je."

Tief holte Michel Luft. „Auf die Rückzahlung Eurer Schulden könnte ich noch warten. Euch vielleicht sogar einen Teil davon erlassen." Erstaunt zog Max Joseph die Augenbrauen hoch.

„Doch dafür würde ich Euch um einen Gefallen bitten."
„Und der wäre?"
„Ich möchte eine Weingaststätte eröffnen, doch dazu brauche ich das Bürgerrecht." Michel erzählte, wie der Magistratsrat ihn im Rathaus behandelt, ihm das Bürgerrecht verweigert hatte. „Ich bitte Euch, sich für mein Recht einzusetzen."
Zornesröte stieg Max Joseph ins Gesicht.
Michel befürchtete schon eine Abfuhr, da polterte der Kurfürst los: „Wegen deiner Religion wollten er es dir nicht geben? Sind die vom Magistrat denn von allen guten Geistern verlassen? Mein Dekret, dass in meiner Stadt Protestanten und Katholiken gleichgestellt sind, gilt!"
„Aber warum hat er…?"
„Weil der ganze Magistrat vernagelt ist. Völlig vernagelt." Aufgebracht stieß der Kurfürst den Spazierstock zurück in den Bronzeständer. „Ihre Weigerung werden die mir büßen. So wahr ich Max Joseph heiße."
So aufgebracht hatte Michel ihn noch nie erlebt. Selbst damals in Mannheim nicht, als Max Joseph beim Kartenspiel eine Partie nach der anderen verloren, dann brüsk den Spieltisch verlassen hatte.
Vorsichtig fragte Michel: „Wie lang meint Ihr, wird das dauern?"
„Nicht mehr lange. Dessen kannst du dir gewiss sein."
„Dann danke ich Euch von Herzen." Er deutete auf das Dokument. „Und das da hat Zeit. Wie gesagt: Wenn es schnell geht, erlasse ich Euch einen Gutteil des Betrags." Michel verstaute das Schriftstück wieder in der Tasche und stand auf.
Auch Max Joseph erhob sich. Öffnete die Tür und herrschte die zahlreichen Bittsteller an: „Für heute ist Schluss."
„Aber ich hätt ein wichtiges Anliegen", versuchte ein Mann in grobem Loden trotzdem sein Glück.
„Hinaus! Und zwar alle. Hol mir den Montgelas!", befahl Max Joseph dem Lakaien.

„Wo find ich ihn denn?"

„Zu dieser Stunde bestimmt daheim. Sag ihm, es ist dringend."

Mit einer Verbeugung verabschiedete sich Michel und verließ die Residenz. Etwas Besseres hätte ihm nicht passieren können. Bei Montgelas, von dem die Kunde ging, dass er alles daransetzte, die Machtbefugnisse des Magistrats zu beschränken, befand sich sein Anliegen in den besten Händen.

Jetzt musste er Katharina endlich von seiner Religion erzählen. Besser, sie erfuhr es von ihm, bevor es sich in der Stadt herumsprach. Sie würde ihn verstehen. Doch eine innere Stimme mahnte ihn zur Vorsicht. Katharina war eine treue Katholikin. Die Gelegenheit, bei der er sich ihr offenbaren wollte, musste gut gewählt sein.

Der Minister

Dass ihn der Michel gerade jetzt an die Rückzahlung seiner Schulden erinnern musste! Ungehalten schob Max Joseph die Dokumente auf seinem Schreibtisch hin und her. Doch wenn Michel das Geld nicht sofort einfordern, ihm sogar einen Teil der Schulden erlassen würde, ging die Angelegenheit vielleicht besser aus, als gedacht. Sollte er Montgelas mit ihm verhandeln lassen, damit der Anteil auch groß genug ausfiel?

Doch selbst wenn die Sache ein akzeptables Ende finden sollte, musste er dringend weitere Geldquellen erschließen. Regierungsbeamte mussten bezahlt, Soldaten ausgerüstet werden. Und zu allem Übel ließ seine Gemahlin auch noch die Residenz umbauen. Wegen ihm hätte es das nicht gebraucht. Jetzt, wo in der Staatskasse ein riesiges Loch klaffte.

Max Joseph streichelte seine Bologneser Hündchen, kraulte sie hinter den Ohren. Nahm seinen Liebling, den mit dem besonders weißen Fell und den braun gesprenkelten Augen auf den Arm, fuhr ihm liebevoll über die Schnauze. Manchmal waren ihm seine Hunde lieber als die Menschen. Sie bereiteten ihm keinen Verdruss. Anders als seine Regierungsgeschäfte. Hier hieß es Autorität beweisen, Reformen durchsetzen, das rückständige Bayern modernisieren. Jeden Tag studierte er bereits im Morgengrauen Eingaben, unterschrieb Bittgesuche und dachte über neu zu erlassende Gesetze nach. Ohne die tatkräftige Unterstützung seines Montgelas' wäre dies nicht zu schaffen. Wo er bloß blieb? Ungeduldig stellte Max Joseph die Uhren, die nachgingen, auf die richtige Zeit ein. Sind wie meine Beamten, dachte er. Die hinken ihrer Arbeit meistens auch hinterher. Mit der Hilfe vom Montgelas würde er sie entlassen, den Beamtenapparat straffen.

Endlich stand sein Minister an der Tür und begrüßte ihn mit einer Verbeugung. „Ihr habt mich rufen lassen."

„Nehmt Platz." Montgelas, wie immer mit eleganten Beinkleidern, frisch gestärktem Hemdkragen und edlem Jackett, setzte sich auf den Stuhl vor dem Schreibtisch.

„Ein gewisser Balthasar Michel war bei mir", begann Max Joseph. „Habt Ihr schon von ihm gehört?"

„Was ist mit ihm?"

„Er will eine Weinwirtschaft eröffnen und dazu benötigt er das Bürgerrecht."

„Das dürfte nicht schwierig sein."

Ungehalten trommelte Max Joseph mit den Fingern auf der Sessellehne. „Er ist Protestant und genau deshalb will ihm der Magistrat selbiges verweigern."

„Dann müssen wir die Vorrechte des Magistrats noch entschiedener beschneiden. Sonst tanzen Euch die Räte ewig auf der Nase herum."

„Gegen die Sturköpfe anzukommen, wird nicht leicht. Was schlagt Ihr also vor?"

„Das Übel an der Wurzel packen und beim Klerus beginnen, der nicht ablässt, die Gläubigen gegen Protestanten aufzuhetzen." Montgelas' Augen funkelten. „Die Münchner sind verseucht von Aberglauben und Frömmelei. Dem gehört endgültig ein Riegel vorgeschoben."

Der sonst so kühl wirkende Minister hatte sich so in Rage geredet, dass Max Joseph ihn erstaunt betrachtete. Montgelas' Gesicht war so blass geworden, dass seine Hakennase stärker als sonst ins Auge stach. Kein Wunder, dachte der Kurfürst, dass manche ihm ein mephistophelisches Äußeres nachsagen, gar behaupten, er sei der Teufel in Ministergestalt.

„Die Abschaffung der Feiertage gehört ebenfalls entschiedener durchgesetzt", fuhr der Minister unerbittlich fort. „Hierdurch könnten jährlich zwölf Millionen Gulden mehr erarbeitet werden." Mit schneidender Stimme fügte er hinzu: „Wer hier nicht mitwirkt, ist und bleibt ein Verräter am Vaterlande. Und denkt an Eure leere Staatskasse."

Max Joseph, hin- und hergerissen zwischen der Aussicht auf mehr Einnahmen und dem Aufruhr, den die Abschaffung zahlreicher Feiertage verursachen würde, wandte ein: „Aber der katholische Glaube ist fest verwurzelt in der Bevölkerung. Wenn wir Maßnahmen gegen die Kirche ergreifen, wird sie sich gegen uns stellen."

„Jede Modernisierung führt zu Widerstand. Doch wollt Ihr ein derart rückständiges Bayern regieren? In dem die Kirche bald mehr Rechte als der Kurfürst innehat? Über fünfhundert Priester und mehr als vierhundert Nonnen gibt es allein in der Stadt. Von den zahlreichen Klöstern und Kirchen ganz zu schweigen. Denkt an das kircheneigene Vermögen, die Kunstschätze, die von Gläubigen gestifteten Gelder. Eurer Staatsschatulle würde es zupasskommen." Bei dem Gedanken an das Vermögen, das dadurch an ihn fallen würde, gab Max Joseph zurück: „Dann treibt Eure Pläne weiter voran. Wie sehen Eure nächsten Vorhaben aus?"

„Wir haben bereits etliche Feiertage herabgewürdigt, bald werden es mehr sein. Kirchgänger, die an besagten Tagen nicht arbeiten, sondern ihrem Glauben frönen oder hinterher sogar im Wirtshaus anzutreffen sind, werden mit drastischen Strafen belegt." Zufrieden schob Montgelas nach: „Zu diesem Zweck haben wir Gendarmen abgestellt. Weit über hundert Gesellen, die nach dem Kirchgang noch im Wirtshaus saßen, wurden bereits festgenommen."

Max Joseph lehnte sich zurück. Er liebte gemütliches Beisammensein, gutes Essen, ab und zu eine Maß Bier. „Solch drastische Maßnahmen werden uns keine Freunde machen."

Montgelas stand auf, ging, die Arme auf dem Rücken verschränkt, ein paar Schritte hin und her. Ein Hündchen schnupperte an seinem Stiefel, ungehalten schob er es weg.

„Ihr braucht keine Freunde, sondern gefügige Untertanen. Mir ist zu Ohren gekommen, dass sich aufständische Umtriebe formieren. Deshalb werden unsere Gendarmen auf jedes gegen Euch gerichtete Wort achten und mir Bericht erstatten. Zusätzlich wird unser aus zwanzig Räten bestehendes Zensurkollegium alle Schriften beschlagnahmen, die Euch kritisieren oder ketzerische Gedanken verbreiten."

Max Joseph zündete noch eine Zigarre an und paffte den Rauch in die Luft. Konfrontationen waren ihm zuwider, er wollte in Frieden leben. Seiner Bilder- und Uhrenleidenschaft frönen, sich der Familie, seinen Hunden und Kanarienvögeln widmen. Manchmal wurde ihm das forsche Auftreten seines Ministers fast zu viel. Doch weil der ihm viele der lästigen Regierungsgeschäfte abnahm, war er auf ihn angewiesen.

„Und wie soll es mit dem Balthasar Michel weitergehen?", fragte Max Joseph. „Habt Ihr auch dafür eine Lösung?"

„Richtet ein Schreiben an den Magistrat, in dem Ihr den Befehl erteilt, Michel das Bürgerrecht unverzüglich zu gewähren. Ihr seid der Herr im Hause Bayern und nicht der Magistrat." Montgelas stand auf. „Habt Ihr sonst noch einen Wunsch?"

Max Joseph betrachtete seinen Minister, das Lächeln, das seine Lippen umspielte. Doch er wusste: Von dem Lächeln durfte sich niemand täuschen lassen. Montgelas besaß einen unbeugsamen Willen, dem man sich besser nicht widersetzte.

„Ihr könnt gehen."

Kaum hatte sich die Tür geschlossen, zog Max Joseph einen Papierbogen hervor und tauchte den Federkiel ins Tintenfass. Schrieb in zügigen Lettern: „In der Amberger Verordnung habe ich bereits kundgetan, dass die Religionen…" Er zögerte, legte den Federkiel beiseite. Sollte doch sein Minister das Schreiben an den Magistrat verfassen.

Schnaderhüpferl

Hin und her überlegte Michel: Wie und wann sollte er Katharina erzählen, dass er Protestant war? Wie die richtigen Worte finden? Immer größer wurde die Gefahr, dass sie es durch irgendein Getratsche erfuhr. Sollte er eine ruhige Stunde im Dürnbräu wählen? Doch dort würde bestimmt der Vater wieder dazwischenfunken. Oder sich mit ihr im Gasthof vom Adler Carl treffen? Aber was, wenn jemand sie dort zusammen sah?

Lustlos aß er vom Haferbrei, den Carlotta ihm hingestellt hatte, bevor sie mit der Schmutzwäsche ins Lehel geeilt war. Wieder hatte sie ihm einen verträumten Blick zugeworfen, die Augen niedergeschlagen, als er sie ansah. Und wie oft hatte er ihr schon gesagt, dass er die Münchner Morgenmahlzeit verabscheute: Haferbrei, Brot, einen Becher lauwarmes Bier.

Er schlug das Kurpfalzbayerische Intelligenzblatt auf, blätterte es flüchtig durch und blieb bei einer Ankündigung hängen: Auf der Sendlinger Höh wollte der Wirt vom Hirschen ein Tanzfest veranstalten. Beim Hirschen war er ab und zu schon gewesen. War, weil es dort keine Sperrstunde gab, mit dem Wirt bis spät in die Nacht beim Kartenspiel zusammengesessen. Was, wenn er mit Katharina dorhin gehen würde? Beim Hirschen würde niemand sie erkennen. Er könnte sie beim Tanz fest in seine Arme nehmen, ihr hinterher beim gemütlichen Beisammensitzen alles erklären.

Je länger er darüber nachdachte, desto besser erschien ihm die Idee. Doch wo konnte er sie für sein Vorhaben gewinnen? Im Dürnbräu? Dort in Ruhe mit ihr zu reden, war fast unmöglich. Katharina hatte ihm einmal erzählt, dass sie manchmal noch vor ihrer Arbeit in den Hofgarten ging, sich dort auf eine Bank setzte und ihren Gedanken nachhing. Dass sie froh darüber war, den Anweisungen des Vaters wenigstens für kurze Zeit zu entkommen.

Gleich am nächsten Morgen eilte er zum Hofgarten, ging einige Wege entlang, wich den Kindern aus, die unter der Aufsicht ihrer Gouvernanten umhertollten. Endlich entdeckte er Katharina auf einer Bank, die abseits der Wege gelegen, Schutz vor neugierigen Blicken bot.

Mit ausgebreiteten Armen ging er auf sie zu, setzte sich neben sie und strich ihr eine widerspenstige Locke aus dem Gesicht. „So ein Glück, dass ich dich treffe."

Verwundert blickte sie ihn an. „Was machst denn du um diese Uhrzeit hier?"

„Ich wollte etwas mit dir besprechen und du hast mir doch gesagt, dass du manchmal schon in aller Früh in den Hofgarten gehst und da hab ich mir gedacht…"

„Muss ja was ganz Wichtiges sein", lachte sie.

„Es ist halt so", begann er, „dass ich dich so gerne auch einmal woanders treffen würd als immer nur im Dürnbräu, wo der Vater dich nicht aus den Augen lässt."

„Schön wär's schon ohne die ganze Heimlichtuerei", gab Katharina zu. „Hab ein paarmal versucht, mit dem Vater über uns zu reden. Aber kaum fang ich an, hat er was anderes zu tun. Stell dir vor, was er sich jetzt in den Kopf gesetzt hat: Den Hühnerstall will er umbauen. Als hätten wir mit der Wirtschaft nicht schon genug Arbeit."

Michel stand nicht der Sinn danach, über Hühner zu reden. Doch um ihr zu zeigen, dass er ihre Sorgen teilte, entgegnete er: „Musst ihm dabei helfen?"

Sie hob einen Zweig vom Boden auf und zupfte daran herum. „Er macht alles allein. Obwohl er sich in letzter Zeit immer öfter hinsetzen muss, um zu verschnaufen."

„Wenn er über uns Bescheid wüsste, dann könnte ich ihm helfen. Zupacken kann ich. Aber lass uns von etwas anderem reden. Ich hätte da so eine Idee", begann er. „Lass uns einmal so richtig eine Freude haben und auf ein Tanzfest gehen. Auf eins, auf dem uns niemand kennt."

„Das würd mir schon gefallen. Früher, bevor ich im Dürnbräu arbeiten musste, hab ich für mein Leben gern getanzt. Doch damit ist's schon lang vorbei."

Michel freute sich, dass sie seinen Vorschlag nicht gleich ablehnte, und so fuhr er fort: „Weißt was? Auf der Sendlinger Höh will der Wirt vom Hirschen am Samstag ein Tanzfest veranstalten. Lass uns hingehen."

Empört schüttelte sie den Kopf. „Dorthin geh ich nicht! Heißt, dort wohnen nur üble Leut."

„So geschniegelt wie in der Stadt sind die Bewohner zwar nicht", widersprach er. „Sind meist Ziegelbrenner oder Tagelöhner. Sind aber manchmal schlauer, als die, die immer nur gescheit daherreden."

„Ich weiß nicht. Und wenn mich doch jemand erkennt?"

„Könntest dich anziehen wie eine Bedienstete. Obwohl…, so schön wie du bist, fallst überall auf."

Endlich lächelte sie.

Begehrlich flüsterte er ihr ins Ohr. „Lass es uns wagen. Nur wir zwei."

„Also gut", willigte Katharina dann doch ein. „Und wie kommen wir dorthin?"

„Ich besorg uns eine Kutsche und hol dich am Samstag so um vier am Karlstor ab."

„Wird nicht leicht mit einer Ausred für den Vater." Sie überlegte. „Ich könnt sagen, dass es der kranken Tante schlechter geht. Und damit's nicht gelogen ist, geh ich vorher zu ihr und bring ihr einen Saft gegen den Husten. Aber um sieben muss ich zurück sein. Dann kommen die Abendgäste. Versprichst es mir?"

„Ich versprech's."

Schon ab Samstagmittag fieberte Michel dem Treffen entgegen. Nahm eine Zeitung zur Hand, legte sie ungelesen wieder weg. Stopfte sich eine Pfeife, vergaß, sie anzuzünden. In der Schlafkammer durchwühlte er seine Kleidung. Wenn Katharina im Gewand einer Bedienstete erschien, wollte er nicht in feinem Zwirn daherkommen. Er zog eine Jacke aus dem Schrank, hängte sie wieder zurück. In einem Schubkasten lagen die gebügelten Hemden. Er nahm eines zur Hand, ein Heiligenbildchen rutschte heraus und fiel zu Boden. Achtlos schob er es unter den Schrank. Streifte das Hemd über den Kopf und band sich ein Tuch um den Hals. Zog statt einer Jacke nur eine Weste an.

Kurz vor vier bog er in die Dienergasse ein. Hier warteten Tragsesselträger und Mietkutscher auf Kundschaft. Die Sesselträger mit ihren blauen Röcken und der rot glänzenden Schärpe riefen ihm zu: „Nehmens Platz, gnädiger Herr, nehmens Platz!"

Michel ging an ihnen vorbei und wandte sich an einen Kutscher: „Was kostet die Stunde?"

„Kommt drauf an, wo Sie hinwollen."

„Ich hab einen besonderen Auftrag."

„Wenn's was gegens Gesetz ist, mach ich's nicht."

„Ist nix Ungesetzliches. Du fährst mich ans Karlstor. Dort steigt noch jemand ein und dann geht's hinauf zur Sendlinger Höh. Dort wartest, bis wir wieder zurückwollen. Du fragst nix, du sagst nix."

Der Kutscher nahm den Hut ab und kratzte sich am Kopf. „Also gut. Aber billig wird's nicht. Entgeht mir ein ganz schönes Geschäft, wenn ich lang warten muss. Sind viel Reisende in der Stadt."

„Wie viel verlangst?"

„Dreißig Kreuzer."

Michel reichte ihm einige Münzen. „Den Rest kriegst, wenn wir zurück sind." Er stieg ein und setzte sich hin.

Der Kutscher zog die Zügel an und schon holperte das Gefährt übers Pflaster. Nach einer Weile drehte er sich um. „Sinds fremd in der Stadt?"

„Nix fragen, hab ich gesagt."

Am Karlstor beugte sich Michel aus dem Wagen. Sah nur Marktfrauen, Bäckersburschen in ihren blauen, Metzgergesellen in ihren braunen Kitteln, dazwischen fein gekleidete Bürgersfrauen. Von Katharina keine Spur.

Ihm wurde klamm ums Herz. Bestimmt hatte sie es sich anders überlegt. Er zog die Uhr aus seiner Westentasche. Schon Viertel nach. Beunruhigt steckte er die Uhr wieder zurück. Beachtete den Kutscher nicht, der missmutig brummte: „Wie lang dauert's noch?"

Endlich sah er Katharina. Die Haube in die Stirn gezogen, das weite Kleid bodenlang, war sie kaum zu unterscheiden von den Zugeherinnen, die die Straße entlangeilten. Michel winkte ihr zu. Atemlos ließ Katharina sich auf den Sitz fallen.

Herzlich drückte Michel ihre Hand. „Ich habe schon gedacht, du kommst nicht. Fahr los", befahl er dem Kutscher. „Fahrst bis hinauf zum Hirschen."

„Das war vielleicht schwierig", stöhnte Katharina. „Dauernd hat der Vater was gewollt. Ohne die Hilfe von der Magda hätt's nie geklappt. Und zu der Tante hab ich's vorher auch nicht geschafft."

Michel legte ihr seinen Arm um die Schulter. „Aber Gott sei Dank bist jetzt da."

Spöttisch musterte sie seine Kleidung. „Heut passen wir gut zusammen."

Fröhlich gab er zurück: „Ich hoffe, nicht bloß heute."

Der Kutscher, froh, dass es endlich losging, ließ die Peitsche knallen. Lenkte das Gefährt erst geradeaus, dann durch verwinkelte Gassen, anschließend eine Anhöhe hinauf und bog nach einiger Zeit in einen von Hütten und tiefgeduckten Häusern gesäumten Weg ein. Kramersfrauen boten ihre Ware feil, ein Metzgersbursch schleppte eine Schweinehälfte über die Straße, aus einer Schenke drang grobes Gelächter. Finster dreinschauende Männer schrien aufeinander ein.

Katharina sank tiefer in den Sitz. „Glaubst, hier sind wir richtig?"

„Sind gleich da."

Angespannt beobachtete sie das Treiben in der Gasse. Kinder ohne Schuh an den Füßen wuselten herum, Hunde wühlten im Unrat, Frauen leerten ihre Abfallkübel in den Rinnstein.

„Das würd's in der Stadt nicht geben", entsetzte sie sich. „Da wären gleich die Gendarmen da."

„Wie's außerhalb der Stadt zugeht, interessiert doch die Behörden nicht. Halt!", rief Michel dem Kutscher zu. „Hier wartest ungefähr eine gute Stund. Dann steigen wir wieder ein und dann geht's zurück."

„Nicht ohne mehr Geld. Was weiß denn ich, ob Sie überhaupt wiederkommen."

„Da hast noch ein paar Kreuzer. Wie vereinbart, kriegst den Rest, wenn wir zurück sind."

Michel und Katharina stiegen aus. Schon hörten sie die Klänge einer Fiedel. Sie bogen um ein Hauseck und standen auf einem mit Kastanienbäumen umsäumten Platz. Ein grob gezimmertes Podest diente als Tanzfläche, Tische und Bänke boten den zahlreichen Gästen Platz. Alte, Junge, Kinder redeten durcheinander, dazwischen brandete Gelächter auf.

Als die ersten Töne eines Landlers erklangen, wurde es ruhiger. Ein Musikant presste seine Quetsche zusammen, zog sie lachend wieder auseinander. Zwei Fiedler und ein Mundharmonika-Spieler setzten ein. Die ersten standen auf und strebten der Tanzfläche zu.

Michel und Katharina fanden einen Platz an einem etwas abseitsstehenden Tisch. Der Wirt vom Hirschen trat heran. „Grüß dich, Michel. Warst schon lang nicht mehr da. Heut hast aber eine Schöne…"

Michel legte den Finger an die Lippen, Katharina senkte den Kopf.

„Was soll ich euch bringen?"

„Zwei Bier."

„Stockwürscht gibt's auch."

„Vielleicht später."

„Komm." Michel zog Katharina zur Tanzfläche. Prüfend schaute sie sich um. Als niemand ihnen Beachtung schenkte, reichte sie Michel die Hand.

Er umfasste ihre Taille und schon drehten sie sich inmitten junger Burschen und Mädel im Takt. Tanzten einen Landler und als die Musikanten ein langsames Lied anstimmten, schmiegte sich Katharina fest an ihn. „So froh war ich schon lang nicht mehr."

Michel küsste sie auf die Augen, auf die Stirn und auf die Wangen. „Ab heut will ich dich nicht immer nur heimlich sehn."

Er führte Katharina zurück zum Tisch. Sie tranken vom Bier, prosteten sich fröhlich zu. Tief holte Michel Luft. Jetzt war es soweit. Gerade, als er zum Sprechen ansetzen wollte, schmetterten die Sänger lautstark ein Schnaderhüpferl.

„Die Carolin, die Carolin", begann einer. Die nächsten Worte gingen in Gelächter unter.

„Es wird immer schlimmer, jetzt hammas herinna", fuhr ein anderer fort.

„Sagts bloß, wie werden wir die wieder los?", ging es weiter. Immer lauter wurde der Gesang, immer frenetischer der Beifall.

So über die Kurfürstin herzuziehen, stieß Michel bitter auf. Als Katharina den Takt mitklopfte und leise mitsummte, war es mit seiner guten Laune vorbei. „Lass uns austrinken. Wenn du rechtzeitig daheim sein willst, müssen wir los."

„Warum schaust plötzlich so grantig?"

„Ach, nix." Er legte das Geld fürs Bier auf den Tisch. Anschließend drängten sie sich durch die Menge, bogen um die Ecke und stiegen in die Kutsche ein.

„Fahr los", befahl Michel dem Kutscher. Katharina lehnte sich zurück, schloss die Augen und summte das Schnaderhüpferl vor sich hin.

Beklommen betrachtete Michel die Schöne an seiner Seite.

Geständnis

Schweigend fuhren sie zurück in die Stadt. Michel grübelte vor sich hin, betrachtete lustlos die Häuser, die Menschen auf den Straßen. Die Augen geschlossen, lag Katharina in seinen Armen. Er betrachtete ihr Gesicht und mit einem Mal schwand sein Groll. Aller Spott, aller Ärger, der sich manchmal in ihrer Miene widerspiegelte, war verschwunden. Ein Lächeln umspielte ihre Lippen. Behutsam strich er ihr über die Augenbrauen, die Nase, die Lippen.

Ihre Haube war verrutscht, dicht fiel das Haar auf ihre Schultern. Er neigte sich zu ihr, vergrub das Gesicht in ihren Locken. „Richtig schön war's", flüsterte sie. „Sehen wir uns morgen wieder?"

Michel konnte sein Glück kaum fassen. Sonst war immer er es gewesen, der um ein Treffen gebeten hatte. „Dich will ich immer sehen. Im Hofgarten?"

„Ist zu weit weg, wenn ich mich, wenn's grad nicht so viel zu tun gibt, aus dem Haus schleichen will. Komm lieber in die Herzogspitalgasse. Dort gibt's neben der Kirche eine etwas zurückversetzte Bank. Wirst sie schon finden."

„Um wie viel Uhr?"

„So um elf, noch bevor die Gäste kommen."

„Ich werde da sein."

Kurz vor dem Karlstor setzte sie sich auf und zog ihre Haube zurecht. „Dann bis morgen." Sie sprang aus der Kutsche, drehte sich noch einmal um und winkte ihm zu.

In der Dienergasse entlohnte Michel den Kutscher und machte sich auf den Heimweg. Gegen seinen Willen holte ihn das Bild, wie Katharina in die Spottgesänge mit eingestimmt hatte, wieder ein. Dass ausgerechnet sie…

Er stieg die Treppen zu seiner Wohnung hinauf, trat ein und hängte die Weste an den Haken. Setzte sich in der Wohnstube an den Tisch, zog die fast volle Weinflasche heran und schenkte sich ein. Kippte den Wein in einem Zug hinunter. Kam schon wieder ins Grübeln. Wie konnte es sein, dass der Glaube Menschen derart entzweite? Dass sie wegen ihres Glaubens so verspottet wurden, wie die Kurfürstin Carolin? Und Katharina ahnte immer noch nichts von seiner Religion. Er füllte das Glas erneut, nahm einen großen Schluck. Komme, was da wolle, morgen musste er ihr alles erklären.

Am nächsten Tag überlegte Michel bereits am frühen Morgen, wie er Katharina von seiner Religion erzählen konnte. Wägte seine Worte ab, legte sich zurecht, wie er beginnen würde. In der Schlafkammer öffnete er den Kleiderkasten. Die Hemden, von Carlotta gestärkt und gebügelt, lagen in einem Schubkasten. Als er eines herausnahm, fiel schon wieder ein Heiligenbildchen zu Boden. Dieses Mal hob er es auf, betrachtete den heiligen Antonius und las: „Fürbitter bei Gott, Mann und

Frau entflamm in Liebe." Er stöhnte auf. Immer wieder fand er von Carlotta die sonderbarsten Dinge: ein Amulett unter seinem Kopfkissen, merkwürdige Zettel zwischen seiner Leibwäsche. Er las den Spruch noch einmal: „Mann und Frau entflamm in Liebe". Er faltete das Bild zusammen und steckte es in die Hosentasche. Vielleicht half es ja doch. Er musste über sich selbst schmunzeln. Die Katholiken mit ihrem Aberglauben hatten ihn fast schon angesteckt.

Um Katharina heute besonders zu gefallen, zog er ein weißes Hemd und den grauen Überrock an. Die Schuhe, von Carlotta auf Hochglanz poliert, standen bereit. Er schlüpfte hinein, überprüfte sein Aussehen im Spiegel und war zufrieden. Trotz seiner vierundvierzig Jahre machte er schon noch was her. Zwar war er nicht besonders groß, doch zupacken konnte er. Und dass sein rechter Fuß etwas kürzer war, kaschierte ein Keil im Schuh.

Noch einmal ging er in Gedanken seine Worte durch und machte sich auf den Weg.

In der Herzogspitalgasse ging er vorbei an der Kirche und sah Katharina auf der Bank sitzen, die sie ihm beschrieben hatte. Sein Herz klopfte, als wolle es zerspringen.

„Schön, dass du kommst!", rief sie ihm entgegen.

„Hab ich doch gesagt." Er setzte sich neben sie und küsste ihre Fingerspitzen. Nun musste heraus, was ihm auf der Seele brannte. Doch noch immer zögerte er. Fragte stattdessen: „War's schwierig wegzukommen?"

„Der Vater hat nix gemerkt. Und die Magda weiß Bescheid."

„Was hat er eigentlich gegen mich?"

„Er will nicht, dass ich mit anderen Männern red. Wegen dem Krinner."

„Der Krinner … Magst ihn am End vielleicht doch?"

„Denk doch nicht so was."

Vorsichtig begann er: „Du weißt, wie sehr du mir gefällst. Und ich glaub, auch ich bin dir nicht grad unrecht. Und deshalb muss ich dir etwas..."

„Wenn nur alles nicht so schwierig wär", unterbrach sie ihn. Ernst blickte sie ihm in die Augen. „Jetzt sag ich dir was, was ich noch keinem gesagt hab. Aber du darfst mich nicht auslachen."

„Das würde ich nie tun."

„Ich bin dir gut, wie ich noch keinem gewesen bin. Weil du so ganz anders bist, wie die Männer, die ich sonst kenn. Die immer nur auf das Eine aus sind. Und weil du mich zum Lachen bringst. Und weil ich spür, dass du mich nie anlügen, keine Geheimnisse vor mir haben würdest."

Michel stockte schier der Atem.

Bekümmert fuhr sie fort: „Wenn ich dem Krinner nur auskommen könnt."

„Dann lass uns was überlegen. Aber jetzt...", tief holte Michel Luft, „muss ich dir etwas sagen. Also, es ist so, dass ich eine andere Religion habe als ihr alle miteinander."

„Wie meinst das?"

„Ich bin ein Protestant."

„Was bist!", schrie Katharina. Schaute ihn entsetzt an und sprang auf. „Und das sagst mir erst jetzt!"

„Aber..."

„Du traust dich was", spie sie ihm entgegen. „Kommst immer wieder ins Dürnbräu, obwohl du einer von denen bist. In jeder Predigt warnt uns der Pfarrer vor solchenen wie dir."

In ihrer Rage sah sie nicht, dass zwei Männer auf der Gasse stehen blieben und zu ihnen herüberschauten.

Michel zog sie zurück auf die Bank. „Sprich leiser. Und lass dir's doch erklären. Wir sind nicht so schlimm, wie viele sagen. Auch wir glauben an den Herrgott, nur halt anders."

Schon sprang sie wieder auf. „Der Pfarrer sagt's und der Athanasius sagt's auch: Dass die Lutherischen mit dem Teufel im Bunde stehn. Mit so einem will ich nix zu tun haben. Meinst, ich will später in die Höll?" Schluchzend rannte sie davon.

Wie betäubt blieb Michel sitzen. Waren denn alle narrisch geworden? Wie konnte gerade seine Katharina ihn behandeln wie einen Aussätzigen? Wo sie ihm gerade noch gesagt hatte, wie gut sie ihm war? Sollte er ihr nachgehen? Doch was würde das bringen? Besser, er verschob es auf einen anderen Tag, wartete, bis sich ihre Wut etwas gelegt hatte.

Auf dem Heimweg bog er in eine Gasse ein, hörte es plötzlich hinter seinem Rücken zischen: „Da vorn. Da geht der von vorhin auf der Bank."

Michel drehte sich um und sah zwei verlotterte Gestalten auf sich zukommen. Er beschleunigte seine Schritte, wollte nur schnell heraus aus der dunklen Gasse.

„Dem zeigen wir's", lallte der eine.

Michel fuhr mit der Hand in die Hosentasche, klemmte den Schlüssel zwischen Zeige- und Mittelfinger.

Einer der Kerle überholte ihn, verstellte ihm breitbeinig den Weg. Eine wulstige Narbe zog sich von der Augenbraue bis zum Mund, entstellte sein Gesicht ganz fürchterlich.

„Du bist also einer von denen?", spuckte der Narbengesichtige ihm mit fauligem Atem entgegen.

Michel umfasste den Schlüssel fester. „Hau ab!"

Der Mann grölte: „Hab's vorhin genau gehört. Weißt, was wir mit solchene machen?"

Ein Fenster ging auf, jemand schüttete sein Dreckwasser in die Gasse, dem Narbengesichtigen direkt auf den Kopf. Die zotteligen Haare durchnässt, sprang er zeternd zur Seite.

Schon packte der andere Michel am Arm. „So ein Gschmeiß wie dich braucht's nicht bei uns."

Michel riss seinen Arm los und zog dem Angreifer den Schlüssel über die Backe. Der heulte auf und versetzte ihm einen Faustschlag auf die Lippen. Der Schmerz gab Michels

Wut so richtig Auftrieb. Bevor der Kerl sich wegducken konnte, krachte er ihm die Faust ins Gesicht. In der Hand seines Kumpanen bitzte ein Messer auf.

Michel fegte es ihm aus der Hand, rammte ihm das Knie ins Gemächt. Aufheulend ließ der von ihm ab.

„Komm!", zeterte der andere. „Den erwischen wir ein andres Mal. Dann machen wir ihn fertig." Sie verschwanden.

Schwer atmend lehnte sich Michel an die Wand, spuckte aus, fuhr mit der Zunge über die blutenden Lippen.

Im Lebzelterhaus stieß er die Wohnungstür auf und wankte in den Flur. Carlotta kam aus der Küche gestürzt. „Um Gottes willen, was ist denn passiert?"

„Hingefallen bin ich."

„Mitten aufs Gesicht? Das glaubt Ihr doch selber nicht."
Sie schob ihn in die Küche und drückte ihn auf den Hocker. Füllte eine Schüssel mit Wasser, tauchte ein Tuch hinein und betupfte seine angeschwollenen Lippen. Fuhr ihm behutsam übers Gesicht."

„Lass es gut sein."

„Nix da. Jetzt legt Ihr Euch hin und ich mach Euch einen Umschlag. Sonst schaut Ihr morgen aus wie der Gottseibeiuns."

Widerwillig legte sich Michel aufs Bett. Sein Kopf dröhnte wie zum Zerspringen. Willenlos ließ er geschehen, dass Carlotta ihm ein kaltes Tuch aufs Gesicht legte, dabei Augen und Nase ausspare.

„Bleibt bloß liegen. Sonst kriegt Ihr es mit mir zu tun."

Michel schloss die Augen und fiel kurz darauf in einen erschöpften Schlaf.

Carlotta werkelte noch in der Küche. Summte leise vor sich hin. So nah war sie dem Michel noch nie gewesen. Sie wünschte ihm ja nix Böses. Aber irgendwie... Lächelnd scheuerte sie die Bratpfanne aus.

Kerzenomen

Athanasius suchte die Sakristei auf und setzte sich erschöpft auf einen Schemel. Bald würde es soweit sein: die Schätze ihres Klosters, die Altarbilder und die Bibliothek sollten an die Meistbietenden verkauft werden.

Doch weitaus Schlimmeres wurde gemunkelt: Ihr Kloster sollte abgerissen, die Mönche umgesiedelt werden. Verzweifelt strich er sich über die Stirn. Wer würde sich dann um die Armen kümmern? Wer um die Siechen und Kranken? Er musste etwas unternehmen. Doch was? Aus bitterer Erfahrung wusste er: Die Obrigkeit obsiegte fast immer. Athanasius hustete, dachte angestrengt nach. Würde das Entsetzliche wirklich geschehen? Oder würde der Herr seine schützende Hand nicht doch noch über sie halten? Die Zuversicht, die er durch die Schabmadonna gewonnen hatte, wich tiefen Zweifeln. Schließlich wusste er sich keinen anderen Rat, als das Kerzenomen, wie es ihn seine Ahne Notburga einst gelehrt hatte, zu befragen.

Zögernd öffnete er den Kasten in der Sakristei und entnahm ihm drei dünne Kerzen. Vor dem Altar des heiligen Franziskus entzündete er sie, träufelte ihr Wachs auf das Holzbrett und drückte die Kerzen sorgfältig fest. Hell leuchtend standen sie nebeneinander. Von Notburga wusste er: Die rechte und die linke Kerze standen für die drohende Gefahr, die Mittlere zeigte, dass die Gefahr vorüberging. Er kniete nieder, faltete die Hände. Die Kerzen flackerten, Wachsperlen rollten an ihnen herab. Athanasius blickte in die Flammen, bis ihm die Augen tränten. Die Dochte der seitlichen Kerzen rußten, doch noch immer spendeten sie Licht. „Brenn weiter", flehte er, als sich die Mittlere zur Seite neigte. Ein Rauchfaden schlängelte sich empor, sie kippte um und erlosch. Er musste handeln. Die Reliquie des heiligen Antonius hatte er in Sicherheit gebracht. Vielleicht konnte er auch noch einige der kostbaren Bücher ihrer Bibliothek retten.

Am Abend wartete Athanasius in seiner Zelle, bis sich die Mitbrüder zur Ruhe begaben. Endlich wurde es still.

Leise öffnete er die Zellentür, huschte den Gang entlang und gelangte über die Treppe hinauf in die Bibliothek. Der Mond schien durch die Fenster, tauchte den Raum in gespenstisches Licht. Auf den Schreibpulten lagen zugeschnittene Gänsekiele neben Gefäßen mit angesetzter Rußtinte. Bis an die Decke reihten sich die mit Glastüren verschlossenen Schränke, gefüllt mit Inkunabeln, kostbaren Stundenbüchern, wertvollen Bibelausgaben. Welche sollte er retten? Die Stundenbücher, die für jede Stunde des Tages ein tröstliches Gebet bereithielten?

Er griff unter ein Pult, zog seufzend einen Schlüssel hervor. Wie hatten sich die Zeiten geändert. Seit nach einem neuen Erlass auch auswärtige Studenten die Bibliothek benutzen durften, kurz darauf etliche Bücher verschwunden waren, bei einigen ganze Seiten fehlten, hielten sie die Türen verschlossen. Die Hochachtung vor Gottes niedergeschriebenem Wort galt anscheinend nichts mehr. Nicht den Studenten, nicht den Kommissären.

Athanasius sperrte eine der Glastüren auf und nahm ein Stundenbuch zur Hand. Bewunderte die kunstvollen Lettern, die farbenprächtigen Initialen. Entmutigt ließ er das Buch sinken. Wo auch immer er die Bücher verstecken würde, die Kommissäre würden sie finden. Schweren Herzens legte er das Stundenbuch wieder zurück und verschloss den Schrank. Doch ein Trost blieb ihm: Die Reliquie würden die Kommissäre nicht entdecken.

Schrunden

Nach einer Nacht voller Albträume schreckte Michel aus dem Schlaf. Die Erinnerung an seine Träume vermischte sich mit der Erinnerung an die Schlägerei in der dunklen Gasse. Sofort war er hellwach. Fuhr sich mit der Zunge über die Lippen. Außer schmerzhaften Schrunden im Mundwinkel spürte er nichts. Langsam stand er auf und musterte sein Gesicht im Spiegel. Carlottas Umschläge hatten geholfen. Kein Bluterguss zeugte von der Schlägerei. Eine maßlose Wut gegen die zwei Kerle brandete in ihm auf. Fiel in sich zusammen, als er sich an Katharina erinnerte. Eisig fuhr ihm ins Gemüt, wie harsch sie sich von ihm abgewandt hatte. Doch verloren geben wollte er sie nicht. Um sie doch noch für sich zu gewinnen, musste er die Angelegenheit mit dem Rasp zum Abschluss bringen. Mit diesem Vorsatz kleidete er sich an, verließ das Haus und ging über den Schrannenplatz. Täuschte er sich, oder musterten ihn die Weiber mit feindseligen Blicken? Am Stand der Brustfleckmacherin steckten einige die Köpfe zusammen. Tuschelten sie über ihn? Doch was interessierte ihn ihr Getratsche.

In der Rosengasse betrat er die Wirtsstube vom Rasp. Die Wirtin kam auf ihn zu und wischte sich die Hände an der Schürze ab.

„Gott zum Gruß", sprach sie mit finsterem Gesicht. Ihr Zweijähriger rutschte auf dem Boden hin zum Michel, umklammerte sein Hosenbein und zog sich daran hoch.

Die Wirtin wollte ihn wegziehen, doch Michel nahm den Kleinen auf den Arm. „Lass ihn doch. Kinder freuen mich immer."

„Mein Mann ist in der Stube." Sie nahm ihm den Buben ab und verschwand in die Küche.

Michel betrat den Hausgang und klopfte rechterhand an die Tür.

Der Rasp öffnete und deutete ins Innere des Raums. „Gut, dass du kommst", ging er unvermittelt zum „Du" über.

Michel setzte sich auf die Eckbank und knöpfte seinen Gehrock auf. Der Wirt stellte zwei Weingläser auf den Tisch und schenkte ein.

„Was ist los?", fragte Michel, dem das sorgenvolle Gesicht des Rasp nicht entgangen war.

„Ich kann mit dem Verkauf nicht länger warten."

„Und unsere Abmachung? Wolltest doch warten, bis ich alles geregelt habe."

Der Wirt schob sein Weinglas auf dem Tisch hin und her. „Wir brauchen das restliche Geld. Meine Frau ist wieder guter Hoffnung. Und der Schwager wartet auf uns."

„Gilt unser Handschlag nichts mehr?"

„Versteh mich doch. Ich will weg. Ständig hast Soldaten in der Stadt. Und ob's nicht bald wieder einen Krieg gibt, weißt auch nicht."

„Und unsre Abmachung?", wiederholte Michel.

Nervös fuhr sich der Rasp mit dem Finger unter den Hemdkragen. „Dass ich vertragsbrüchig geworden wär, hab ich mir noch nie nachsagen lassen."

„Gibt Schwierigkeiten mit dem Bürgerrecht", erklärte Michel.

Die Wirtin, den Buben auf dem Arm, kam herein und warf ihrem Mann einen scharfen Blick zu. „Hast es ihm gesagt?"

Verlegen zwirbelte der Rasp an seinem Bart.

„Was hätt er mir sagen sollen?"

Als ihr Mann den Mund nicht aufbrachte, setzte sie sich zu ihnen. „Es ist so, dass wir einen andern Käufer haben. Der könnt die Wirtschaft gleich übernehmen. Und wir könnten mit unsern Mädeln raus aus der Stadt. Der Kurfürst mit seiner Protestantischen ist mir auch nicht geheuer. Sogar der Pfarrer predigt gegen sie."

Michel rumpelte hinter dem Tisch hervor. „So schauts also aus! Die Wirtschaft wollt ihr einem andern übergeben. Zahlt er euch mehr?"

„Zahlt uns weniger als wie du", stotterte der Rasp. „Aber mit ihm könnten wir den Handel gleich perfekt machen." Leise fügte er hinzu: „Und ein guter Katholik ist er auch."

Michel schüttelte den Kopf und sank zurück auf die Bank. Er hätte sich denken können, dass sie Bescheid wussten. „So, so. Ein Katholischer wär er. Wie heißt er denn?"

„Das sag ich nicht."

Der Bub fing an zu quengeln und patschte mit den Händen auf den Tisch. Die Wirtin drückte ihn an sich und schaute dem Michel fest in die Augen. „Wird viel geredet in der Stadt. Über dich und andere Lutherische."

„Was sagen sie denn?"

„Schlimme Sachen. Aber dräng nicht in mich. Wir wollen so schnell wie möglich verkaufen. Und wenn's an einen wie dich wär, wer weiß, was uns dann passieren würd. Am End zündens uns noch das Dach überm Kopf an."

In Michel rumorte es. Er musste die Wirtschaft bekommen, koste es, was es wolle. „Mal doch den Teufel nicht gleich an die Wand."

„Red du nicht vom Teufel", erboste sich die Wirtin.

Michel wandte sich an den Rasp. „Gleich morgen zahl ich dir den Rest. Und zweihundert Gulden mehr, als vereinbart. Dafür gibst mir noch etwas Zeit, bis ich die Behördensache geregelt habe. Könnt gut sein, dass es ganz schnell klappt."

Aus dem Augenwinkel sah er, wie die Raspin den Kopf schüttelte. Wie konnte er gegen das halsstarrige Weib bloß ankommen? „Könnt sein, dass ich von höchster Stelle bald Unterstützung bekomm."

Verächtlich verzog die Raspin den Mund. „Jetzt auf einmal? Und wer sollte das sein?"

„Der Kurfürst."

Sie beugte sich zu ihrem Mann. „Glaub dem bloß nix!"

Als der Bub lauthals zu weinen begann, stand sie auf und ging mit einem warnenden Blick zu ihrem Mann hinaus.

Erleichtert, dass sie ihm das Geschäft nicht mehr verderben konnte, atmete Michel auf. „Zweihundert Gulden sind nicht grad zu verachten", tarockte er nach.

Der Rasp stierte in sein Glas. „Also gut", gab er schließlich nach. „Aber lang darf's nicht mehr dauern. Sonst geht die Wirtschaft an den Thalerweinwirt." Erschrocken presste er die Hand auf den Mund.

„Dem Thalerweinwirt in der Schäfflergasse? Dem wollt ihr die Wirtschaft geben? Weißt nicht, dass der den Wein verpanscht?"

„Mir doch gleich. Hauptsach, der Verkauf ist geregelt."

Michel streckte ihm die Hand hin. „Denk an die zweihundert Gulden und schlag ein. Aber dieses Mal muss es gelten. Sonst erzähl ich herum, dass du ein Vertragsbrüchiger bist."

Heiser fragte der Rasp: „Stimmt das mit dem Kurfürst?"

„Wenn ich's doch sag."

Nach einigem Zögern willigte der Wirt ein. Michel stand auf und ging zur Tür. „Ich verlass mich auf dich."

Auf der Straße hörte er durchs offene Fenster die Raspin laut streiten mit ihrem Mann.

Bürgerwehr

Die Mitglieder des inneren Rats stiegen die Außentreppe des kleinen Rathauses geschäftiger als sonst hinauf. Vor der Ratsstube flüsterte der Magistratsrat und Weingastgeber Gmeiner dem Schlossermeister Senftl zu: „Von mir kriegt der Michel die Zustimmung zum Bürgerrecht auf keinen Fall."

„Von mir erst recht nicht", raunte der Senftl zurück.

Langsam füllte sich der Raum. Die Männer in ihren roten Mänteln setzten sich auf ihre Plätze entlang der eichengetäfelten Wand.

„Gott zum Gruß", empfing Gmeiner den Krinner, der sich bleich und hohlwangig neben ihm niederließ.

„Bei der Abstimmung", krächzte der, „stimm ich gegen den Michel."

„Recht hast. Ein Protestant unter uns Wirten! Kaum auszudenken, wie das unserem Ruf schaden würd. Und hat erst einer das Bürgerrecht erhalten, wer weiß, wie viele dann noch daherkommen. Stell dir vor, einer von denen würde sogar einen Tuchhandel zu eröffnen. Wie stünden die Tuchhändler dann da!"

„Da sei Gott davor", hüstelte der Krinner. „Und nicht nur das. Kommen daher und stellen unseren Frauen nach. Höchste Zeit, dass dem ein Riegel vorgeschoben wird."

„Hab gehört, dass du um die Katharina vom Dürnbräu angehalten hast." Spöttisch verzog Gmeiner die Lippen. „Kaum auszudenken, wenn der Michel und sie…", stichelte er weiter.

Bevor Krinner antworten konnte, betrat der Stadtoberrichter Sedlmayr den Sitzungssaal und schritt an sein Pult. Legte ein Dokument vor sich hin und musterte die Runde. „Meine Herren, bevor wir über die Ansässigmachung von Protestanten beraten, möchte ich ein Billett des Kurfürsten verlesen, das mir gestern zugegangen ist."

Aufgeregtes Gemurmel durchzog das Plenum.

„Kann mir schon denken, was er geschrieben hat, der Protestantenfreund", zischte der Senftl.

„Anschließend", fuhr Sedlmayr fort, „beratschlagen wir, wie wir uns in der Sache verhalten." Er räusperte sich und las vor: „In der Amberger Verordnung habe ich kundgetan…"

„Das wissen wir doch schon", unterbrach ihn der Senftl.

„Ruhe!", befahl Sedlmayr und fuhr fort: „Dass die katholische Religionszugehörigkeit eine wesentliche Bedingung für die Ansässigmachung in Bayern…"

„Ganz genau!", rief einer der Magistratsräte. „So ist's und so soll's auch bleiben."

„… sich als nachteilig für die Kultur und Industrie unseres Landes erwiesen hat", las Sedlmayr weiter.

„Was? Die katholische Religion soll nachteilig sein?", polterte der Gmeiner los. „Bis jetzt sind wir mit unsern Katholiken immer gut gefahren. Protestanten brauchen wir nicht. Und so einen wie den Michel schon gleich gar nicht."

„Das lassen wir uns nicht gefallen. Bieten wir dem Kurfürst Paroli", ertönten einige Stimmen.

„Aber meine Herren!" Sedlmayr schlug mit der Hand auf das Pult. „Hört, was der Kurfürst noch schreibt: ,Haben nicht alle christliche Religionen eine gemeinschaftliche Moral?'"

Seine nächsten Worte gingen unter im Tumult.

„Gemeinschaftliche Moral! Die doch nicht! Haltet sie draußen aus der Stadt!", tobte der Gmeiner mit hochrotem Kopf.

„Deshalb fordere ich für den protestantischen Weinwirt und Handelsmann Johann Balthasar Michel die Zustimmung des Magistrats für sein Bürgerrecht", übertönte Sedlmayr den Aufruhr. Fuhr etwas leiser fort: „Und dann steht da noch, dass er jeden Einzelnen von uns zur Verantwortung ziehen und mit einer Geldstrafe belegen wird, wenn wir nicht..." Weiter kam er nicht.

„Lutherisch will uns der Kurfürst machen!", tobte der Gmeiner weiter. „Ein Protestant unter uns!" Seine mit geplatzten Adern durchzogenen Wangen schimmerten rötlicher als sonst. „Der bringt uns doch alle in Verruf. Und unsre Einnahmen schmälert's auch."

Der Krinner blieb ruhig. Dass sich die anderen dem Ansinnen Max Josephs widersetzten, kam ihm gerade recht. Je schneller der Michel verschwand, desto besser. Doch die Beamten des Zensurkollegiums hatten ihre Lauscher überall. Den Teufel würde er tun und jetzt was gegen den Kurfürst sagen.

Der Magistratsrat Seyfried erhob sich. „Ich bin auch gegen die Protestanten", übertönte er das Stimmengewirr. „Aber dass ihr gegen unsern Kurfürst hetzt, das dulde ich nicht! Schuld hat doch nicht er, sondern der Montgelas. Wer hat's uns denn eingebrockt, dass sie uns immer mehr Rechte nehmen? Wir sogar die Gerichts- und Polizeihoheit abgeben sollen? Und dass unsere Kirchen abgerissen werden? Max Joseph oder sein Minister?"

„Schuld hat trotzdem der Kurfürst", keifte der Gschwendner. „Ist jetzt er unser Regent oder der andere?"

„Weißt doch", gab Seyfried zurück, „dass in Wahrheit der Montgelas regiert. Also hetzts nicht gegen den Max Joseph."

Erregt schritten einige Räte im Saal hin und her.

So sehr sich der Sedlmayr auch um eine geordnete Versammlung bemühte, gegen die aufgeheizte Stimmung kam er nicht an. Als er die Sitzung für beendet erklären wollte, weil mit einem Beschluss, wie mit dem Handelsmann Michel umzugehen sei, nicht mehr zu rechnen war, erhob der Senftl die Stimme. „Ich bitte um Ruhe." Er zog einen zerknitterten Zettel aus der Tasche.

„Noch ein Billett vom Kurfürst?", höhnte einer.

„Eine Flugschrift ist's. Verteilens heimlich auf der Schranne." Gespannt wandten sich ihm alle zu.

„Wir sind nämlich nicht allein mit unserem Grant gegen den Kurfürst. Aufständische gibt's. Eine Schrift bringens heraus. Wissts wie sie heißt?" Stockend las er: „Wahrer Überblick der Geschichte der bayerischen Nation..."

„Bleib uns mit dem hochgestochenen Zeug vom Leib", moserte einer der Räte. „Uns interessiert nicht die bayerische Nation, sondern unser München."

„Durch seine Verschwendung", las der Senftl weiter, „seine immerwährende Rekrutierung von Soldaten, hat Max Joseph alle Achtung seiner Bürger verloren."

„Der Kurfürst ist überhaupt nicht verschwenderisch", ging der Seyfried wieder dazwischen. „Ist überall bekannt, wie bescheiden er lebt."

„Und was ist mit seiner Protestantin und ihrem französischen Zeugs?", schnitt ihm ein Rat das Wort ab. „Möbel aus Frankreich hat sie kommen lassen, weil ihr unser bayerisches Sach nicht gefällt."

„Woher willst denn das wissen?", gab Seyfried zurück.

„Kenn einen Lakai von ihr. Kannst kaum glauben, was der mir verzählt. In der Residenz bauens alles noblig um. Und Feste feierns, dass es nur so kracht."

Senftl schwang erneut die Flugschrift: „Für den Aufstand habens eine Bürgerwehr gebildet. Der Lipowsky ist ihr Kommandant."

„Der?", knarzte Gmeiner. „Damit kommt der doch niemals durch. Steck den Zettel weg! Bringst uns noch alle in Verruf."

„Aufstand? Umtriebe?", raunte es im Gremium. Max Joseph als Feind haben wollte keiner. Und seinen allmächtigen Montgelas schon gleich gar nicht. Nix wie weg mit dem Pamphlet!

„Wie soll's mit dem Michel weitergehen?", warf Seyfried in die Runde.

„Verleiden wir ihm den Aufenthalt!", schlug aufgebracht der Gmeiner vor. „Vielleicht lässt er das mit seiner Weinwirtschaft dann bleiben. Und den Ärger mit dem Max Joseph wären wir auch los."

„Und wie bittschön?", wollte der Senftl wissen.

„Ein einzelner Protestant kann uns doch gar nicht schaden", versuchte Seyfried die Räte zu besänftigen. „Gebts dem Max Joseph doch nach."

„Willst uns in den Rücken fallen?", tönte es. „Dich gegen uns stellen?" Bei dem Streit schüttelte der Stadtoberrichter ratlos den Kopf. Der Machtkampf zwischen Magistrat und Kurfürst würde übel enden.

Nach der Sitzung standen der Gschwendner, der Gmeiner und der Senftl noch beieinander.

„Ein lutherischer Weinwirt in der Stadt!", moserte der Gmeiner schon wieder.

„Hätt nie gedacht, dass sich der Kurfürst so gegen uns stellt", klagte der Gschwendner. „Auch nicht, dass er mit seinen neuen Verordnungen die ganze Stadt drangsaliert."

„Deswegen gibt's ja eine Verschwörung gegen ihn", warf der Senftl, das aufrührerische Flugblatt noch in der Tasche, ein.

„Hör endlich auf damit. Um den Michel geht's. Also, was unternehmen wir?"

„Am besten, wir treffen uns bei dir und beratschlagen uns", schlug Gschwendner dem Gmeiner vor. „Hast kein Weib, kein Kind, wohnst ganz allein."

„Ist nicht ungefährlich. Weißt doch, wie die Aufpasser vom Kurfürst alles beobachten. Wenn's aufkommt, häng ich als Erster drin."

„Wie sollens uns denn draufkommen?", fragte der Senftl. „Wir treffen uns morgen Abend um acht bei dir und passen auf, dass uns keiner beim Hineingehen sieht."

Nach kurzem Überlegen stimmte der Gmeiner zu.

Am nächsten Abend stand der Gmeiner um Punkt acht bereit und öffnete gleich beim ersten Klopfen die Tür. Der Senftl und der Gschwendner traten ein.

„Hat euch auch keiner beobachtet?"

„Haben gut aufgepasst", beruhigte ihn der Senftl.

Gmeiner führte sie in die Wohnstube. Die Männer nahmen auf den brokatbezogenen Polsterstühlen rund um den mit Intarsien verzierten Mahagonitisch Platz.

Der Senftl deutete auf das üppige Landschaftsgemälde. „Nicht schlecht. Und die Figur da im Eck auch nicht."

„Der heilige Antonius. Mein Schutzheiliger."

„Schutzheilige können wir jetzt alle brauchen. Sind schlimme Zeiten."

„Jammern nützt uns auch nix." Gmeiner entnahm dem Eckschrank eine Flasche Wein und stellte sie zusammen mit goldumrandeten Gläsern auf den Tisch. Schenkte ein und hob das Glas. „Darauf, dass wir das Bürgerrecht für den Michel verhindern."

„Was ich nicht versteh", begann der Gschwendner. „Bei seinem Amtsantritt hat der Max Joseph doch auf die Landesverfassung geschworen. Und die verbietet die Ansässigmachung von Protestanten in Bayern."

„Hat für die Obrigkeit schon jemals gegolten, was sie geschworen hat?" Senftls eng beieinanderstehende Augen blitzten. „Also, was unternehmen wir?"

„Am besten wär's vielleicht", schlug der Gmeiner vor, „einer von uns würd zum Kurfürst gehen, um ihn doch noch umzustimmen."

„Der hört doch bloß auf seinen Montgelas", widersprach der Gschwendner.

„Einen Versuch wär's trotzdem wert. Gehst hin?", fragte ihn der Gmeiner. „Du machst was her und bist alteingesessen."

„Ich weiß auch nicht", zögerte der Gschwendner. „Bestimmt schmeißt er mich hochkant hinaus."

„Das glaub ich nicht. Ist doch bekannt, wie leutselig er ist. Und gut treffen würd sich's auch. Morgen ist Donnerstag. Da darf jeder zu ihm."

Der Gmeiner entkorkte noch eine Flasche, füllte die Gläser erneut. „Trinken wir darauf, dass sich der Kurfürst umstimmen lässt."

Dem Gschwendner blieb nun keine Wahl mehr. „Also gut. Aber wenn's nicht hinhaut, will ich keine Vorwürf hören."

Am nächsten Morgen saß der Gschwendner in seinem besten Gewand schon um halb acht im Vorzimmer des kurfürstlichen Kabinetts.

Ein Lakai fuhr ihn an: „Wenn der Kurfürst erst ab achte empfangt, brauchst nicht schon um halbe da sein." Aus dem Kabinett drang Hundegebell, ansonsten war es still.

Noch vor acht Uhr trat der kurfürstliche Sekretär aus dem Kabinett und nickte hin zum Gschwendner. „Mach's kurz. Werden noch viel andre kommen."

Gschwendner, den Hut in der Hand, trat ein. Sofort wuselten sechs Bologneser Hunde um seine Füß herum, beschnuffelten ihn, sprangen dann zurück in den samtbezogenen Korb.

„Setz dich. Was für ein Anliegen hast?", fragte Max Joseph aufgeräumt.

Der Gschwendner nahm auf der äußersten Stuhlkante Platz und legte den Hut auf die Knie. „Also, wegen dem Bürgerrecht für den Balthasar Michel wär ich gekommen."

„Und?"

Besorgt sah der Gschwendner, wie sich Max Josephs vorher so joviale Miene verdüsterte. „Es ist nämlich so, dass wir im Magistrat dagegen sind." Er schluckte. „So gut wie alle. Wir übrigen, also die, die dagegen sind, meinen halt, dass Protestanten der Stadt nur Unheil bringen." Er zog sein Schnäuztuch hervor und wischte sich den Schweiß von der Stirn.

„Hör mir mit solch einem Unsinn auf." Max Josephs Stimme wurde gefährlich leise. „Dass ein Protestant genauso viel wert ist wie ein Katholik, kommt euch nicht in den Sinn?"

„Ich mein ja bloß..." Der Gschwendner, beim Reden sonst immer der Lauteste, wusste nicht mehr ein noch aus. Stieß schließlich hervor: „Und dann geht's uns darum, dass Ihr uns zur Verantwortung ziehen wollt, wenn wir Eurem Wunsch wegen dem Bürgerrecht nicht nachkommen."

„Dann bist also gegen Verantwortung?"

„Nicht generell", stammelte der Gschwendner. „Nur gegen die eine. Also ich mein, Verantwortung tät ich schon übernehmen. Aber nicht so. Nur anders." Heillos verfing er sich in dem Satz. Nahm stockend den Faden wieder auf. „Wir im Magistrat haben halt gedacht, dass ein Protestant nicht in unsre Stadt passt. Und ein Auswärtiger ist der Michel noch dazu."

Kaum ausgesprochen, schoss ihm das Blut ins Gesicht. Der Max Joseph war doch selber kein Hiesiger.

Der Kurfürst, eine tiefe Falte zwischen den Augenbrauen, fuhr ihn an: „Mein Entschluss steht fest. Und damit die Sache schnell erledigt wird, werde ich den Magistrat erneut auffordern, meinem Befehl nachzukommen. Jetzt geh."

Der Gschwendner, mit einem letzten Anflug von Mut: „Könnt ich Euch nicht doch noch bitten, dass…"

„Raus!", schrie Max Joseph so energisch, dass die Hunde kläffend aus dem Korb sprangen.

Der Gschwendner schaute, dass er weiterkam. Das Gekläff der Hundsviecher noch in den Ohren, rumpelte er die Treppe hinunter.

Plan

Übel gelaunt verließ der Gmeiner sein Haus. Der Bericht vom Gschwendner über den Besuch beim Kurfürst vermieste ihm ganz gehörig den Tag. Nur zu gut konnte er sich vorstellen, wie der beim Max Joseph herumgestottert hatte. Was er über das Treffen erzählt hatte, war ein einziges Herumgefasel gewesen. So kamen sie nicht weiter.

„Aus dem Weg!", schallte es an sein Ohr. Er sprang zur Seite, ein Franzmann hoch zu Ross preschte an ihm vorbei.

„Elendiges Lumpenpack!", schrie ihm der Gmeiner hinterher.

Regelmäßig machten sich französische Soldaten in seiner Wirtschaft breit, soffen seine Bestände weg und hauten ab, ohne einen Kreuzer zu bezahlen. Dabei hatte er bis jetzt noch Glück gehabt. Sein Haus hatten sie noch nicht nach Essbarem durchsucht, um auch die letzten Reste noch zu beschlagnahmen.

„Die Bevölkerung hungert und die fressen sich den Wanst voll!", schimpfte er vor sich hin. „Und dann noch das Geschiss mit dem Protestanten. Ein Lutherischer in unserm Wirtskreis! Das duld ich nie und nimmer."

Während er über den Markt ging, dabei überlegte, wie dem Michel beizukommen war, sah er Carlotta an einem Gemüsestand stehen. Sie begutachtete die aufgeschichteten Krautköpfe, unterhielt sich lachend mit der Marktfrau.

Ein sauberes Dirndl war sie noch immer. In ihm keimte ein Entschluss. „Grüß dich, Carlotta", sprach er sie an.

Sie drehte sich um, knickste flüchtig.

„Wie geht's dir? Hab gehört, dass du jetzt beim Michel bist. Und? Ist er ein guter Brotherr? Wie lang dauert denn dein Dienst?"

„Nicht so lang wie bei Euch", antwortete sie. „Um zwei bin ich fertig."

„Entlohnt er dich gut?"

„Zahlt mir mehr als genug."

„Hab auch gehört, dass er um die Katharina herumscharwenzelt. Kann man ihm nicht verdenken", stichelte er. „Die Katharina ist ein begehrenswertes Weib. Nur schad, dass sie dem Krinner versprochen ist. Aber der Michel soll ja nicht ablassen von ihr."

„Mir doch gleich", patzte ihm Carlotta hin, drehte sich um und verschwand in der Menge.

Der Gmeiner kratzte sich am Kopf. Da schau her: Sie hat sich verschaut in den Michel. Und der will nix von ihr. Besser konnte es nicht kommen.

Seit diesem Tag hielt der Gemeiner Ausschau nach Carlotta. Begegnete ihr wie zufällig auf dem Markt, am Speckhäusl im Tal. Wechselte ein paar Worte mit ihr, hetzte immer wieder gegen den Michel und die Katharina.

Einmal wartete er kurz vor zwei vor dem Lebzelterhaus. Ging ein paar Schritte hin und her, ließ die Haustür nicht aus den Augen. Endlich kam sie.

„Fertig mit der Arbeit?", sprach er sie an.

„Was wollt Ihr denn schon wieder?"

„Ich hätt so gern, dass du wieder bei mir in Dienst trittst", log er.

„Ich bleib beim Michel."

„Ist er immer noch hinter der Katharina her?", fragte der Gmeiner mit Unschuldsmiene.

„Was geht's mich an."

Nun ging er aufs Ganze. „Gefällt dir der Michel vielleicht?"

Carlottas Augen verdunkelten sich, verlegen zupfte sie an ihrer Schürze.

„Warum wirst denn so traurig, Mädel", bohrte er scheinheilig nach.

„Lasst mich endlich in Ruh!" Schon rannte sie weg.

Zufrieden setzte der Gmeiner seinen Weg fort. Nicht mehr lang, dann hatte er sie so weit.

Hundedreck

Nach einem schmackhaften Gericht beim Adler Carl trat Michel auf die Straße. Kein Wunder, dachte er, dass so viele Betuchte bei ihm einkehren. Beim Carl gab's nur die besten Speisen, die erlesensten Weine. Dass es mit seiner eigenen Wirtschaft einfach nicht vorwärtsging, wurmte Michel. Kurz überlegte er, noch einmal beim Rasp vorbeizuschauen. Doch eigentlich war alles geregelt. Er konnte nur hoffen, dass der Rasp nicht wortbrüchig wurde.

Michel ging von der Kaufingergasse auf den Schrannenplatz, wich den Kutschen aus, die übers Pflaster holperten, den Leiterkarren, mit denen die Bauern ihre Fracht beförderten. Blieb stehen und betrachtete das Rathaus mit seiner majestätischen Fassade, die Bürgerhäuser mit ihrem frischen Anstrich. Die Stadt machte schon was her und sicher lebte es sich in ihr auch. Täglich rückten die Gendarmen aus, griffen umherstreunende Bettler und Hausierer auf und brachten sie in die Verwahranstalt. Doch schön war es in Augsburg auch. Und sicher ebenfalls. Nicht zum ersten Mal spielte er mit dem Gedanken, wieder dorthin zurückzukehren. Vor allem nach der leidigen Verhandlung mit dem Rasp. Was hatte er sich von dessen kratzbürstigem Weib nicht alles anhören müssen! Ob es den ganzen Verdruss wert war? Doch tief im Inneren wusste er: Wegen Katharina hatte er gar keine andere Wahl.

„Halt keine Maulaffen feil!" Ein Kutscher knallte mit der Peitsche, lenkte sein mit Fässern beladenes Fuhrwerk an Michel vorbei.

Das Geschrei und Gewusel wurde Michel zu viel. Sein Fuß tat ihm auch wieder weh, ein schmerzhafter Krampf zog sich bis hinauf in die Wade. Doch humpeln sollte ihn keiner sehen. Er streckte sich, trat kräftig auf, ging ins Tal zum Lebzelterhaus und öffnete die Haustür. Hörte den Hauswart Kaspar Drexl, ein Papier in der Hand, schimpfen: „Elende Hundsviecher! Was weiß denn ich, wann die mir vor die Tür scheißen?"

Die Lebzelterin vom ersten Stock keifte hin zum Michel: „Einer von der Polizei war da."

Drexl polterte: „Noch in der Früh hab ich vor dem Haus gekehrt und den ganzen Hundsdreck weggemacht. Kurz vor den Kontrollen muss so ein Viech vor den Eingang geschissen haben. Und jetzt ist eine saubere Strafe fällig." Mit funkelnden Augen drohte er: „Das leg ich auf euch alle um. Könntets ruhig auch darauf achten, dass draußen alles sauber ist." Wütend deutete er auf den Zettel neben der Tür und giftete hin zur Lebzelterin: „Zu was glaubst, hab ich die neue Polizeiverordnung da aufgehängt? Hättest sie auch lesen und dann einen Besen in die Hand nehmen können."

„Wenn ich doch gar nicht lesen kann."

„Zahlen musst trotzdem." Schimpfend verschwand er in seine Wohnung.

„Der hat sich leicht reden", jammerte die abgearbeitete Frau und band sich die Schürze fester um den Bauch. „Wo das Geld bei uns hint und vorn nicht reicht."

„Ich les dir's vor", beschwichtigte Michel. „Also, da steht: ,Jeden Samstag und Mittwoch soll die Gasse bis zur Mitte der Straße sauber gekehrt und jeglicher Hundekot weggeschafft werden. Die Polizei wird dies kontrollieren. Liegt Kot herum, werden 30 Kreuzer Strafe fällig. 1 Gulden und 30 Kreuzer, wenn die Straße gar nicht saubergemacht wurde.'"

„Mit so einem Schmarrn kommens uns daher", schimpfte sie. „Und einen gescheiten Abfluss für unser Dreckwasser haben wir bis heut nicht. Bis in meine Wohnung hinein stinkt's." Vor sich hinmosernd verließ sie das Haus.

Michel stieg die Treppe hinauf. Froh, dass er im obersten Stock wohnte, wo das Rohr begann, in das die Hausbewohner das Brauchwasser und den Inhalt ihrer Nachttöpfe kippten. Hier oben stank es nicht gar so arg wie in den unteren Etagen. Dort war das Rohr so undicht, dass die Brühe ins Stiegenhaus tröpfelte. Der Rest wurde auf die Straße geleitet und versickerte dort.

In seiner Wohnung stieg ihm der Geruch nach Gebratenem in die Nase.

„Das Essen ist gleich fertig", rief Carlotta.

„Gut riecht's." Michel betrat die Küche und setzte sich an den Tisch.

Carlotta begoss ein Stück Fleisch mit Bratensaft. „Heut hab ich was ganz Besonderes gekocht."

Sie umwickelte ihre Hand mit einem Lappen, zog die Bratraine hervor und stellte sie auf den Herd. Spießte das Fleisch mit einer grobzinkigen Gabel auf, legte es auf ein Schneidbrett und schnitt einige Scheiben ab. Gab sie mit etwas Brot auf einen Teller und schob ihn dem Michel hin. „Lasst es Euch schmecken."

Erwartungsvoll beobachtete sie ihn. Michel, der nach dem Besuch beim Carl keinen Hunger mehr hatte, aß nur zögerlich. Als er Carlottas Enttäuschung bemerkte, zwang er sich einige Bissen hinunter. „Gut schmeckt's."

Sie strahlte. „Für Euch koch ich gern." Kokett zupfte sie am Brusttuch. „Auch sonst würd ich alles für Euch tun."

„Ist schon recht. Aber jetzt kannst gehen. Für heute brauch ich dich nicht mehr."

Brüsk drehte sich Carlotta um. „Möcht bloß wissen, warum ich mir allerweil so eine Müh geb."

Kaum hatte sie die Wohnung verlassen, schob Michel den Teller von sich. Zog seine Stiefel aus, fuhr über den schmerzenden Fuß. Anschließend nahm er das Kurpfalzbayerische Intelligenzblatt zur Hand, blätterte durch die Seiten auf der Suche nach einem Haus. Wenn er in der Stadt blieb, wollte er nicht im Haus des Rasp wohnen, sondern in einem herrschaftlichen Gebäude. Doch all seine Pläne scheiterten bis jetzt an seinem fehlenden Bürgerrecht. Sollte er erneut zum Kurfürsten gehen? Doch noch einmal als Bittsteller aufzutreten, widerstrebte ihm. Ob der Anton einen Rat wusste?

Plötzlich überfiel ihn ein fürchterlich schlechtes Gewissen. Nach dem Vorfall am Sendlinger Tor hatte er seine Freunde gleich am nächsten Tag vor dem Weinberl warnen wollen. Doch zu beschäftigt mit seinen eigenen Angelegenheiten und die Gedanken stets bei Katharina, hatte er sie einfach vergessen.

Ein sauberer Freund war er! Er konnte nur hoffen, dass ihm der Anton nicht allzu gram war.

Schlägerei

Am nächsten Morgen klopfte Michel bei seinem Freund an die Tür. Anton, eine Pfeife in der Hand, öffnete und raunzte ihn gleich an: „Warum hast uns bis jetzt nicht Bescheid gegeben, warum du nicht mit nach Augsburg gekommen bist? Zwei Mal war ich schon bei dir, nie bist dagewesen."

„Sei mir nicht bös. Ich erklär's dir."

„Komm rein. Der Ferdinand und der Max sind auch da. Haben uns grad zum Kartln hingesetzt."

Mit grimmigen Gesichtern begrüßten ihn die beiden. „Hab mich allerweil gefragt, warum du damals nicht ans Sendlinger Tor gekommen bist", sagte vorwurfsvoll der Ferdinand.

„Hast doch noch Schiss gekriegt?", fragte hämisch der Max.

„Ihr seid beobachtet worden", erklärte Michel und setzte sich auf einen Schemel. „Wie ich grad zu eurer Kutsche kommen wollt, hab ich den Schuster Weinberl und noch einen gesehen, die euch ausspioniert haben."

Ferdinand hieb mit der Faust auf den Tisch. „Und das sagst uns erst jetzt?"

„Ihr glaubt ja nicht, was ich hinterher für einen Ärger hatte." Und er erzählte vom Magistratsrat Gmeiner, dem Besuch beim Kurfürsten, und davon, dass ihn sogar zwei Kerle überfallen hatten.

Schweigend hörten ihm seine Freunde zu.

„Trotzdem hättest es mir berichten müssen. Aber du warst ja aus dem Schneider." Antons Stimme wurde lauter. „Wie's uns geht, war die anscheinend gleich."

Schuldbewusst senkte Michel den Kopf. „Ich kann euch gar nicht sagen, wie leid es mir tut."

Seine Freunde bedachten ihn mit grimmigem Schweigen Schließlich meinte der Anton: „Jetzt können wir's auch nicht mehr ändern. Lasst uns lieber überlegen, wie's weitergehen soll. Wenn wir ausspioniert wurden, müssen wir ganz besonders aufpassen." Er goss Michel vom Wein ein. „Trinken wir auf bessere Zeiten."

Erleichtert, dass der Anton versöhnlicher klang, hob Michel das Glas. „Auf bessere Zeiten."

„So richtig daran glaub ich nicht", zweifelte der Ferdinand. „In der Stadt hängen Zettel, auf denen sie gegen uns hetzen. In der Lederergasse hab ich einen gesehen, bei dem dir das Grausen kommt."

„Was ist denn draufgestanden?", fragte der Anton.

„Das willst besser nicht wissen, sonst kriegst noch Angst um deine Kinder."

„Jetzt sag schon."

„Hauts ab ihr Lutherischen, sonst werdets bald am Rattengift verrecken."

„Sag bloß meiner Sieglinde nix davon", stieß Anton hervor. „Die ist mit den Nerven sowieso schon ganz runter." Bedächtig goss er vom Wein nach. „Vielleicht hat das Gehetze doch bald ein End und die Kurfürstin setzt sich für uns ein.

Auf ihr Geheiß gibt's am Sonntag sogar einen protestantischen Gottesdienst in der Residenz zu dem auch Katholiken dürfen. Damit sie sehn, dass wir nix Schlimmes gegen den Herrgott tun. Ich für meinen Teil werd hingehn."

„Bist noch gescheit?", rief der Ferdinand. „Und wenn sie merken, dass du ein Lutherischer bist."

„Wieso?", lachte der Anton. „Ich tu einfach so, als wär ich ein Katholik. Hab denen ihr Kreuzzeichen geübt." Mit der Hand betupfte er seine Stirn, das Brustbein, die rechte und linke Schulter."

„Das hast es!", raunzte der Ferdinand. „Erst muss die Hand nach links und dann nach rechts. So wie du's machst, kommst gleich auf. Ich geh auf keinen Fall. Obwohl's mich schon interessieren tät, wie's bei dem Gottesdienst zugeht. Aber wenn ich auffliag, kauft keiner mehr ein Brot bei mir. Erinnerts euch noch an den Sattler Schorsch? Fast verhungert wär er, wie aufgekommen ist, dass er einer von uns ist."

„Wird so schlimm schon nicht werden", bekräftigte Anton seinen Entschluss.

„Ich geh auch", stimmte Michel zu. „Angst hat noch nie jemand geholfen."

Am Sonntag machte sich Michel auf den Weg. Staunte nicht schlecht über die Menge, die zur Residenz strömte. Männer im

Trachtengewand, Frauen im Sonntagsstaat, lachende Burschen, junge Mädel.

Als er den Weinberl mit einigen johlenden Burschen sah, wollte er fast schon umkehren. Er hörte, wie einer der Burschen feixte: „Will's mir schon mal anschaun, wie die unser Abendmahl verhunzen."

„Ich geh nur wegen der Carolin hin", warf ein Mädel ein. „So schön soll sie sein."

„Schauts die an", feixte der Kerl wieder. „Nix wie Weiberkram im Kopf."

Michel betrat die Kirche im Ballhaus der Residenz. So prächtig hatte er sie sich nicht vorgestellt. Der Raum, von unzähligen Kerzen erhellt, erstrahlte in festlichem Glanz. An der Nordseite prangten der Altar, die Kanzel und die Orgel. Der Altar und die Kanzel waren mit Stoffen in den bayerischen Farben Weiß und Blau geschmückt, ein wuchtiges Kruzifix gemahnte an die Leiden des Gottessohns.

Nach und nach füllten sich die Emporen mit wohlhabenden Bürgern. Gespanntes Raunen erfüllte den Raum.

Michel wurde zur Seite gedrängt, dicht an dicht standen die letzten Ankömmlinge nahe des Eingangs. Etwas weiter vorn entdeckte er den Anton.

Als die Kurfürstin, einen Pelz um die Schultern gelegt, das Gesicht mit einem Hutschleier bedeckt, auf der Empore erschien, brandete Jubel auf. Mit einer Handbewegung bat sie um Ruhe.

Kaum hatte sie Platz genommen, trat ihr Kabinettsprediger Ludwig Schmidt in schwarzem Talar mit weißem Kragen, das Haar wohl onduliert, hinter den Altar. Orgelklänge leiteten die Feier ein, andächtiger Gesang durchströmte die Kirche. Verstohlen betrachtete Michel die Besucher. Einige Männer, die Hände wie zum Gebet gefaltet, machte er als Katholiken aus. Stutzte, als er sah, wie der Weinberl den Mann neben sich anschubste und mit dem Finger auf den Anton zeigte. Tuschelnd steckten sie die Köpfe zusammen. Vergeblich versuchte Michel, näher an seinen Freund heranzukommen.

Die Orgelklänge und der Gesang verstummten. Der Kabinettsprediger erhob die Stimme. „Liebe Christen. Wir sind heute versammelt, um unseres Herrn zu gedenken. Lasset uns alle Zwietracht vergessen und fortan in christlicher Nächstenliebe zueinanderstehen. Lasset unsere Herzen frei sein von unchristlichen Gedanken. Vereinen wir uns im Gebet." Er faltete die Hände. „Herr, wir bitten dich um Frieden..."

„Frieden will der", zischte ein Bursche neben Michel. „Dabei sind's doch die, die uns den Unfrieden bringen."

„Genauso ist's", zischte ein anderer etwas lauter zurück.

„Hinausgeworfen gehören sie aus der Stadt", rief ein ganz ein Mutiger.

Schmidt betete lauter: „Herr gib, dass wir deinen Segen friedlichen Herzens empfangen."

„Was willst?", rief ein Kerl, dessen rot unterlaufene Augen von einem saftigen Rausch zeugten. „Wennst Frieden willst, dann hau ab."

Ein Bürger drohte von der Empore hinunter: „Ruhe! Sonst lassen wir euch hinauswerfen."

Die Kurfürstin erhob sich. Michel sah, wie sie ungläubig in die Menge blickte, verzweifelt mit Handzeichen um Ruhe bat.

Die aufgestachelten Burschen grölten: „Uns hinauswerfen? Gegen uns kommt niemand nicht an."

Die ersten Frauen zogen ihre Kinder hinter sich her und verließen eilends das Gotteshaus.

Ein paar Männer rückten hin zu den Unruhestiftern. „Hauts ab!" Schon schlugen die ersten aufeinander ein. Fassungslos stand der Kabinettsprediger am Altar. Versuchte vergebens, die wütende Menge zu beruhigen. Blickte niedergeschlagen hinauf zur Kurfürstin Carolin.

Endlich gelang es Michel, an den Anton heranzukommen. „Gehn wir. Der Weinberl ist da und hat dich erkannt."

Anton krempelte die Ärmel hoch. „Dem zeig ich's."
„Mit dem legst dich besser nicht an."
Langsam leerte sich die Kirche, nur ein paar alte Frauen standen noch vor dem Altar, bewegten die Lippen zum Gebet.
Als Michel den Anton ins Freie ziehen wollte, bemerkte er, wie die Kurfürstin den Kirchenraum betrat. Zum ersten Mal sah er sie aus der Nähe. Sie schlug den Hutschleier zurück und blickte enttäuscht auf das Innere des Gotteshauses. Zerknüllte Papiere bedeckten den Boden, dazwischen lagen einige Schnäuztücher und sogar eine Joppe, die anscheinend jemand während des Tumults verloren hatte.
„Wie jung sie ausschaut", sprach Anton leise zum Michel.
Michel betrachtete ihr fein geschnittenes Gesicht, in das sich tiefer Kummer gegraben hatte.
„Geh doch hin zu ihr", forderte Anton ihn auf. „Berichte ihr von deinem Anliegen. Vielleicht hast Glück und sie hört dich an."
„Doch nicht jetzt. Jetzt hat sie ganz andere Sorgen."
Die Kurfürstin ging auf den Kabinettsprediger zu. Die alten Frauen verharrten in gebührendem Abstand. „Wie hat das nur passieren können", fragte sie ihn, „dass Christen so aufeinander losgehen?"
Der Prediger ließ sich nicht anmerken, wie tief auch ihn die Entweihung der Kirche getroffen hatte. Versuchte stattdessen, Carolin, der er seit vielen Jahren als Beichtvater diente, zu trösten. „Nehmt es Euch nicht so zu Herzen. Mit der Hilfe des Herrn wird die Zeit es richten."
Mit fester Stimme entgegnete sie: „Einen derartigen Tumult kann ich nicht dulden." Sie wurde lauter: „Die Rädelsführer müssen zur Rechenschaft gezogen werden."
Eine der alten Frauen sank auf die Knie. „Das Haus des Herrn so zu entweihen. Eine Schand ist's! Eine echte Schand."
„So etwas wird nie wieder vorkommen", versprach die Kurfürstin. „Dafür wird mein Gemahl sorgen."

„Die Leute in der Stadt sind nicht an Protestanten gewöhnt", schaltete sich Schmidt ein. „Viele haben in ihrem ganzen Leben noch keinen gekannt und meinen, sie müssten anders aussehen, als andere Leute."

„Wie kann man nur so dumm sein?", fuhr die Kurfürstin auf. „Gebt ihnen etwas Zeit. Dann wird ihre bigotte Intoleranz versiegen."

„Die Zeit werde ich ihnen nicht bewilligen", entgegnete Carolin scharf. „Ich werde mit meinem Gemahl sprechen, damit er die entsprechenden Gesetze erlässt."

Der Kabinettsprediger, der wusste, dass Menschen sich durch Gesetze nicht ändern ließen, wagte nicht, ihr zu widersprechen.

In Begleitung zweier Lakaien verließ die Kurfürstin das Gotteshaus.

„Red wenigstens mit dem Prediger über dein Anliegen", ermunterte Anton den Michel.

„Meinst?"

„Ich an deiner Stelle würd's probieren."

Nach kurzem Überlegen ging Michel hin zum Schmidt. „Dürfte ich mich vorstellen? Balthasar Michel ist mein Name."

Schmidt, der Carolin sorgenvoll nachgeblickt hatte, wandte sich ihm zu. „Der Kurfürst hat mir schon von Euch erzählt." Ein freundliches Lächeln überzog sein Gesicht. „Gibt ganz schön viel Unruhe wegen Euch. Doch lasst nicht nach in Euren Bemühungen, in der Stadt sesshaft zu werden. Irgendwann werden die Münchner sich an Protestanten gewöhnen."

Michel überlegte, ob er ihm von seinen Heiratsplänen berichten sollte, doch Schmidt ging bereits wieder zum Altar.

Atzmann

Carlotta schürzte den Rock und ging den vom Regen aufgeweichten Weg im Lehel entlang. War es richtig, sich wegen ihrer Liebe zum Michel ausgerechnet der Josepha anzuvertrauen? Die in ihren bestickten Röcken, den bunten Tüchern um die Schultern so ganz anders daherkam als die alten Frauen in ihrem ewig schwarzen Gewand? Und von der manche behaupteten, sie stehe mit dem Teufel im Bunde?

Carlotta gab sich einen Ruck. Schließlich hatte Josepha der Mutter mit allerlei Salben und geheimnisvollen Sprüchen geholfen. Damals, als der Kreszenz ein Spreißel so tief in den Handballen gefahren war, dass die ganze Hand dunkelrot entzündet war. Warum sollte Josepha nicht auch ihr beistehen in ihrer Not?

Zaghaft schritt sie den von hohem Gras gesäumten Weg weiter entlang, blieb vor dem lehmverputzten Haus stehen und klopfte an. Nichts rührte sich. Sie klopfte noch einmal. Die Tür öffnete sich einen Spalt und Carlotta blickte in das wettergegerbte Gesicht Josephas.

Misstrauisch fragte die Wahrsagerin: „Warum bist gekommen?"

„Dass du mir hilfst, tät ich dich bitten."

„Von wem bist geschickt?"

„Von niemand."

„Woher weißt, wo ich wohn?"

„Von der Mutter."

„Und wie heißt?"

„Die Carlotta bin ich."

„Das Mädel von der Bortenmacherin?", fragte Josepha jetzt schon viel freundlicher.

Carlotta nickte. Nun war sich Josepha sicher: Eine von denen, die nur kamen, um sie auszukundschaften, war sie nicht.

„Groß bist geworden. Hätt dich fast nicht mehr erkannt. Komm rein."

In der Stube setzte sich Carlotta auf einen Schemel und schaute sich beklommen um. Neben dem Fenster stand ein mit bunten Tüchern bedecktes Kanapee, daneben eine hölzerne Truhe mit verzierten Beschlägen. Im Herrgottswinkel hing ein grob geschnitztes Kreuz. Eine Wand war mit Papieren bedeckt, vollgekritzelt mit merkwürdigen Zeichen. Auf einer Zeichnung entdeckte sie eine grausige Gestalt, halb Mensch, halb Ziegenbock.

Entgeistert deutete Carlotta auf das Bild. Was ist denn das?"

„Das kann ich dir jetzt nicht erklären." Josepha setzte sich ebenfalls und schwieg. Seit der Kurfürst und sein Minister alles, was sie für Aberglauben hielten, bekämpften, musste sie ihre Worte sorgfältig wählen.

Carlotta blickte sich weiter um. Im Herdfeuer knisterten einige Holzscheite, in einem Henkeltopf köchelte irgendetwas vor sich hin. Kräuterbüschel, sorgsam auf eine Schnur gereiht, hingen von der Decke und verströmten einen herbsüßen Duft.

„So sag doch was", bat Carlotta.

„Bei was soll ich dir denn helfen?", beendete Josepha ihr Schweigen.

Carlotta fasste all ihren Mut zusammen. „Wegen einem Mannsbild bin ich hier."

„Bist verheirat?"

„Heiraten tät ich ihn schon gern, aber er will nix wissen von mir. Bin bloß seine Zugeherin."

„Warum denn nicht? Hast dich doch zu einem saubern Dirndl rausgewachsen. Weißt noch, wie du die Blattern gehabt hast? Jetzt sieht man nix mehr davon. Müsst sich doch jeder Bursch nach dir umdrehn."

Bei den mitfühlenden Worten wurde Carlotta noch schwerer ums Herz. „Der, den ich mag, hat sich in eine andre verschaut."

„In welche denn?"

Tief holte Carlotta Luft. „In die Katharina vom Dürnbräu."

Josepha stand auf, ging an den Herd, füllte aus dem Henkeltopf Tee in zwei Becher und stellte sie auf den Tisch. „Trink. Bist ja völlig durcheinander. Die Katharina kenn ich. Hab ihrer Mutter früher einmal geholfen. Weißt schon, dass es schwer wird, gegen die Katharina anzukommen. Würd allerhand mit in die Ehe bringen. Hast auch was?"

„Bei uns bleibt kaum was über."

„Magst mir sagen, wie er heißt?"

Verschämt gestand Carlotta: „Michel."

„Mädel, Mädel." Begütigend sprach Josepha auf Carlotta ein. „Wie soll ich dir da bloß helfen?"

„Hättest nicht einen Zauberspruch, den ich aufsagen kann, damit er mir gut wird? So richtig gut?" Mit einer Kopfbewegung deutete sie zu dem Kruzifix im Herrgottswinkel. „Oder eine Fürbitt, damit der mir hilft?"

„Der? Meinst, wenn er helfen könnt, dann hättens ihn ans Kreuz geschlagen?"

Entsetzt schlug Carlotta die Hand vor den Mund. „Und zu was wären dann die ganzen Fürbitten gut?"

„Zu überhaupt nix. Überleg doch selber: Tät's sonst einen Krieg geben? Und einen Hunger? Oder gar einen Kindstod?"

Die gotteslästerlichen Worte verschlugen Carlotta die Sprache.

Auch Josepha versank wieder in Schweigen, trank stumm von ihrem Tee.

Josepha, die von Klosterschwestern aufgezogen worden war, sah alles noch ganz genau vor sich: die weiß gekalkten Wände, die lang gestreckten Gänge. Auch an den Schlafsaal mit den zwanzig Betten erinnerte sie sich noch gut. Am hinteren Ende des Saals hatte sich, durch schwere Decken auf einer strammgezogenen Schnur abgetrennt, die Schlafstatt ihrer verehrten

Klosterschwester Kunigunde befunden. Die hatte sie die Liebe zu Gott, die Abscheu gegen Lug und Trug gelehrt.

Eines nachts war Josepha aufgewacht. Hatte gehört, wie die Tür zum Schlafsaal leise aufging, sich leise wieder schloss. Rasch war eine Schwester hinter die Abtrennung gehuscht. Josepha hatte leises Murmeln, unterdrücktes Kichern, merkwürdiges Stöhnen vernommen. Am nächsten Tag hatte sie Schwester Kunigunde gefragt: „Wer ist in der Nacht bei Euch gewesen?"

Bös hatten die Augen der Schwester gefunkelt. „Niemand. Das hast bloß geträumt."

Danach war's aus mit ihrem Glauben. Wenn sogar Kunigunde vor Lug und Trug nicht zurückscheute, was war der Glaube dann überhaupt wert?

Josepha rückte den Schemel näher zu Carlotta. „Ich sag dir was: Wennst wirklich was erreichen willst, musst dich an den Luziferischen wenden."

„Das wär ja eine Sünd", fuhr Carlotta auf. „Wenn das der Pfarrer hört!"

„Von mir erfahrt er nix. Und brauchst nicht glauben, dass der nicht auch zaubert. Wie sonst sollt es gehen, dass bei der Heiligen Wandlung aus dem Messwein ein Blut wird?"

Bei den gotteslästerlichen Worten hielt sich Carlotta die Ohren zu.

Unbeirrt fuhr Josepha fort: „Wennst ein Mannsbild für dich gewinnen willst, brauchst einen richtigen Zauber."

„Aber bei der Beichte müsst ich's gestehen. Dann wüsst der Pfarrer Bescheid." Doch dann dachte sie an den Michel. Daran, dass sie vor lauter Verlangen nach ihm nicht mehr schlafen konnte. Sprach nach einigem Zögern: „Ich beicht's einfach nicht. Und? Wie soll der Zauber gehn?"

„Bevor ich dir's verrat, versprich, dass du niemand was sagst."

„Ich versprech's."

„Dann beschreib mir den Michel."

„Also, er ist ungefähr einen halben Kopf größer als wie ich. Und schöne Augen hat er. Grüne. Und sein eines Bein ist etwas kürzer. Weil er sich's einmal gebrochen hat. Wie ihn ein Pferd abgeschmissen hat, hat er gesagt", stotterte sie. „Haare hat er nicht viel, aber einen schönen Kopf."

„Schöner Kopf! Das ist doch keine Beschreibung für ein Mannsbild. Ist er von stattlicher Statur?"

„Nicht direkt. Aber irgendwie schon."

„Gibt's denn nix Besonderes an ihm?", versuchte Josepha es noch einmal.

„Ist weniger wie er ausschaut, als das, wie er ist. So lustig kann er sein."

„Mädel, Mädel, weißt denn, auf wen du dich da einlasst?"

„Gut soll er mir sein. So richtig gut."

„Dann hilft nur noch eins." Josepha ging zur Truhe, klappte sie auf und zog ein unförmiges Gebilde hervor. „Weißt, was das ist?"

Carlotta schüttelte den Kopf.

„Ein Atzmann ist's. Den braucht's für einen Liebeszauber." Sie legte den Atzmann auf den Tisch. „Lang ihn ruhig an."

Ängstlich fuhr Carlotta mit den Fingern über die grob geformte Gestalt. „Verkaufst ihn mir?"

„So einfach geht das nicht. Selber machen musst ihn. Nimmst ein Mehl und verrührst es mit Wasser, bis du einen festen Teig hast. Dann formst daraus deinen Michel. Machst einen Kopf, einen Rumpf, die Händ und die Füß. Einen Fuß machst ein bisserl kürzer. Und dann ritzt dort, wo das Herz sitzt, ein „M" hinein. Dann backst das Ganze so lang, bis alles richtig fest ist. Wennst willst, kannst ganz zum Schluss noch ein Eidotter drüberstreichen, damit's schöner ausschaut."

Aufmerksam hatte Carlotta zugehört. „Und dann?"

„Dann besprichst den Atzmann. So, als würdest mit dem Michel reden. Beschwörst ihn, dass er dir seine Liebe schenkt."

„Meinst wirklich, dass es hinhaut?"

„Probier's aus."

„Aber ist das nicht eine Sünd?"

Laut lachte Josepha auf: „Was im Leben ist schon ohne Sünd? Und am besten bewahrst den Atzman in der Wohnung vom Michel auf. Dann wirkt er noch besser."

„Also gut, ich mach's. Gleich nachher kauf ich ein Mehl. Was bin ich dir schuldig?"

„Drei Kreuzer. Und noch was: Wenn der Atzmann fertig ist, dann pass auf, dass er nicht kaputtgeht. Sonst wird aus dem Liebeszauber ein Schadenszauber."

Carlotta zählte aus ihrem Beutel drei Kreuzer ab, legte sie auf den Tisch und verließ mit einem „Vergelt's Gott" Josephas Haus.

Seelenweh

Lächerlich hab ich mich gemacht! Mit dem alten Gewand und der ausgeleierten Haube von der Magda. Nur damit mich auf dem Tanzfest keiner erkennt. Und für was? Dafür, dass er mich hintergangen hat. Aufgebracht erreichte Katharina den Schrannenplatz.

Seit Michel ihr das mit seiner Religion gebeichtet hatte, war sie so voller Zorn, dass sie am liebsten geschrien hätte. Wie hatte sie nur so blöd sein können? Einem vertrauen, den sie gar nicht richtig kannte?

Sie klemmte den Korb fester unter den Arm und blieb am Gemüsestand hinter der Heilig-Geist-Kirche stehen. Fauchte: „Drei Kohlköpf, zwei Sellerie und drei Bund Petersil will ich. Vom Sellerie aber keinen mit so braune Flecken wie das letzte Mal."

„Heut bist aber schlecht drauf", ärgerte sich die Marktfrau. „Wenn dir mein Sach nicht passt, dann kauf's halt woanders."

Katharinas angestauter Zorn traf die ahnungslose Frau. „Von dir lass ich mich noch lang nicht blöd anreden."

„Von wegen blöd anreden!", keifte die Marktfrau zurück. „Hab bloß gesagt wie's ist. Also willst was oder nicht."

Katharina schob ihr das Geld hin. „Leg endlich alles in den Korb."

„Heut kriegst noch was. Aber noch mal kommen brauchst nicht."

Brüsk drehte sich Katharina um und schlug den Weg zum Dürnbräu ein. Was war nur in sie gefahren? Die Marktfrau war doch nicht schuld an ihrem Unglück. Niemandem konnte sie mehr vertrauen. Dem Michel nicht und dem Vater erst recht nicht. Gern haben konnten sie alle miteinander. Vor dem Dürnbräu verlangsamte sie ihre Schritte. Den Vater ertrug sie jetzt nicht. Erst musste sie ihren inneren Aufruhr eindämmen.

An der Isar folgte sie einem mit Gras bedeckten Weg. Träge floss das Wasser vorüber, strudelte über Steine, zog behäbig weiter. Mit einem Mal dachte sie wehmütig daran, wie glücklich sie gewesen war, als sie sich mit Michel im Tanz gedreht, seine Arme um ihren Körper gespürt hatte. Warum war er nicht ehrlich zu ihr gewesen? Weinend sank sie auf einen Stein.

Josepha, einen Beutel über der Schulter, stand plötzlich vor ihr. „Grüß dich, Katharina. Sag: Warum weinst?"

Katharina unterdrückte ihr Schluchzen. „Was machst denn du da?"

„Kräuter hab ich gesucht. Sind auch welche gegen das Seelenweh mit dabei. Also, warum weinst?"

Katharina rang mit sich. Erinnerte sich dann daran, wie Josepha mit wundersamen Tränken der Mutter geholfen hatte, als die vor Bauchkrämpfen nicht mehr aus noch ein wusste. „Hintergangen worden bin ich."

„Von wem?"

„Von einem, den ich gern gehabt hab."

Josepha setzte sich neben sie. „Magst es mir erzählen?"

„Verheimlicht hat er mir, dass er ein Protestant ist. Michel heißt er."

Josepha zuckte zusammen. Carlotta! Der Atzmann! Michel! Schon wieder liefen Katharina Tränen übers Gesicht. „Alle sagen, dass die Falschgläubige sind."

„Musst nicht allem Gered glauben. Was zählt ist doch, dass einer ein guter Mensch ist. Ist er das?"

Katharina fuhr sich mit der Schürze übers Gesicht. „Ich glaub schon. Aber warum hat er mir's erst erzählt, nachdem ich mich ein paarmal mit ihm getroffen hab?"

Liebevoll legte Josepha ihr den Arm um die Schulter. „Wird sich vorher halt nicht getraut haben. Siehst doch, wie du dich aufregst. Magst ihn vielleicht doch noch?"

„Schon. Aber..."

„Nix aber. Geh hin und vertrag dich wieder mit ihm. Könntest sonst ewig unglücklich sein. Nicht, dass er sich aus Trotz noch eine andre nimmt."

„Eine andre?" Ungläubig schüttelte Katharina den Kopf. „Das glaub ich nicht."

„Das kannst nicht wissen. Vielleicht gefallt er andern Frauen auch. Also zöger's nicht hinaus."

Josepha erhob sich. Jetzt war auch ihr das Herz schwer. Carlotta oder Katharina. Eine von beiden würde leiden.

Katharina blieb noch eine Weile sitzen. Wenn sie sich mit dem Michel versöhnte, musste sie dem Vater von ihm erzählen. Mit dem Krinner wär's dann vorbei. Und mit dem Platz im Magistrat für den Vater wahrscheinlich auch. Aber er hätte halt nicht einfach über sie bestimmen dürfen. Entschlossen stand sie auf.

Im Lebzelterhaus, im vierten Stock hatte Michel gesagt. Jetzt um die Mittagszeit war er wahrscheinlich daheim. Langsam ging sie den langen Weg zurück ins Tal. Einfach machen wollte sie es ihm nicht. Doch den Gedanken, ihn zu verlieren, konnte sie nicht ertragen.

Vor dem Lebzelterhaus hielt Katharina inne. Sollte sie? Dann öffnete sie die Haustür und stieg, froh, dass ihr kein Hausbewohner begegnete, die Treppen hinauf. Klopfte an die Tür im vierten Stock.

Michel öffnete und stotterte: „Katharina!"

Alles, was sie sich unterwegs überlegt hatte, war wie weggeblasen.

Hinter Michel tauchte Carlotta auf. „Was willst denn du hier?" Ihr kalter Blick ließ Katharina erschaudern.

„Komm doch rein." Michel trat zur Seite und deutete ins Innere der Wohnung. „Kannst jetzt gehen", befahl er Carlotta.

Carlotta, die Küchenschürze noch umgebunden, lief die Treppen hinunter. Band vor der Haustür die Schürze ab und lehnte sich, von Schluchzen gebeutelt, an die Wand.

Wortlos standen sich Michel und Katharina gegenüber.

„So froh bin ich, dass du gekommen bist", begann Michel. „Hab schon befürchtet, dass es aus ist zwischen uns. Hab sogar schon überlegt, wieder nach Augsburg zu ziehen."

Sie legte ihm einen Finger auf die Lippen. „Sag doch so was nicht." Ihr fiel ein, dass sie es ihm nicht leicht machen wollte. „Warum hast mir das mit deiner Religion nicht gleich erzählt? Und überhaupt: Was soll ich denn mit einem, der nicht ehrlich zu mir ist?"

„Ich hab einfach nicht gewusst, wie ich es dir sagen soll. Aber eins versprech ich dir: Ich werde dir nie mehr etwas verheimlichen."

„Ist leicht dahergesagt", grollte sie und verschränkte die Arme vor der Brust. Musste fast lächeln, als sie sein betretenes Gesicht sah.

Als Michel merkte, dass sie ihm nicht mehr ganz so gram war, bat er sie in die Wohnstube. „Lass uns zusammenhalten. Irgendwann wird der Glaubensstreit aufhören. Der Kurfürst ist doch auch mit einer Protestantin verheiratet. Deswegen kommt er ganz bestimmt nicht in die Hölle."

Katharina dachte an Josephas Worte und gab endlich nach. „Lass uns wieder gut sein." Sie schaute sich um in der Stube. Verbarg ihre Enttäuschung über das armselige Mobiliar, den Eckschrank mit den abgestoßenen Kanten, das Kanapee mit dem ausgeblichenen Bezug, die schlecht eingepassten Dielen. „So wohnst also."

„Nur vorübergehend. Bis mein Antrag beim Magistrat durch ist. Ein Freund hat mir derweil die Wohnung überlassen."

„Hier würd ich auf Dauer nicht wohnen wollen", gab sie dann doch zu.

„Bräuchtest auch nicht. Bin schon dabei, mich nach einem anderen Haus umzusehen. Einem, dass auch dir gefallen würde."

Eng umschlungen setzten sie sich aufs Kanapee.

„Jetzt kannst mich alles fragen", forderte Michel sie auf.

„Ich würd gern mehr über dich wissen. Meinen Vater kennst ja. Aber was ist mit dir? Hast noch einen Vater und eine Mutter?"

„Sind schon lange tot. Der Vater ist am Alter gestorben, die Mutter an einem Steinleiden. Streng ist sie gewesen. Hat kurz hintereinander sechs Kinder auf die Welt gebracht. Ich war das siebte und letzte. Wegen der Plackerei mit der Hauswirtschaft hat sie kaum eine ruhige Minute für uns gehabt und für mich erst recht nicht. War ja der Letzte, der Ungewollte."

„Bei mir war's anders. Die Mutter hat immer Zeit für mich gehabt. Mir sogar das Lesen und Schreiben beigebracht. Einen Sohn hätt sich der Vater schon noch gewünscht, ist aber keiner gekommen."

Zärtlich strich Michel ihr übers Haar. „Dass einer Zeit für mich gehabt hätte, hätte ich mir auch gewünscht. Hab mir mühsam erkämpfen müssen, dass sich jemand um mich kümmert. Hat nur geklappt, wenn ich spaßige Geschichten erzählt hab."

„Bist deshalb oft so lustig wie damals bei uns in der Wirtschaft?"

Bitter antwortete er: „Bin nicht immer so lustig, wie's ausschaut. Bereu oft, dass ich der Mutter nie ein gutes Wort gesagt hab. War oft frech zu ihr, weil mir sogar ihre Schläge lieber waren, als dass sie mich gar nicht beachtet hat."

Er drückte Katharina fester an sich. „Aber dir werd ich jeden Tag sagen, wie sehr ich dich mag."

Wallfahrt

Bevor Athanasius zu seinem Krankenbesuch beim Schobinger Max in der Sendlingergasse musste, wollte er bei der Babette vorbeischauen. Den Beutel mit Medizin, Verbandszeug, Brot und einen Hafen Schmalz aus der Klosterküche über der Schulter, stieg er die knarzenden Treppen hinauf. Verschnaufte kurz und betrat die Kammer.

„Grüß dich, Babette. Ist der Husten besser?"

Sie schlug die Decke zurück und krächzte: „Gut ist er immer noch nicht. Und mit dem Schnaufen geht's auch nicht so recht."

Athanasius legte einen halben Laib Brot, den Hafen Schmalz und den Beutel mit geweihten Kräutern auf den Tisch. „Außer was zum Essen hab ich dir noch was zum Ausräuchern der Kammer mitgebracht. Bei dem Mief da herin wirst sonst nie gesund. Vergiss auch die Ecken nicht und sprich beim Räuchern ein Vaterunser."

„Meinst, davon werd ich wieder gesund?"

Besorgt musterte Athanasius Babetts Gesicht. Obwohl er ihr fast täglich Essen brachte, wurde sie immer schwächer, hustete qualvoller von Tag zu Tag.

„Das weiß Gott allein. Aber Räuchern vertreibt den modrigen Geruch und gegen böse Geister hilft's auch." Kaum ausgesprochen, presste er die Lippen aufeinander. Die Worte des kurfürstlichen Kommissärs hallten noch in ihm nach: „Jeglicher Aberglaube ist von nun an verboten!" Doch was wusste der schon. Seit ewigen Zeiten halfen Räucherungen gegen verpestete Luft und teuflische Einflüsse.

„In ein paar Tagen komm ich wieder. Nimm derweil von der Medizin."

Athanasius verließ die Kammer, stieg die Treppe hinunter und wandte sich Richtung Sendlingergasse zu seinem letzten Krankenbesuch. Vom Sendlinger Tor her hörte er lautes Geschrei. Neugierig schritt er weiter, sah sich plötzlich umringt von aufgebrachten Menschen. „Was ist hier…?" Bevor er die Frage beenden konnte, versetzte ihm jemand einen heftigen Schlag auf den Kopf. Athanasius schrie auf vor Schmerz.

„Schau, dass du weiterkommst", schrie ihn ein Büttel, den Knüppel noch in der Hand, an und gab ihm einen kräftigen Tritt ins Kreuz. „Oder gehörst zu denen?"

Athanasius fing sich an einer Hauswand ab, fuhr sich über die Stirn, betrachtete seine blutverschmierte Hand. Schreie gellten, Frauen kreischten, Kinder greinten. Von Bütteln verfolgt, stürmten einige Männer an ihm vorbei. Einen konnte er am Ärmel fassen. „Was ist denn los?"

„Sind grad von der Wallfahrt nach Andechs zurückgekommen", keuchte der und raffte seinen Umhang fester um die Schultern. „Verboten habens, dass wir hinterher alle zusammen die Stadt betreten. Einzeln und durch verschiedene Stadttore hätten wir sollen, damit wir nicht auffallen." Verstört schaute er sich um. „Alle andern Wallfahrten habens verboten, nur die unsrige war noch erlaubt."

Schon packte ein Büttel den Mann am Ärmel, stieß ihn zu den Pilgern. „Da bleibst! Brauchst nicht meinen, dass du so einfach davonkommst."

Erschüttert beobachtete Athanasius, was hier vor sich ging. Jetzt griff auch noch das Militär ein, zückte die Degen, umzingelte die Pilger und trieb sie zusammen. Frauen baten um Gnade, Männer begehrten lautstark auf, einige knieten sich auf den Boden und fingen an zu beten.

Ein Büttel riss einen der Gläubigen hoch. „Wissts genau, dass ihr nicht zusammen rein dürfts in die Stadt."

„Aber wenn ich doch gleich ums Eck wohn."

„Dann wärst besser daheim geblieben", fauchte der Grobgesichtige und stieß ihn hin zu den anderen, die sich, bewacht vom Militär, ängstlich aneinanderdrückten.

„Lassts die Leut in Ruh!", mischten sich einige der Umstehenden ein. Doch die Büttel schlugen weiter zu, droschen auf jeden ein, dem es nicht gelang, das Weite zu suchen. Einige Wallfahrer wurden zu Boden geworfen, eine Frau, hochschwanger, blieb zusammengekrümmt liegen.

Athanasius half ihr auf. „Was gehst in deinem Zustand auch auf die Straße!"

„Wenn doch mein Mann unter den Pilgern ist." Stöhnend drückte sie die Hände gegen den Bauch.

Er schob sie in einen Durchgang. „Geh heim. Helfen kannst ihm nicht mehr."

Das Militär riegelt die Straße ab und kesselte die Wallfahrer ein. Ein Soldat, stramm in den gelbledernen Rock gepresst, drohte: „Ihr kommts mit. Dann gnade euch Gott!"

Wie Verbrecher wurden sie abgeführt. Die Schwangere schrie auf, dann wurde es still.

Athanasius drückte sich die Häuser entlang, hoffte, dass ihn nicht doch noch ein Knüppel traf. Keuchend erreichte er das Franziskanerkloster, keuchend betrat er das Refektorium, in dem seine Mitbrüder beim Essen saßen.

„Wie schaust denn du aus!", rief Bruder Ignatius entsetzt.

Die Mönche, Tonhafen mit Eintopf vor sich, ließen die Löffel sinken.

„Geschlagen habens mich, wie ich in eine Pilgergruppe geraten bin." Schwer atmend setzte sich Athanasius hin. „Grauslig war's. Büttel haben auf alle eingeprügelt, das Militär hat sie dann abgeführt. Kein Pardon gibt's mehr für die Gläubigen."

„Den Klöstern geht's auch an den Kragen", ereiferte sich ein Mitbruder. „Das Augustinerkloster wollens in eine Mauthalle umwandeln. Schaut schon ganz verkommen aus. Heuballen lagern drin, dreckig ist's und stinken tut's auch. Fragt sich bloß, wann wir dran sind."

Keiner seiner Mitbrüder hatte noch Lust auf den Eintopf. Nur Bruder Vitus, der nie satt zu kriegen war, schob sich einen vollen Löffel davon in den Mund.

„Komm." Ignatius fasste Athanasius unterm Arm und führte ihn durch das lang gestreckte Refektorium bis zum Brunnen an der Stirnseite. Aus einem in die Wand eingelassenen Rohr sprudelte Wasser in ein Becken. Ignatius zog ein Tuch aus seiner Kuttentasche, befeuchtete es und wusch Athanasius das eingetrocknete Blut von der Stirn.

„Jetzt legst dich erst einmal hin. Wir beten derweil für dich."

„Nix da. Ich muss noch zu einem Krankenbesuch."

„Vorher ruhst dich aus", ließ Ignatius nicht locker. „Und eine Medizin bring ich dir. Nicht, dass du noch den Wundbrand kriegst."

„Deine Medizin wird mir auch nicht helfen. Wenn mich was umbringt, dann ist's die Sorge um unser Kloster."

Brechmittel

Gmeiner bog in die Residenzstraße ein, trocknete sich die Stirn mit einem Tuch. Seit ihm das Essen immer besser schmeckte und er dem Bier kräftig zusprach, fiel ihm das Laufen schwer. Doch der Groll gegen den Kurfürsten trieb ihn weiter. Ihnen einen Protestanten aufzuzwingen! Höchste Zeit, seinen Plan mit Carlotta in die Tat umzusetzen.

Als sie noch bei ihm in Dienst stand, war er einmal mit einer fürchterlichen Kolik darniedergelegen. Alle paar Stund hatte ihm Carlotta eine Medizin aus der Klosterapotheke eingeflößt. Speiben hatte er müssen, was das Zeug hielt. Doch tags darauf war's ihm besser gegangen.

Schwungvoll öffnete Gmeiner die Tür zum Offizin der Klosterapotheke. In dem Tonnengewölbe war niemand zu sehen. Er trat an eines der Fenster und schaute in den Klostergarten. Ein Mönch harkte die Wege zwischen den Beeten, ein anderer sammelte irgendwelche Kräuter ein.

Gemeiner drehte sich um, räusperte sich laut. Kam denn niemand? Flüchtig betrachtete er das Deckengemälde, das einen Heiligen bei der Krankenpflege zeigte, klopfte mit den Fingerknöcheln auf den Verkaufstisch.

Bruder Vitus eilte aus dem Nebenraum und trocknete sich die Hände an der Kutte ab. „Hab nur noch schnell ein Destillat abfüllen müssen. Und? Plagt Euch wieder eine Kolik?"

„Ist kaum auszuhalten. Ich bräucht noch einmal von der Medizin, die du damals für mich gemischt hast."

„Ist Euch nach dem Essen oft schlecht?", erkundigte sich Vitus.

„Sauschlecht."

„Gehen Euch schmerzhafte Winde ab?"

„Ganz fürchterliche."

„Und könnt Ihr Euch erleichtern?"

„Nur schwerlich."

„Dann hab ich wieder das richtige Mittel." Vitus streckte sich zu einem der Porzellangefäße in dem deckenhohen Regal und holte es herunter. Öffnete den Deckel, fuhr mit einem kupfernen Messlöffel hinein, maß einige Löffel ab und gab den Inhalt in eine Tüte. „Das müsst Euch Linderung verschaffen. Treibt schlechte Körpersäfte und stockende Galle aus. Nehmt nach dem Essen eine Messerspitze von dem Pulver. Auf keinen Fall mehr. Sonst könnts Euch noch viel schlechter gehen als wie vorher."

„Damit ich nicht zu viel erwisch, ab wann würd's mir denn schlechter gehn?"

„Bei einem Kaffeelöffel voll. Aber so dumm werdet Ihr ja nicht sein."

„Ganz gewiss nicht." Gmeiner legte das Geld für die Medizin auf den Tisch und steckte die Tüte ein. „Sag niemand, dass ich mir was geholt hab. Braucht keiner wissen, dass ich krank bin."

„Ich sag nix." Vitus betrachtete die wohlbeleibte Gestalt vom Gmeiner, das aus dem Hemdkragen herausgepresste Kinn. „Und haltet Maß beim Essen. Sonst hilft die beste Medizin nix mehr."

Gmeiner verließ das Offizin. Jetzt galt es, die Carlotta abzupassen.

Pulver

Carlotta band ihren Rock hoch und scheuerte die Dielen mit einer Wurzelbürste. Zu was hatte sie den Fußabstreifer vor die Tür gelegt? Ständig betrat ihr Brotherr mit dreckigen Stiefeln die Wohnung. Sie tauchte den Putzhader in den Wassereimer, klatschte ihn auf den Boden und wischte nach. Zum Putzen war sie dem Michel grad gut genug. Aber sonst? Weder die Schluckzettel noch der Atzmann hatten sie ihrem Ziel nähergebracht. Und das nur wegen der vermaledeiten Katharina.

Wunder war's keins. Katharina war begütert, schön und ihre Heirat längst überfällig. Schön bin ich doch auch, dachte Carlotta, bloß Geld hab ich keins. Dabei bräuchte der Michel doch bloß ein bisserl nett zu mir sein.

Sie stand auf und stellte den Eimer neben die Eingangstür, um das Wasser später ins Hausrohr zu schütten. Zeit war's zum Kochen. Doch dazu hatte sie keine Lust. Was nützte es, wenn sie dem Michel jeden Tag etwas Schmackhaftes zubereitete? Keinen Schritt kam sie ihm deshalb näher. Nur damals, als er mit blutigem Gesicht in die Wohnung gestolpert war, hatte er auf sie gehört. Sie wünschte ihm ja nix Schlimmes. Doch klammheimlich sehnte sie etwas herbei, wegen dem er ihre Hilfe wieder brauchen würde.

Rasch richtete sie Wurst und einen Kanten Brot auf einem hölzernen Schneidbrett her und stellte es auf den Tisch. Nahm die Schürze ab und hängte sie an den Haken. Schaute auf den Putzeimer und ließ ihn grad zum Fleiß stehen.

Unschlüssig stand Carlotta auf der Straße. Sollte sie noch einmal die Josepha um Rat bitten? Plötzlich sah sie den Gmeiner um die Ecke biegen. Der hatte ihr gerade noch gefehlt.

Schon rief er: „Carlotta! Gut, dass ich dich treff."

„Ihr schon wieder."

„Schau, ich hab was für dich." Er entnahm seiner Westentasche ein Medaillon und drückte es ihr in die Hand. „Ein Geschenk für dich."

Verwundert betrachtete sie den eingeschnitzten Christophorus. „Warum wollt Ihr mir das geben?"

„Weil ich dich bitt, wieder bei mir in Dienst zu treten", log er schon wieder.

„Ich bleib, wo ich bin."

„Komm. Lass uns ein Stück gehen."

Lustlos schritt sie neben ihm her. Sie wichen den Getreidekarren aus, den Franzmännern hoch zu Ross, den Pferdegespannen, die im Tal abgestellt wurden.

„Und? Wie geht's dem Michel?"

„Gut."

„Soll ja bald Hochzeit mit der Katharina halten", legte der Gmeiner nach.

Abrupt blieb Carlotta stehen. „Das glaub ich nicht."

„Kannst es ruhig glauben. Alle reden davon."

Schadenfroh sah er, wie ihr die Tränen in die Augen stiegen. „Scheint fast, als hättest Gefallen am Michel gefunden. Mir kannst es doch erzählen."

„An dem? So einer will doch nix von mir."

„Warum denn nicht?", säuselte er. „Bist doch ein saubers Mädel. Und dass du einen Haushalt führen kannst, weiß ich doch auch."

„Was sollt er denn von mir wollen? Hab ja kein Geld. Und die Katharina hat davon mehr als genug."

„Am Geld wird's nicht liegen. Hab gehört, dass er nicht grad der Ärmste ist. Ich wüsst, wie ich dir helfen kann."

Hoffnungsvoll schaute sie ihn an. „Wie denn?"

„Wenn er merken würd, was er an dir hat, vielleicht würd's dann was werden mit ihm."

„Und wie sollt das gehen?"

Gmeiner zog die Tüte hervor. „Ich hab mir grad eine Medizin gekauft. Die könnt ich dir geben. Wennst dem Michel was von dem Pulver ins Essen tust, wird ihm sowas von speiübel. Wär wie damals bei mir, als ich die Kolik hatte. Dann könntest dich so richtig um ihn kümmern. Der Rest kommt dann von ganz allein."

Wieder dachte sie daran, wie Michel sich von ihr hatte verarzten lassen. Doch ihm ein Leid zufügen? „Das mach ich nicht."

Gmeiner kniff die Augen zusammen und versuchte auf gut Glück: „Hast eigentlich deinen Dienst ins Dienstbotenbuch eintragen lassen?"

Carlotta wurde blass. „Hab's völlig vergessen." Bereute sofort, dass der Gmeiner nun davon wusste.

Jetzt hatte er sie. Bedrohlich fuhr er fort: „Weißt ja, welche Strafe dir droht, wenn sie dir draufkommen."

„Ihr bringt's doch nicht zur Anzeige? Oder?"

„Schau Carlotta, ich will dir doch bloß helfen. Mach, was ich dir gesagt hab. Dann erfahrt niemand was. Und deiner Strafe entgehst auch."

„Aber wird dem Michel auch nix Schlimmes passieren?"

„Nicht, wenn du ihm einen Kaffeelöffel voll von dem Pulver ins Essen tust. Dann wird's ihm nur ein bisserl schlecht. Dann kümmerst dich um ihn, so gut wie du kannst. Wenn's ihm dann wieder besser geht, wird er dir ewig dankbar sein."

„Und wenn er merkt, was ich gemacht hab?"

„Wird's ja nicht wissen. Und das wegen der Dienstbescheinigung behalt ich für mich."

Sie stutzte. „Warum wollt Ihr eigentlich, dass es dem Michel schlecht geht?"

„Helfen will ich dir. Nur helfen."

Misstrauisch hakte sie nach: „Ist das der einzige Grund?"

„Wenn ich's doch sag."

Sie streckte die Hand nach der Tüte aus. „Ihr versprecht mir hoch und heilig, dass das zwischen uns bleibt?"

„Ich versprech's."

Sie verstaute die Tüte und das Medaillon in ihrer Rocktasche.

„Hinterher kommst zu mir", schob er nach, „und sagst mir, wie's dem Michel geht."

„Warum?"

„Weil ich dir doch helfen will."

Er drehte sich um und ging weiter. Ein hämisches Grinsen überzog sein Gesicht. Dem Protestantenkerl würde er den Aufenthalt noch so richtig vermießen.

Brothaus

Michel schlenderte vom Schrannenplatz hinüber zum Ibel'schen Kaufmannsgewölbe. Dass Katharina ihm wieder gut war, erfüllte ihn so mit Freude, dass er ihr etwas ganz Besonderes schenken wollte. Vielleicht eine Kette mit einem goldenen Anhänger? In den könnte er als Zeichen ewiger Liebe seinen Namen eingravieren lassen. Oder einen Ring? Während er noch überlegte, bemerkte er den Ferdinand, der eilends den Platz durchquerte.

„Ferdinand, wart!" Doch sein Freund war bereits ins Brothaus, das sich gleich neben dem Rathaus befand, verschwunden.

Michel umrundete die Stände eines Gürtlers, eines Löffelmachers und einer Brustfleckmacherin und blieb mit dem Fuß am Tisch einer Kräutlfrau hängen.

Gläser schepperten, schon schimpfte sie los: „Pass doch auf, du Depp!"

„Nix für ungut", entschuldigte er sich, ging die Brothausstiege hinauf und blieb am Eingang des tiefen Gewölbes stehen. Viel hatte ihm der Ferdinand schon davon erzählt: Dass hier der Brothüter Schobinger ein strenges Regiment führte. Dass sich gleich hinter dem Eingang die Stände mit frisch gebackenem Brot für die Herrschaften, mit Spitzwecken für einen Kreuzer, mit frischen Weizensemmeln für einen halben Kreuzer befanden. Und dass weiter hinten im Gebäude Bäcker ihre liegen gebliebene Ware verbilligt anbieten konnten.

Michel beobachtete, wie der Brothüter, dessen Weste sich gefährlich über dem voluminösen Bauch spannte, mit kundigem Blick die Stände begutachtete. An ihm vorbei drängten sich Bäcker, mit Leinensäcken über der Schulter, tiefer in den Gang.

Michel entdeckte den Ferdinand und rief abermals: „Ferdinand, wart!"

Sein Freund drehte sich um, kam auf ihn zu und zog ihn in ein ruhiges Eck. „Sag meinen Namen nicht so laut."

„Warum denn nicht?"

„Ich glaub, mir sinds draufgekommen, dass ich ein Protestant bin. Ständig lungern irgendwelche Gestalten vor meinem Laden rum. Sogar meine Frau habens einmal abgefangen. Ihr saublöde Fragen gestellt. Ich weiß bald nicht mehr ein noch aus", klagte der Ferdinand weiter. „Jeden Sonntag gehen wir in die katholische Messe. Hab sogar für die Altarkerzen gespendet. Trotzdem kaufen immer weniger Leut bei mir und ich muss das Altbackene hierher bringen. Und das grad jetzt, wo der Brotzwang aufgehoben wurde und die Leute ihre Backwaren nicht mehr nur in ihrer Wohngegend, sondern überall kaufen dürfen. Jetzt könnt ich endlich mehr verdienen." Ferdinand nahm den Leinensack von der Schulter. „Tät mir grad noch abgehen, dass einer von den Hetzern mich hier finden und das mit meiner Religion herumschreien würd. Den Aufruhr will ich mir gar nicht vorstellen."

Der Schobinger trat heran, maß Michel nur mit kurzem Blick und fragte den Ferdinand: „Was bringst heut?" Ferdinand öffnete den Beutel. Der Brothüter zog die Sechzehn-Kreuzer-Laibe hervor und kennzeichnete sie mit einem tiefen Schnitt.

„Jetzt verkaufst sie für fünfzehn Kreuzer. Wenn sie bis morgen nicht weggehen, kosten sie jeden Tag einen Kreuzer weniger. Was dann noch über ist, kommt auf die Ständ ganz hinten. Dann gehen sie für umsonst weg. Aber das weißt ja. Bist ja nicht zum ersten Mal da."

„Sind schlimme Zeiten", klagte der Ferdinand.

„Wem sagst das", stimmte ihm der Brothüter zu. „Obwohl's verboten ist, verscherbeln jetzt auch die Milchweiber und Bierzäpfler Backzeugs unter der Hand. Zu uns kommt kaum noch ein gschmackiges Brot. He, du da!", fuhr er einen Blatternarbigen an. „Schleich dich! Hab gestern genau gesehen, wie du eine Semmel gekrampfelt hast."

Michel und Ferdinand wurden tiefer ins Gewölbe geschoben. Michel nahm einige Münzen aus seiner Geldkatze. „Nimm. Ich hab genug, mir tut's nicht weh."

„Soweit kommt's noch. Steck sie weg."

Hier, im hinteren Teil des Brothauses, schaute es anders aus als vorne beim Herrengebäck. Hier balgten sich die Ärmsten der Armen um einen Kanten angegrautes Brot, eine steinharte Semmel.

„Ein ausgefuchster Hund ist er schon, der Schobinger", empörte sich der Ferdinand. „Von jedem Gulden für verkauftes Brot kriegt er zwei Kreuzer. Verscherbelt unter der Hand sogar das angeschimmelte Zeugs noch weiter."

„Gib sie her! Die Semmel hab ich in der Hand gehabt", keifte eine zahnlucke Alte.

„Aber ich bin der Stärkere", grinste ein Kerl und verschwand mit der Semmel.

Die Alte zog auf dem Tisch einen grünfärbigen Kanten heran, umfasste ihn fest mit der Hand. Immer mehr ausgemergelte Gestalten balgten sich um grauschimmliges Brot.

In einem Verschlag, auf feuchtmuffigem Stroh, schnatterten zerrupfte Gänse. Michel hielt sich die Nase zu. „Hier stinkt's vielleicht. Was machen denn die Viecher hier?"

„Gehören dem Brothüter. Füttert sie mit übrig gebliebener Ware, bis sie zum Schlachten taugen."

„Und die Behörden sagen nix?"

„Wennst die Richtigen kennst, geht alles. Aber geh'n wir. Ich krieg keine Luft mehr."

Wieder draußen fragte Michel: „Kommst noch mit zu mir?"

„Ich muss heim. Hast eigentlich schon die Genehmigung für den Weinausschank?"

„Nix geht weiter. Zu allem Übel wollten die Behörden meine Aufenthaltskarte nicht mehr verlängern. Hab ganz schön hinreden müssen an sie."

„Ich an deiner Stell würd nicht hier bleiben. Von den Kanzeln wetterns gegen uns, dass einem nur so graust."

Michel legte ihm die Hand auf die Schulter. „Darfst nicht alles so schwarzsehen. Werden auch wieder bessere Zeiten kommen."

„Wennst meinst." Ferdinand faltete seinen leeren Leinensack zusammen und schlug den Heimweg ein.

Lazarus

Wie so oft, wenn sich die Unbilden des Lebens seiner Seele bemächtigten, betrat Athanasius die südlichste Kapelle des Lettners. Dieses Mal kniete er nicht vor der Holzskulptur des Franziskus nieder, um Zwiesprache mit dem Heiligen zu halten, sondern verweilte vor dem Gemälde mit der Auferstehung des Lazarus. Bis auf die Knochen abgemagert, erhob sich der Totgeglaubte nach den Worten Jesus': „Steh auf und wandle" aus seinem Grab. Auch heute stärkte das Gemälde Athanasius' Glauben an die Allmacht Gottes. Wenn Jesus als Gottessohn sogar Tote wieder zum Leben erwecken konnte, besaß dann nicht auch Gott die Macht, dem frevlerischen Treiben der Kommissäre Einhalt zu gebieten?

Athanasius presste die Hand gegen die schmerzende Stirn, rückte den Verband um seinen Kopf zurecht. Seit sie ihm in der Pilgergruppe so übel mitgespielt hatten, war es mit der stillen Andacht im Kloster vorbei. Zu sehr hatte seine Mitbrüder aufgewühlt, was ihm dort passiert war. Auch jetzt hörte er erregte Stimmen.

Er bekreuzigte sich und ging in den Klostergarten zu seinen Mitbrüdern. Auf ihre Rechen gestützt, diskutierten sie lebhaft miteinander.

„Arbeitets gefälligst weiter", fuhr Athanasius sie an. „Das Laub gehört bis zum Abend zusammengerecht."

„Hast es schon gehört?", stöhnte Bruder Fortunatus. „Steinerne Wegkreuze und Martersäulen reißens ab und machen Bänke daraus. Könnts euch das vorstellen? Am End sitzt noch auf dem Gesicht von einem Heiligen. Und aus der Wieskapelle wollens eine städtische Registratur machen. Wird bald auch uns an den Kragen gehn."

Athanasius blickte in sorgenvolle Gesichter. Er musste einen Ausweg finden. „Ich weiß mir keinen andern Rat, als den Kurfürst noch einmal um Gnade zu bitten. Er hat doch versprochen, dass er allen ein guter Landesvater sein will. Das muss doch auch für uns gelten."

„Wird nix helfen", widersprach Bruder Vitus. „In der Residenz brauchens Geld. Da kommen ihnen unsre Kunstschätze grad recht."

„Ich geh trotzdem. Gleich morgen. Und heut Nacht versammeln wir uns alle in der Kirche und erflehen den Beistand des Herrn. Und jetzt arbeitets weiter."

Bei flackerndem Kerzenlicht beteten die Ordensbrüder die ganze Nacht hindurch. Flehten sämtliche Heilige an, rezitierten Psalmen, sangen: „Und wenn ich auch wandle in finsterem Tal…"

„Meinst, das hilft?", flüsterte Bruder Ignatius.

Müde entgegnete Athanasius: „Wenn ich das nur wüsst."

Gleich am nächsten Morgen saß Athanasius im Vorzimmer des kurfürstlichen Kabinetts. Die schlaflose Nacht, der drohende Abriss ihres Klosters setzten ihm schwer zu. Wie hatte es nur so weit kommen können? Beinahe über zwei Jahrhunderte waren die Franziskaner als Seelsorger und Beichtväter am kürfürstlichen Hof, beim Adel und in den gutbürgerlichen Häusern überaus geschätzt. Wie vielen Magistratsräten war er der Beichtvater gewesen? Er konnte sie nicht mehr zählen. Und jetzt? Jetzt musste er darum betteln, dass er und seine Mitbrüder nicht vertrieben wurden. Plötzlich vernahm er aufgebrachte Stimmen aus dem Kabinett.

„Die Seelsorge den dummen und abergläubischen Religionen zu überlassen, ist sehr gefährlich", hörte er den Kurfürsten. Vernahm seine scharfen Worte: „Ich bin der wahre Herr im Hause Bayerns!"

„Ich bitt Euch inständig: Überlegt Euch noch einmal das Beicht- und Predigtverbot, dass Ihr nicht nur den Franziskanern auferlegen wollt."

Athanasius stutzte. Das war doch der Stiftspfarrer Darchinger von der Frauenkirche.

„Was sollen die Gläubigen denn machen", fuhr der Stiftspfarrer fort, „wenn die Predigten sie nicht auf den Pfad der Tugend zurückführen? Die Absolution sie nicht von ihren Sünden erlöst?"

„Saufen, huren und rennen dann zur Beichte", donnerte Max Joseph. „Nach Eurer Absolution geht's gleich wieder von vorn los."

„Aber..."

„Nix aber. Und am Allerschlimmsten sind die Bettelorden." Immer lauter wurde Max Joseph. „Stinken in der Stadt die Kranken an und impestieren ihnen die wenige Luft mit ihrem Schweißgestank. Weg gehören sie! Weg! Und jetzt geht."

Wie erstarrt saß Athanasius da. Die Tür ging auf und der Darchinger kam heraus.

„Lasst mich mit den Franziskanern in Ruh!", schrie der Kurfürst ihm noch hinterher.

„Hab alles mit angehört", flüsterte Athanasius heiser zum Darchinger. „Bin auch wegen einem Bittgesuch da."

„Lass es bleiben."

„Aber unser Kloster..."

„Hast doch gehört, wie er über die Bettelorden schimpft."

Schwer erhob sich Athanasius vom Stuhl, zusammen verließen sie die Residenz.

Auf der Straße schüttelte Athanasius ratlos den Kopf. „Wie hat's bloß soweit kommen können? Dass sie grad in unserm katholischen München so grausam gegen uns vorgehn?"

„Im Auftrag vom Freisinger Fürstbischof Schroffenberg", sprach resigniert der Stiftspfarrer, „hätt ich den Kurfürst umstimmen sollen. War grad für die Katz. Jetzt hilft uns nur noch beten." Den Rücken gebeugt, ging er davon.

Zum ersten Mal überfielen Athanasius Zweifel, ob der Herrgott sie überhaupt hörte.

Zurück im Kloster betrat er das Refektorium. Erwartungsvoll schauten ihn alle an.

„Und?", fragte Bruder Fortunatus.

„Der Kurfürst ist gegen uns."

„Was hat er gesagt?"

„Ich erzähl's euch später."

„Sollen wir heut Nacht wieder beten?"

„Machts, was ihr wollt."

Dienstbotenbuch

Carlotta stand am Herd und hielt die Tüte vom Gmeiner in der Hand. Faltete sie auseinander, faltete sie wieder zusammen. Musste wieder an den Gmeiner denken, wie er ihr wegen des fehlenden Eintrags ins Dienstbotenbuch gedroht hatte. Als sie hörte, wie Michel die Wohnung betrat, faltete sie die Tüte rasch auseinander. Wie viel hatte der Gmeiner gesagt, sollte sie ins Essen tun? War's ein voller Kaffeelöffel? Vorsichtshalber, damit es dem Michel hinterher nicht allzu schlecht ging, gab sie nur die Hälfte in den Eintopf. Fügte den gerösteten Speck hinzu und rührte alles gründlich um.

Michel setzte sich an den Küchentisch. „Wann gibt's was zu essen?"

Carlotta stellte ihm den gefüllten Tonhafen hin. „Wohl bekomm's."

Beklommen beobachtete sie, wie Michel das Essen hinunterschlang.

„Gib mir noch was."

„Wollt Ihr", stotterte sie, „wollt Ihr nicht lieber was von der Wurst?"

„Von dem da will ich."

Mit zitternden Händen gab sie noch etwas in den Tonhafen. „Wenn weiter nix mehr zu tun ist, dann geh ich jetzt."

„Wart. Du weißt, wie zufrieden ich mit dir bin. Was du kochst, schmeckt mir, und die Wohnung ist auch immer sauber." Er zog einige Münzen aus seiner Westentasche. „Deswegen zahl ich dir ab jetzt auch mehr."

„Ihr zahlt mir doch genug."

„Jetzt zier dich nicht."

Zögernd steckte sie die Münzen ein."

„Was machst denn für ein Gesicht?"

„Ich muss gehn." Rasch verließ sie die Wohnung.

„Versteh einer die Weiberleut", murmelte Michel und ließ sich das Essen schmecken. Wischte den Rest mit Brot auf und las in aller Ruhe im Kurpfalzbayerischen Intelligenzblatt, in dem vor Bettlern und Hausierern dringend gewarnt wurde. Anschließend ging er nach oben in die Kammer, besah sich das Dokument. War eine ganz schöne Summe, mit der Max Joseph bei ihm in der Kreide stand. Doch wenn der ihm zu seinem Bürgerrecht verhalf, konnte er leicht einen Teil davon abtreten.

Plötzlich krampfte sich sein Magen zusammen, die Zahlenkolonnen auf dem Pergament verschwammen vor seinen Augen. Er presste die Hände gegen den Bauch, würgte, stolperte die Treppe hinunter, beugte sich in der Küche über die Spülschüssel und spie, was das Zeug hielt. Setzte den Wasserkrug an und trank ihn halb leer. Langsam fühlte er sich etwas besser. Jetzt brauchte er dringend das Natron, das er gegen seine nachrauschigen Zustände öfter zu sich nahm. Wo war es bloß? Er zog die Tischschublade auf, wühlte darin herum, fand nichts außer Bindfäden und Kerzenstummeln. Ganz hinten stießen seine Finger auf ein teigiges Etwas. Er holte es heraus und musterte das merkwürdige Gebilde. Irgendwie sah es aus wie ein Mensch. Grob geformt, bestand es aus Kopf, Rumpf, Füßen und Armen. Er stutzte. Ganz deutlich sah er das tief eingeritzte „M". „Versteh einer die Weiberleut", murmelte er abermals und warf das Ding achtlos zurück.

Von schlechtem Gewissen gepeinigt, ging Carlotta über den Marktplatz und umfasste die Münzen in ihrer Rocktasche. Wie Judasgeld fühlten sie sich an. Sie bog ein in das Ibel'sche Verkaufsgewölbe und betrat das Bortengeschäft. Setzte sich wortlos an den Stickrahmen und nahm die Arbeit vom Vortag wieder auf: ein Hochzeitstuch mit roten Herzen besticken, an jede Ecke ein schnäbelndes Taubenpaar setzen. Trübsinnig ließ sie den Stoff sinken.

„Hast was?", fragte die Mutter am Webstuhl.

„Bloß komisch ist mir."

„Hast was Schlechtes gegessen?"

Beim Gedanken an Michels Essen packte Carlotta schieres Entsetzen.

„Glaub nicht." Stumm stickte sie weiter.

„So sag doch was."

„Mir ist was Schlimmes passiert", gestand sie schließlich. „Ich hab vergessen, mit dem Dienstbuch zum Konskriptionsamt zu gehen. Jetzt hab ich keinen Eintrag für meine Arbeit beim Michel."

Erbost fuchtelte die Kreszenz mit dem Weberschiffchen in der Luft. „Wie kannst das nur vergessen! Weißt genau, was für eine Strafe dir dann droht."

„Hab einfach nicht dran gedacht." Trotzig fuhr Carlotta die Mutter an: „Hättest mich ja auch dran erinnern können."

Kreszenz wickelte ein neues Weberschiffchen auf. „Hab genug damit zu tun, uns die Geldeintreiber vom Hals zu halten. Fast jeden Tag kommt einer daher. Bist alt genug, dass du dich um dein Sach selber kümmerst. Und überhaupt: Seitdem du für den Michel arbeitest, hast deinen Kopf überall, bloß nicht bei der Arbeit." In versöhnlicherem Ton fuhr sie fort: „Gehst halt zum Amt und erklärst es ihnen."

Mutlos legte Carlotta den Stoff beiseite. „Das trau ich mich nicht. Erinnerst dich, was mit der Zenz passiert ist? Nie wieder hat sie einen Dienst antreten dürfen."

„Und was ist mit dem Michel? Hat der nicht nach dem Buch gefragt?"

„Der kennt sich mit den Bestimmungen bei uns doch gar nicht aus. Wo du für alles eine Genehmigung brauchst. Irgendwann musst die Behörden auch noch fragen, ob du überhaupt noch schnaufen darfst."

Die Mutter überlegte. „Such dir eine andre Stelle und lass dir dafür den Eintrag machen."

Carlotta nahm den Stickrahmen wieder auf. Ihren Dienstherrn verlassen? Nie im Leben.

Am nächsten Tag betrat sie so unbefangen wie möglich Michels Wohnung. Ganz gegen seine sonstige Gewohnheit saß er noch im Morgenrock am Küchentisch und blätterte in einer Zeitung.

Sie rang sich ein Lächeln ab. „Was wollt Ihr heut essen?"

„Hab keinen Hunger. Speiübel ist mir gestern geworden."

Erleichtert holte sie Luft. Ganz so schlimm konnte es nicht gewesen sein. „Dann mach ich Euch bloß eine Gemüsebrüh."

Sie zündete das Brennholz an und stellte den gefüllten Wassertopf auf den Herd. Schälte Kartoffeln, schnitt sie mit Sellerie und gelben Rüben klein, ließ alles ins sprudelnde Wasser gleiten. Wartete, bis alles sämig verkocht war, und stellte den gefüllten Suppenhafen auf den Tisch. Beobachtete dieses Mal mit ruhigem Gewissen, wie Michel Löffel für Löffel zu sich nahm, sich dann mit der Hand über den Mund wischte. „Ohne dein Essen würde es mir lang nicht so gutgehen."

Schamesröte überzog ihr Gesicht. Im Stillen dankte sie dem Herrgott, dass ihr Dienstherr wohlauf war.

Nachdem Michel sich angekleidet und die Wohnung verlassen hatte, wusch sie das Geschirr. Wie sollte es nur weitergehen? Mit dem Gmeiner, mit ihrer Lieb zum Michel? Sie musste den Atzmann, so wie ihr die Josepha geraten hatte, noch einmal besprechen. Sie fuhr mit der Hand in die Tischschublade und schrie entsetzt auf. Der Kopf zerbröselt, die Füß und Arme abgebrochen, hielt sie nur noch den Rumpf mit dem eingeritzten „M" in der Hand. Aus ganzem Herzen flehte sie, dass die Warnung der Josepha nicht eintreffen würde: Dass, wenn der Atzmann nicht ganz blieb, der Liebeszauber zu einem Schadenszauber würd.

Fegefeuer

Katharina, den Henkelkorb mit frisch gebackenen Schmalznudeln von der Magda in der Hand, überquerte den Schrannenplatz. Bemerkte, wie ein Marktweib den Mund scheel verzog und mit dem Finger auf sie zeigte. Stolz hob Katharina den Kopf. Sollten sie doch tratschen über sie.

Der Fönsturm, der die Marktleute vertrieben hatte, war abgezogen, die Sonne schien, die Händler boten wieder ihre Waren feil. Sie schlenderte vorbei an den Ständen der Knoblauch- und Zwiebelverkäufer, der Lederbeutel- und Pfeifenmacher.

„Willst nicht eine für den Vater?", fragte der Pfeifenmacher Zacherl und hielt ihr ein Prachtstück entgegen.

„Der Vater raucht doch nicht."

„Kaufts frisch gebundene Besen, werden mit jedem Dreck fertig", rief ein Besenweib und reckte einen Besenstiel in die Höh.

Katharina betrat den Durchgang unterm Ratsturm, mit Säcken beladene Wagen, wacklige Leiterkarren rumpelten an ihr vorbei. „Wohin, schöne Frau?" Ein Franzmann torkelte auf sie zu und drückte sie gegen die Wand, sein weinsaurer Atem stieg ihr in die Nase.

„Lass mich sofort los!" Schon zog er sie an sich.

Sie spuckte ihm ins Gesicht. „Loslassen!"

Mit hämischem Grinsen wischte er sich die Spucke ab, hob den Arm, als wolle er sie schlagen. „Du weißt wohl nicht, wen du vor dir hast! Wir sind die neuen Herren in der Stadt."

Wie aus dem Nichts tauchte der Zacherl, ein Brackl von Mannsbild, auf und drehte dem Franzmann den Arm auf den Rücken. „Unsre Frauen lassts in Ruh!"

„Wahr ist's", tönte es aus der Menge. „Meints, ihr könnts euch aufführen, wie ihr wollt. Schauts, dass ihr weiterkommt." Pferde wieherten, Fuhrleute knallten mit der Peitsche. Immer näher rückten die aufgebrachten Leute.

Ein französischer Offizier, hoch zu Ross, stieg ab. „Was ist hier los?"

Der Zacherl ließ vom Soldaten ab. „An einer von unsern Frauen hat er sich vergriffen."

„Stimmt das?" fragte der Offizier seinen Landsmann, der nun betreten vor ihm stand.

„Ich wollte doch nur…"

„Du kommst mit!", befahl der Offizier. „Habe ich in der Kaserne nicht die neuen Bestimmungen verlesen, nach der die Frauen zu respektieren sind?"

Schweigend gafften ihn die Umstehenden an. „Das glaubt Ihr doch selber nicht, dass das was hilft", fauchte Katharina. „Gegen Euer Gesocks ist kein Kraut gewachsen."

„Wahr ist's", keifte eine Frau. „Jeden Tag malträtieren sie uns. Kannst schon bald nicht mehr allein auf die Straße."

„Die Übeltäter werden bestraft", versprach der Offizier, fasste sein Pferd am Zügel und schob seinen Landsmann vor sich her.

„Fallen wie die Heuschrecken ein in unser Land", gellte es. „Fressen und saufen uns alles weg."

Als sich der Aufruhr gelegt hatte, zupfte Katharina ihre verrutschte Haube zurecht und ging weiter zum Lebzelterhaus.

„Was ist passiert?" Besorgt musterte Michel Katharinas erhitztes Gesicht. Nahm ihr den Korb aus der Hand und zog sie in die Stube. „Erzähl."

„Kannst kaum noch wohin gehen, ohne dass sich ein Franzmann an einen heranmacht."

„Was?", entsetzte sich Michel. „Einer hat gewagt…"

„Ist ja nichts weiter passiert", beruhigte sie ihn. „Ich weiß mich schon zu wehren."

Michel umschlang sie mit beiden Armen. „Wenn ich dabei gewesen wäre, hätte ich ihm einen schönen Denkzettel verpasst."

Sie ließ den Kopf auf seine Schulter sinken. „Und dann? Dann hättest noch mehr Ärger."

„Gott sei Dank, bist du jetzt bei mir." Zärtlich küsste er sie auf die Augen, auf den Mund.

Katharina genoss die Berührung seiner Lippen, seiner Hände, die über ihre Brüste streichelten.

Sein Atem ging schwer, immer drängender wurde sein Begehren. Katharina schob ihn von sich. „Das dürfen wir nicht."

„Wird niemand erfahren."

„Bevor ich nicht verheiratet bin, mach ich sowas nicht."

„Würdest mich denn heiraten wollen?"

„Willst mich wirklich nicht bloß zum Zeitvertreib?", flüsterte sie.

„Wie kannst nur so etwas denken. Mein sollst sein für immer und ewig. Deshalb bitte ich dich: Rede endlich mit dem Vater."

„Kannst dir gar nicht vorstellen, wie's mir davor graust."

Sie knotete das Tuch über den Schmalznudeln auf. „Die hat die Magda für dich gebacken. Wenigstens die ist für uns."

Nach ihrem Besuch beim Michel wollte Katharina unauffällig in ihre Kammer huschen. Doch der Vater stand schon hinter der Tür. „Wo warst?"

„Spazieren."

„Wo?"

„Was soll die Fragerei?"

Drohend kam der Vater näher. „Die Leut reden. Über dich und den Michel. Ist da was dran?"

„Frag mich nicht ständig aus!"

„Meinst, ich merk nicht, wie du ihn anschaust, wenn er in die Wirtschaft kommt?"

„Sei froh", raunzte sie, „wenn überhaupt noch Gäste kommen. Seit das Bier so teuer geworden ist, werdens eh immer weniger."

„Der Kerl ist einer von den Lutherischen!" Der Vater war nicht mehr zu bremsen. „Den Umgang mit dem verbiet ich dir! Sonst kommen bald gar keine Einheimischen mehr."

„Dauernd willst mir was verbieten. Keiner war dir bis jetzt gut genug. Sogar den Max vom Huberbauern hast mir madig gemacht, weil dir sein Hof nicht groß genug war. Und jetzt willst mich dem Krinner geben. Meinst ich weiß nicht, warum?"

„Gut verheiratet will ich dich wissen."

„Das glaubst doch selber nicht." Sie ließ den Vater stehen und ging die Treppe hinauf.

In ihrer Kammer holte sie tief Luft. Öffnete die Truhe, zog die in ein Papier gewickelte Riechkapsel, eine aus durchbrochenem Messing geformte und mit kleinen Scharnieren versehene Kugel, hervor und klappte sie auf.

„Wenn du einmal vor etwas Angst hast", hörte sie noch die Stimme der Mutter, „dann füllst sie mit geweihten Kräutern und hängst sie dir um."

Katharina legte die kunstvoll gearbeitete Riechkapsel wieder zurück in die Truhe und kramte das in ein Tuch eingeschlagene Medaillon der heiligen Hildegard hervor. Betrachtete es voller Wehmut. Mit der Mutter hätte sie reden können. Doch mit wem jetzt? Mit der Magda? Dem Athanasius? Sie strich mit den Fingern über ihre Aussteuer, die sie mit der Mutter gefertigt hatte. Die mit Lochstickerei verzierten Kissen, ein feinbesticktes Nachtgewand, die gesäumten Leinentücher.

Liebevoll hatte die Mutter ein verschnörkeltes „K" auf das Kopfkissen gestickt. „Der Mann, der dich einmal kriegt, soll stolz auf dich sein."

Der Gedanke, mit dem Krinner vor den Traualtar zu treten, graute sie. Den Michel wollte sie, sonst keinen.

Am nächsten Tag verrichtete sie stumm ihre Arbeit. Kehrte den Fegsand in der Wirtsstube zusammen, streute frischen aus, scheuerte die Tische.

„Hast was?", fragte der Vater.

So war er immer. Polterte zuerst herum und bereute es dann. Schweigend stellte sie die Stühle ordentlich um die Tische.

„Ist's wegen der vielen Arbeit?", bohrte Konrad nach. „Wenn du willst, stell ich doch noch jemand ein."

„Hast doch gesagt, du willst keine fremden Leut im Haus."

„Wenn dir die Arbeit zu viel wird, mach ich's halt."

„Lass es gut sein."

„Mädel, schau. Ich will doch bloß das Beste für dich."

„Dann hör auf, mir ständig Vorschriften zu machen."

Um die Mittagsstunde kam der Athanasius. „Grüß dich, Katharina. Bringst mir ein Dünnbier? Bin schon seit aller Herrgottsfrüh auf den Beinen. Jetzt hab ich einen sakrischen Durst."
Katharina stellte ihm das Bier hin und setzte sich neben ihn.

„Blass schaust aus", sagte er. „Zeit wird's, dass der Vater noch jemand einstellt."

„Das ist's nicht."

„Was dann?"

Zögernd begann sie: „Ich wollt dich was fragen."

„So? Was denn?"

„Ist's wirklich so schlimm, wenn einer ein Protestant ist?"

Unwirsch wischte sich Athanasius den Bierschaum vom Mund. „Ungläubige sind's. Haben nicht einmal einen Papst. Und keinen Beichtstuhl, in dem der Pfarrer sie von ihren Sünden freispricht."

„Dann sterben sie ja mitsamt ihrer Sünd."

„So ist's, mein Kind. Die Höll wird schön voll sein mit denen." Er schmunzelte. „Aber wer weiß, zu was es gut ist. Vielleicht ist dann für uns dort kein Platz mehr."

Obwohl Katharina es gar nicht mehr so schlimm fand, dass Michel ein Protestant war, bekam sie es jetzt doch mit der Angst. „Aber gibt's nicht doch einen Weg, dass sie in den Himmel kommen?"

„Die? Die ganz bestimmt nicht."

Mehr traute Katharina sich nicht zu fragen. Sie brachte dem Athanasius noch ein Bier und ging in die Küche. Schabte Leber, verknetete sie mit eingeweichtem Brot. Die Magda hackte Petersil und Zwiebeln klein.

Nach kurzem Zögern fragte Katharina: „Weißt du was Genaueres über die Protestanten?

„Freilich."

„Und was?"

Magda leise: „Ich kenn sogar einen. Und seine Frau und seine Kinder."

„Ist's wahr? Einen Ungläubigen kennst?"

„Sag so was nicht. Die, von denen ich red, sind anständige Leut. Und genauso gottesfürchtig wie wir. Glauben bloß nicht alles, was unsre Pfarrer predigen. Von ewiger Verdammnis, Fegfeuer und Höll. Sogar mir wird das manchmal zu viel." Magda hackte weiter auf die Zwiebeln ein. „Aber verrat mich nicht."

Katharina senkte die Stimme. „Der Michel ist auch einer von denen."

„Hat sich doch längst herumgesprochen. Und dass du dich in den verschaut hast, weiß ich auch."

„Und stört's dich nicht?"

„Überhaupt nicht. Aber überleg dir gut, was du tust. Der Vater wird in der Sach nicht mit sich reden lassen."

Winkelhuren

Fast zehn Uhr. Konrad räumte die leeren Bierseidel von den Tischen und verriegelte die Tür. Nur der Krinner, der kurz vor der Sperrstunde gekommen war, saß noch da.

„Was hat dich so spät noch hergetrieben", wunderte sich Konrad und stellte ihm ein angewärmtes Bier hin.

„Bin sonst um diese Zeit schon längst im Bett, doch die frohe Nachricht wollte ich dir heute noch überbringen. Hab vorher keine Zeit gehabt."

Frohe Nachricht? Vom missmutigen Krinner? Konrad löschte einige Kerzen, damit kein Lichtstrahl nach draußen drang und setzte sich zu ihm.

Stolz verkündete der Magistratsrat: „Heut hab ich die Heiratserlaubnis beantragt. Glaubst ja nicht, was die mich gekostet hat: ganze dreihundert Gulden!" Der Krinner verdrehte die Augen. „Welcher Hochzeiter kann sich das schon leisten? Kein Wunder, dass so viel Bankerte auf die Welt kommen. Wie die

Viecher treiben sie's. Wo doch der uneheliche Beischlaf strafbar ist."

Die Strenge vom Krinner stieß dem Konrad sauer auf. „Was sollen sie denn machen, wenn die Heiratserlaubnis so teuer ist?"

„Unzucht gehört bestraft", belferte der Magistratsrat, sein sonst so blasses Gesicht lief rot an. „Die ganze Stadt ist voll von feilen Weibern. Besonders in der Herzogspitalgasse. Dort fangen die Winkelhuren, wenn's bereits dunkel ist, nach der Andacht in der Spitalkirch Männer ab und schleppen sie in ihre Absteigen."

„Werden ganz gern mitgehen", lachte Konrad.

„Ist nicht zum Lachen", schnarrte der Krinner. „Die Hurenhäuser, sogar das von der Madame Blümlein in der Sendlingergasse, können sich vor lauter Kundschaft kaum noch retten." Aufgewühlt klatschte er auf den Tisch. „Glaubst ja nicht, wie die Madame die Gunstgewerblerinnen ausnutzt. Sechs Gulden Bettgeld im Monat und vierundzwanzig Kreuzer Bett-Taxe pro Freier müssen sie ihr zahlen."

„So?", spöttelte Konrad. „Woher weißt denn du das?"

Das Gesicht vom Krinner wurde noch röter. „Hab's gehört. Bloß gehört."

Konrad wollte dem Gespräch eine andere Wendung geben und erkundigte sich: „Was macht dein Tuchhandel?"

„Könnt nicht besser laufen. Verkauf nicht mehr nur ganze Ballen, sondern hab zwei Gewandschneider eingestellt. Jetzt können die Leut auch kleinere Stücke kaufen." Krinner hielt kurz inne. „Aber sag: Wie steht's mit der Katharina? Freut sie sich schon?"

Um seine Verlegenheit zu verbergen, holte sich Konrad erstmal ein Bier. Bitter schnitt ihm ins Herz, dass Katharina mit ihm nur noch das Nötigste redete.

Wieder am Tisch erklärte er: „Freilich freut sie sich. Eine schöne Hochzeit werd ich ausrichten. Hab schon überlegt, wer alles kommen soll. Einen Ochsen werd ich braten und…"

„Ich wünsche eine einfache Feier. Heirat ist eine ernste Sach."

Konrad schluckte. Er wollte für sein Kind doch die schönste Hochzeit, die man sich denken konnte. Aber mit dem Krinner wollte er sich's nicht verderben. „Wann ist eigentlich wieder eine Sitzung?"

„Gleich morgen."

„Weißt schon, wen sie neu in den äußeren Rat wählen?"

„Der Weingastgeber Grandl will aufhören. Statt seiner hab ich dich vorgeschlagen. Sind ja dann eine Familie."

Konrad vergaß das Gebenz vom Krinner. Sein Kind verheiratet mit einem Magistratsrat! Wenn seine Hedwig das noch erlebt hätte. „Ab heut hast alles frei bei uns. Kannst immer essen und trinken, so viel wie du willst."

In bestem Einvernehmen gingen sie auseinander.

Am nächsten Tag eilte Krinner kurz vor acht dem kleinen Rathaus zu. Fast verschlafen hätte er, weil er gestern nicht früh genug ins Bett gekommen war. Kurzatmig stieg er die Außentreppe hinauf, denn wer zu spät zur Sitzung kam, dem drohte eine Geldbuße. Vor der Ratsstube verschnaufte er und trat dann ein. Wie es schien, waren alle Mitglieder des inneren Rates bereits versammelt. Er setzte sich an seinen angestammten Platz, rückte seinen Kragen zurecht. Auch heute erfüllte ihn der Raum mit seiner Täfelung aus Eichenholz und der Tonnendecke mit Ehrfurcht. Das vergoldete Kruzifix gemahnte ihn an seine Christenpflicht, die mit dem Stadtwappen bemalte Bürgermeistertruhe führte ihm die Wichtigkeit seines Amts vor Augen.

„Spät bist dran", flüsterte ihm der Gmeiner zu.

Statt einer Antwort blickte Krinner zum Stadtoberrichter Sedlmayr, der gewichtig einige Dokumente vor sich hinlegte.

„Meine Herren", begann er, „wie ich erfahren habe, lässt sich der Kurfürst, trotz all unsrer Bemühungen, Protestanten das Bürgerrecht zu verweigern, nicht davon abbringen, selbige in der Stadt anzusiedeln."

Der Paindl Andreas erhob sich. „Das kann er nicht. Das überschreitet seine Befugnisse."

„Ist dem doch gleich", rief einer. „Will er uns auf Geheiß vom Montgelas nicht die Polizei- und Gerichtshoheit entziehen? Nur noch über die eigenen Steuerfälle und das Wohltätigkeitswesen sollen wir bestimmen. Bald haben wir gar nix mehr zu sagen."

„Kein Lutherischer soll bei uns heimisch werden", warf der Senftl ein. „Ist gegen unsern Glauben und unsre Tradition."

„Was kümmert unsre Religion den Max Joseph?", keifte der Paindl.

„Bitte, meine Herren", rief Sedlmayr zur Ordnung. „Ich bitte um Mäßigung."

„Wenn's doch wahr ist." Der Paindl ließ sich nicht beirren. „Schauts euch bloß an, was sie mit unseren hochheiligen Feiertagen machen. An die neunzig warens im Jahr. Und jetzt? So viele habens verboten."

„Ich find das gar nicht so schlecht", meldete sich der Seidenwirker Seyfried zu Wort. „War ja kaum noch Zeit zum Arbeiten."

„Geldgierig bist und kriegst den Hals nicht voll!", giftete ihn der Paindl an.

Seyfried sprang auf. „Das nimmst sofort zurück!"

Bevor sie aufeinander losgehen konnten, schaltete sich der Oberrichter ein. „Bedenken wir, dass sich der Streit am Weinwirt Balthasar Michel entzündet hat. An dem will der Kurfürst ein Exempel statuieren, um seine Macht zu demonstrieren."

Im Gmeiner brodelte es. Exempel statuieren! Seine Macht beweisen! Sein Verdruss gegen den Kurfürst wuchs schier ins Unermessliche. Wenn Max Joseph nicht doch noch einlenkte, würden sie den Michel nie loswerden. Und was wär dann mit seiner eigenen Wirtschaft? Mit einem lutherischen Weinwirt gleich in seiner Näh? Er wollte schon aufstehen, um sich dem Beschluss Max Josephs vehement zu widersetzen. Besann sich eines Besseren. Die Carlotta hatte er bereits dazu angestiftet, dem Michel den Aufenthalt gründlich zu vermießen. Und dann gab es ja auch noch den Rasp. Streit mit ihm hin oder her: Er würde ihn aufsuchen, ihn sauber gegen den Michel aufwiegeln. Wär doch gelacht, wenn er dem Rasp nicht ausreden könnt, an den Michel zu verkaufen.

Inzwischen ging der Disput im Gremium weiter.

„Ich bin zur Gänze dagegen", verkündete der Krinner, „dass sich der Michel bei uns ansiedelt."

„Das Problem ist Folgendes", ergriff Sedlmayr wieder das Wort. „Der Kurfürst hat zwar auf die Bayerische Verfassung geschworen, die Protestanten das Bürgerrecht verbietet, doch in der Amberger Verordnung hat er das Verbot zurückgenommen. Da die Verordnung weder der Stadtverwaltung mitgeteilt, noch im Regierungsblatt veröffentlicht wurde, können wir mit Fug und Recht behaupten, dass sie ungültig ist. Ich schlage deshalb vor, dass wir uns an die Delegierten des Landschaftsausschusses wenden. Dort finden wir mit unserem Anliegen bestimmt Gehör. Gegen die Ständevertretung wird selbst der Kurfürst nur schwer ankommen. Wer ist für den Ausschuss?"

Alle bekundeten ihre Zustimmung und Sedlmayr erklärte die Sitzung für beendet.

Gleich nach der Sitzung eilte Gmeiner in die Rosengasse. Wunderte sich nicht schlecht, als er die Tür vom Rasp noch verschlossen fand. Um diese Zeit waren die Wirtschaften nahe dem Schrannenplatz doch sonst immer vollbesetzt. Er ging in den Garten hinter dem Haus und kratzte sich ratlos am Kopf. Vor den Remisen stand ein Planwagen, vollgepackte mit Kisten, Decken, übereinander gestapelten Töpfen und sonstigem Zeug. Plötzlich sah er den Rasp, den Kopf umwickelt mit einem Verband, ein Auge ganz zugeschwollen, aus der Hintertür treten.

„Was ist denn dir passiert?", rief Gmeiner ihm zu.

Der Rasp hatte ihren Streit anscheinend nicht vergessen und brummte nur mürrisch: „Was willst?"

„Wegen dem Michel will ich mit dir reden. Aber jetzt sag schon: Was war los?"

Der Rasp humpelte zum Wagen, rückte einige Kisten zurecht und drehte sich um. „Gestern waren die Franzmänner da. Haben sich aufgeführt wie die Schweine und mir den ganzen Wein weggesoffen. Wie keiner mehr da war, habens mich verprügelt. Genauso, wie sie's mit dem Ochsenwirt auch schon gemacht haben. War bloß ein Glück, dass sich meine Frau mit den Kindern grad noch rechtzeitig auf dem Speicher versteckt hat. Weg will ich! Bloß noch weg!"

„Sag bloß, du hast an den Lutherischen verkauft!"

„Ich hätt sogar an den Teufel verkauft." Schwer atmend humpelte der Rasp zurück ins Haus.

Fassungslos blieb der Gmeiner zurück. Jetzt blieb ihm nur noch die Carlotta.

Kutteln

Carlotta schlenderte über den Markt und überlegte, was sie dem Michel heute kochen sollte. Vorgestern hatte es Wammerl gegeben, gestern einen Braten. Und heute? Immer wieder schaute sie sich um, aus Angst, dass ihr der Gmeiner wieder auflauerte.

An der Fleischbank beim Taltor blieb sie stehen. Sonst war sie immer schnell daran vorbeigegangen, weil sie das Gebrüll der Ochsen, das Gequieke der Schweine, die zum Schlachten in den Bau getrieben wurden, kaum aushalten konnte. Aber heute stieg ihr der würzige Geruch nach gekochten Innereien nur allzu verführerisch in die Nase.

Vor dem Eingang hatte der Jungmetzger Alois seinen Stand aufgebaut, verkaufte das von den Kuttlern gereinigte und gekochte Gekröse. Einfache Leute, aber auch Bürger aus besseren Häusern drängten sich um den Stand, ließen sich vom Alois die Innereien in einen Tonhafen schöpfen, aßen alles gleich im Stehen auf.

Carlotta legte fünf Kreuzer auf den Tisch.

Alois füllte einen Hafen. „Fesch schaust heut wieder aus", versuchte er mit ihr anzubandeln. „Deshalb kriegst auch ein bisserl mehr." Großzügig fügte er einen Nachschlag hinzu.

Carlotta trat zur Seite, lehnte sich an die Wand, aß voller Appetit. Überlegte, ob sie dem Michel auch etwas mitbringen sollte. Doch beim Gedanken an den Michel hatte sie schlagartig keinen Hunger mehr. Zu sehr machte ihr die Drohung vom Gmeiner zu schaffen. Und wie vom Teufel gerufen, kam der jetzt auch noch auf sie zu.

„Da steckst also." Böse funkelten seine Augen. „Könnt fast meinen, du weichst mir aus. Hast gemacht, was ich dir gesagt hab?"

„Ja. Aber schlechter gegangen ist's dem Michel nicht."

„Dann mach's noch mal. Und nimm mehr von dem Pulver."

„Ich trau mich nicht." Carlotta verschluckte sich, keuchte, hustete.

Grob schlug der Gmeiner ihr auf den Rücken. „Tu, was ich dir befohlen hab!" Dann war er weg.

Misstrauisch schaute Alois dem Gmeiner hinterher. „Was hat denn der von dir wollen?"

„Nix Gutes." Sie gab dem Alois den noch halbvollen Hafen zurück und machte sich schweren Herzens auf zu Michels Wohnung.

Im Stechschritt stiefelte der Gmeiner über den Marktplatz und schimpfte: „So ein widerspenstiges Weib. Wenn sie nicht macht was ich ihr sag, dann kann sie was erleben!"

Im Ibel'schen Kaufmannsgewölbe trat er die Tür zum Bortenladen auf.

Erschrocken fragte die Kreszenz: „Was kann ich für Euch tun?"

„Sag", zischte er. „Weißt, dass die Carlotta keinen Eintrag ins Dienstbuch hat?"

Mit weichen Knien sank die Kreszenz auf einen Schemel. „Wie meint Ihr das?"

„Hat sie dir nix gesagt?"

„Nein."

Ganz nah ging der Gmeiner heran an sie. „Sag ihr, sie soll tun, was ich ihr befohlen hab. Und behalt es für dich. Sonst sorg ich dafür, dass du dein Geschäft zumachen musst." Schon war er draußen bei der Tür.

Mit zittrigen Fingern rollte die Kreszenz eine Garnrolle auf, wollte eine Borte fertig sticken, immer wieder verhedderte sich der Faden. Sie ließ den Stoff sinken, schaute zum Kruzifix an der Wand und murmelte: „Ich bitt dich, hilf."

Schwerfällig erhob sie sich und ging zur Truhe an der Wand. Entnahm ihr den Beutel mit geweihten Kräutern und hängte ihn sich zum Schutz um den Hals. Anschließend saß sie da, wartete mit gefalteten Händen auf ihre Tochter.

Endlich kam Carlotta.

Kreszenz deutete auf einen Hocker. „Setz dich. Vorhin war der Gmeiner bei mir."

Laut stöhnte Carlotta auf.

„Was sollst für den machen?", fragte die Mutter.

Stockend berichtete Carlotta, wie ihr der Gmeiner zusetzte. Erzählte von dem Pulver und davon, dass sie ihrem Dienstherrn einfach nix Schlimmes antun konnte.

„Was will der Gmeiner denn damit bezwecken?"

„Keine Ahnung. Weiß bloß, dass ich's nicht fertigbring."

Ernst mahnte die Kreszenz: „Hast keine Wahl. Gedroht hat er, dass ich den Laden sonst zumachen muss."

Carlotta fand schon fast keine Kraft mehr zum Reden. Gestand dann, so leise, dass die Mutter sie kaum verstand: „Lieb ist er mir geworden, der Michel."

„Red lauter!"

„Ich mag den Michel."

„Wie kannst dein Herz nur an so einen hängen? Von dem gesagt wird, dass er einer von den Lutherischen ist?"

„Gut ist er trotzdem."

Begütigend strich die Kreszenz ihr über den Kopf. „Du musst es tun. Sonst ist's aus mit uns. Dann bleibt uns nur noch das Armenhaus."

„Aber…"

„Nix aber. Versprichst es mir?" Carlotta nickte.

Die Mutter nahm den Beutel mit den geweihten Kräutern ab, hängte ihn Carlotta um und schlug das Kreuzzeichen auf ihrer Stirn. „Mach's. Der Herrgott wird dir beistehn."

Glacéhandschuhe

Michel saß am Küchentisch, schnitt ein Stück vom Braten ab, bestrich es mit Senf und schob es sich in den Mund. Kochen konnte die Carlotta. Doch was war in letzter Zeit nur los mit ihr? Sie lachte nicht mehr, wenn er etwas Spaßiges sagte, sah ihn manchmal an, als wolle sie ihm etwas mitteilen. Schlug die Augen nieder, wenn er sie ansprach. Auch heute war sie nach einem kurzen „Ich geh dann" zur Tür hinaus. Wird halt unglücklich in einen Burschen verliebt sein, reimte er sich alles zusammen.

Seine Gedanken schweiften ab zu seiner Weinwirtschaft. Überlegte, welchen Wein er kredenzen wollte. Einen billigen Elsässer für die Gäste mit weniger Geld, für die Honorigen den besten Tokajer oder Burgunder, von denen die Flasche mehr als fünf Gulden kostete.

Doch noch immer hatte er kein Bürgerrecht. Und das, obwohl Max Joseph sich für ihn einsetzen wollte.

Er aß fertig, wischte sich über den Mund und beschloss, ins Gasthaus „Schwarzer Adler" zu gehen. Sich mit dem Adler Carl, mit dem er schon so manche Flasche geleert hatte, zu besprechen.

Er zog einen Gehrock an, nahm seinen Hut vom Haken und stieg die Treppe hinunter.

Kaum war er unten angekommen, ging die Tür vom Hauswart Drexl auf. „Herr Michel, gut, dass ich Sie treff. Wie lang wollens denn noch in der Wohnung vom Nepomuk bleiben?"

„Das wird sich zeigen."

„Wird Zeit, dass der Nepomuk zurückkommt." Der Hauswart rückte näher. „Gibt Gered über Sie. Und die Polizei hat schon wieder kontrolliert, ob nicht einer ohne Aufenthaltserlaubnis bei uns wohnt. Wartens." Er schlurfte in seine Wohnung und kam mit dem Meldebuch zurück. „Ihre Aufenthaltskarte läuft bald ab. Habens schon eine Verlängerung?"

„Das lassens nur meine Sorge sein."

„Mir wär's lieber, wenn Sie bald ausziehen würden." Das Meldebuch unterm Arm, hatschte der Drexl davon.

Auf der Straße stöhnte Michel auf. Nahmen die Probleme denn gar kein Ende? Schließlich beruhigte er sich. Sollte der Hauswart doch reden was er wollte. Er wollte sich ohnehin eine andere Wohnung suchen. Eine, die auch Katharina gefiel. Er hatte erfahren, dass das prachtvolle Haus des Reichsfreiherrn von Pilgram für 48.000 Gulden zum Verkauf stand. Geld hatte er genug. Doch da sich die Gebühr für sein Bürgerrecht aus seinem Vermögen berechnete, brauchte niemand zu wissen, wie hoch es war.

In der Kaufingergasse stand er vor dem „Schwarzen Adler". An der Fassade des noblen dreigeschossigen Gebäudes breitete ein bronzener Adler seine Schwingen aus, eine schmiedeeiserne Laterne wies in der Dunkelheit Gästen den Weg. Macht schon was her, dachte Michel. Doch was für einen Gegensatz bildete das stattliche, gelbgetünchte Gebäude zu dem Haus, das sich baufällig an seine Mauer lehnte. Warum der Schandfleck mitten in der Stadt nicht abgerissen wurde, war ihm schleierhaft.

Michel stieß die Tür zum Adler auf und betrat die Wirtsstube. Jetzt am frühen Nachmittag waren noch keine Gäste da. Michel hängte seinen Hut an den Haken neben der Tür, studierte die Polizeivorschrift, die jeden Gastwirt bei Strafe davor warnte, unredliche Preise zu verlangen. Daneben befand sich der Hinweis des Wirts: „Rauchen in meinen Räumen ist strengstens untersagt".

Schon begrüßte ihn der Adler Carl: „Schön, dass du mich wieder einmal besuchst. Hab mich schon gefragt, wo du steckst."

„Ich wollte schon längst bei dir vorbeischauen", entschuldigte sich Michel. „Aber kennst es ja. Manchmal nimmt man sich etwas vor und verschiebt es dann doch."

„Wenigstens hat's heut geklappt", freute sich der Carl. „Komm mit. Ich zeig dir was." Er führte Michel über den Hausgang in einen Saal, deutete auf die Wände mit aufgemalten Blumengirlanden, auf die Spiegel, in denen sich das hereinfallende Licht brach.

„Ist mein neuer Tanzsaal. Jede Woche spielen die Musiker auf. Als Eintritt verlang ich vierundzwanzig Kreuzer. Geht immer lustig zu. Komm doch auch einmal. Hast eine Liebste?"

Michel blieb die Antwort schuldig. Dachte nur, wie schön es wäre, sich hier mit Katharina im Tanz zu drehen.

Voller Begeisterung schwärmte der Carl weiter: „Auch mehr Fremdenzimmer hab ich jetzt. Ganze achtunddreißig. Kosten bis zu zwei Gulden pro Nacht. Steigen viel Noblige bei mir ab."

„Ich weiß, dass dein Gasthaus bis über München hinaus bekannt ist. Ganz so nobel wird meins nicht. Aber ich glaub, schlecht wird's auch nicht."

„Lass uns was trinken." Carl führte Michel zurück in die Stube und befahl dem Ober: „Bring eine Flasche vom Burgunder."

Der Ober, angetan mit schwarzer Livree und weißen Glacéhandschuhen, trat mit der entkorkten Flasche und zwei blank polierten Gläsern an den Tisch und goss dem Carl einen Fingerbreit ein.

Der probierte, meinte zufrieden: „So einen Guten gibt's so schnell nicht wieder."

Der Ober füllte die Gläser und zog sich mit einer devoten Verbeugung zurück.

Carl prostete dem Michel zu. „Auf dass du bald eröffnen kannst. Leicht wird das Führen einer Gaststätte aber nicht. Die Polizei kontrolliert alles und jeden. Und weh, du bringst die Meldezettel für die Übernachtungsgäste nicht gleich zu den Behörden. Dann bist dran."

„Ob ich Übernachtungen anbiete, weiß ich noch nicht, denn…" Die Tür ging auf und der Krinner trat ein.

„Gott zum Gruß, Herr Magistratsrat", begrüßte ihn der Carl. Er stand auf und winkte ihn an den Tisch. „Setzens Ihnen doch her zu uns. Haben grad eine gute Flasche aufgemacht."

Der Krinner musterte den Michel und verzog die blutleeren Lippen. „Ich wart noch auf jemand." Er steuerte einen Ecktisch an, strich seine Rockschöße glatt und nahm Platz. Beobachtete mit finsterer Miene den Michel. Es wurmte ihn, dass Katharina im Dürnbräu schon öfter mit dem gesprochen hatte, hinterher wie ausgewechselt war. Ob die Gerüchte stimmten, dass Katharina und der…? Breitschultrig, mit Augen, denen nichts entging, saß der Kerl da.

Der Krinner griff zum Glas, das ihm der Ober hingestellt hatte, schlürfte seinen Tee. Mit dem Konrad musste er reden.

Damit die Trauung so schnell wie möglich stattfand. Nach der Hochzeit würde er Katharina jeden Umgang mit dem Michel verbieten. Dann war er ihr Gemahl. Dann konnte er bestimmen über sie.

Posaunenengel

„Da vorn, da ist er wieder." Michel drehte sich um und erkannte die beiden Kerle, die ihn schon einmal verfolgt hatten. Der mit der grausligen Narbe im Gesicht war ihm dicht auf den Fersen. Dieses Mal kriegt ihr mich nicht, schwor er sich und bog rasch, um den Weg zum Rindermarkt abzukürzen, in die dunkle Fleischbankgasse, auch „Gache Tod Gasse" genannt, ein. Kaum ein Lichtstrahl drang herab. Der beißende Gestank nach dem Blut des Schlachtviehs stieg Michel in die Nase. Er ging schneller, die Kerle kamen näher.

„Bist ja noch immer in der Stadt", raunzte der eine.

„Dir werden wir's zeigen", drohte der Narbengesichtige und stieß Michel gegen die Wand.

Um ihn abzulenken, deutete Michel auf den rotverfärbten Wulst in dessen Gesicht. „So wie du ausschaust, ist bestimmt jede Frau scharf auf dich."

Spöttisch lachte der andere Kerl auf. Dies schien die Wut des Angreifers noch mehr anzustacheln. Er umfasste Michels Kehle und drückte zu.

Nach Luft ringend log Michel: „Da hinten kommt ein Gendarm." Nutzte die Gelegenheit, als der Narbengesichtige den Kopf drehte, wand sich aus dessen Griff und rannte durch die Gasse.

„Das nächste Mal bist fällig", brüllten die Kerle ihm hinterher.

„Soweit kommt's noch, dass ich mich von euch vertreiben lasse!", plärrte Michel zurück.

Am Rindermarkt wischte er sich den Schweiß von der Stirn und dachte nach. Bei so viel Feindseligkeit, die ihm entgegenschlug, brauchte er einen Verbündeten. Einen, der ihm einen Rat geben konnte. Aber wen? Seine Freunde konnten ihm nicht helfen. Den Kurfürsten? Doch der hatte Besseres zu tun. Vielleicht den Athanasius? Er wusste, dass Katharina ihm vertraute. Und er war ein Gottesmann. Er würde sich bestimmt nicht vom Hass auf Andersgläubige leiten lassen. Auch über seine Heiratspläne wollte er mit ihm sprechen. Einen Versuch war's jedenfalls wert.

Um den Kerlen nicht noch einmal zu begegnen, schlug Michel einen Umweg zum Franziskanerkloster ein. Stieß dort das Portal auf und betrat die Kirche. Nach dem Trubel auf den Straßen empfing ihn wohltuende Stille. Er ging das Hauptschiff entlang, seine Schritte hallten auf dem Marmorboden. Er ließ den Passions- und Kreuzaltar an den Seitenpfeilern und den Schmerzensmutter-Altar hinter sich und vernahm plötzlich ein raues Husten. Er durchschritt den prächtigen Lettner und fand Athanasius rechterhand in der Sakristei.

„Was willst?" Unwillig verzog der den Mund.

„Mit dir reden möchte ich."

Fröstelnd zog Athanasius seinen Umhang fester um die Schultern. „Worüber?"

Statt über die Feindseligkeiten, denen er ausgesetzt war, zu sprechen, begann Michel gleich mit dem, was ihm am meisten am Herzen lag: „Über die Katharina und mich. Es ist nämlich so, dass ich sie heiraten will."

Ein Hustenanfall beutelte den Gottesmann. Er zog ein Tuch aus seiner Kuttentasche, fuhr sich damit über den Mund. „Halt dich bloß fern von ihr!"

„Warum? Ich mein's doch gut mit ihr."

„Weißt überhaupt, was du ihr antun würdest?"

So ruhig wie möglich antwortete Michel: „Ein schönes Leben würde ich ihr bieten."

„Ein schönes Leben?", keuchte Athanasius. „Alle würden sich gegen sie stellen, wenn sie einen Lutherischen ehelicht." Sein harscher Ton wurde etwas milder. „Aber in Gottes Namen, wenn du es absolut nicht verstehen willst, dann erklär ich's dir jetzt ganz genau. Geh'n wir dort hinüber. Da ist's wärmer."

Er führte Michel über den Kirchgang zur gegenüberliegenden Wintersakristei, die auch an kalten Sommertagen beheizt wurde. Im Ofen flackerte ein Feuer, Holzscheite knisterten, verbreiteten behagliche Wärme.

Michel blickte aus einem der beiden Fenster in den Steingarten. Suchte nach Worten, um Athanasius von seinem Vorhaben zu überzeugen.

„Setz dich." Athanasius zog zwei Schemel heran, schob einen dem Michel hin und nahm auf dem anderen Platz. Streckte seine mit Sandalen bekleideten Füße der Wärme entgegen. „Die Kälte bringt mich noch um."

„Kein Wunder, wenn du kein festes Schuhwerk trägst."

„Heißen nicht umsonst Barfüßerorden. Aber was weißt denn du von unseren Gebräuchen. Kommst aus einer andern Stadt daher, bist noch dazu ein Lutherischer und bildest dir ein, du könntest eine von den Unsrigen heiraten."

„Was ist denn so schlimm daran? Was zählt ist doch, dass wir an denselben Herrgott glauben. Und unsere Kinder zu einem gottgefälligen Leben erziehen."

„Kinder!", fauchte Athanasius. „Hast überhaupt eine Ahnung, was passiert, wenn eins von ihnen stirbt?" Seine Stimme wurde lauter. „Die Lutherischen samt ihrer Nachkommen werden sine lux et crux vor den Toren der Stadt vergraben." Er sprang auf. „Sine lux et crux! Weißt, was das bedeutet?"

Michel schüttelte den Kopf.

„Bei ihrer Beerdigung darf kein katholischer Pfarrer das Gebet sprechen, keine Kerze entzünden, kein Kreuz tragen. In Straßenkleidung muss er erscheinen. Ohne tröstende Worte wird das Kind in die Erde versenkt. Einfach verscharrt wird's."

Auf Athanasius' Wangen breiteten sich rote Flecken aus, fiebrig glänzten seine Augen. „Willst das der Katharina antun?"

„Aber der Kurfürst hat doch bestimmt", widersprach Michel, „dass jetzt auch Protestanten auf einem ordentlichen Friedhof die letzte Ruhe finden dürfen."

„Da bist sauber auf dem Holzweg. Bis jetzt hat sich noch jeder katholische Geistliche geweigert, Falschgläubige ordentlich zu bestatten."

Jetzt sprang auch Michel auf. „Ihr mit eurem Aberglauben! Den Reliquien, die ihr ständig anfleht. Meinst, das gefällt dem da droben?"

„Versündig dich nicht an unsrer Kirch. Eins sag ich dir: Die Katharina kriegst nicht. Und jetzt geh."

Empört schüttelte Michel den Kopf. „Wenn dir wirklich was an der Katharina liegt, dann stellst dich besser nicht gegen mich!" Wutentbrannt verließ er die Sakristei, donnerte in der Kirche mit dem Fuß gegen den marmornen Sockel eines überlebensgroßen Kruzifixes und stieß hervor: „Die Katharina krieg ich doch."

Posaunenklänge drangen an sein Ohr. Verwundert drehte er sich um und bemerkte erst jetzt die riesige Uhr an der nördlichen Chorwand. Ein Engel trat aus der Öffnung neben dem Zifferblatt, blies auf seinem Instrument und zog sich wieder zurück.

Staunend betrachtete Michel das Meisterwerk, das außer der Tageszeit die Monate, den Lauf der Sonne und des Mondes zeigte. Die Klänge ließen seinen Zorn versiegen und Hoffnung in ihm aufkeimen. Vielleicht würde sich für ihn doch noch alles zum Guten wenden.

Anschließend verweilte er vor dem farbenprächtigen Hochaltar, bewunderte die Darstellungen aus dem Leben Christi. Eins musste man den Katholiken lassen: Kunstvoll ausstatten konnten sie ihre Kirchen.

Wundarzt

„Meine Augen werden auch immer schlechter. Bald seh ich gar nix mehr." Unwirsch drehte sich die Kreszenz zur Carlotta um. „Hörst mir überhaupt zu?"

Carlotta, die Schneiderschere in der Hand, schaute wie versteinert auf das Blut, das ihr von der Hand tropfte.

„Hast schon wieder nicht aufgepasst?", schimpfte die Kreszenz. „Versaust uns noch den ganzen Stoff." Grantig reichte sie ihr ein Tuch. „Wisch's ab."

Carlotta reagierte nicht.

Die Kreszenz verband die Wunde, rüttelte Carlotta an der Schulter. „Red gefälligst!"

„Mir ist so schlecht." Schwankend ging Carlotta hinaus und schlich in ihre Kammer. Ließ sich auf die Bettstatt fallen und zog die Decke über den Kopf. Nur noch schlafen wollte sie. Vergessen, was sie angerichtet hatte. Bloß nicht mehr daran denken, dass sie den Befehl vom Gmeiner doch noch ausgeführt, dem Michel die doppelte Menge von dem Pulver ins Essen gerührt hatte. Sie presste die Hände fest gegen die Augen. Um das Bild zu vertreiben, dass Michel tot hingestreckt auf dem Boden lag. Wie hatte sie dem Mann, dem ihr ganzes Sehnen galt, so etwas antun können? Nach einer Weile beruhigte sich ihr Herzschlag. Vielleicht hatte sie wieder Glück und Michel war morgen wohlauf. Nie wieder würde sie sich vom Gmeiner Angst einjagen lassen. Wollte dem Michel erzählen, was der mit ihm vorhatte. Im Stillen verfluchte sie den Gmeiner, die Mutter, die ihr nicht abgeraten hatte von solch einer frevlerischen Tat.

Die Kreszenz trat mit einer Tasse Tee an ihr Bett. „Trink. Hast es endlich gemacht?"

Carlotta setzte sich auf, konnte den Anblick der Mutter kaum ertragen. „Ja. Wie's mir der Gmeiner befohlen hat." Vorwurfsvoll schaute sie der Kreszenz in die Augen. „Jeden Sonntag betest in der Kirch um dein Seelenheil und dann stiftest mich zu so was an."

„Was hättest denn machen sollen?", schnarrte die Kreszenz. „Hättest wollen, dass der Gmeiner dich vor die Obrigkeit zerrt? Lass dich beim Michel nicht mehr blicken, dann erfahrt niemand was. Und den Gmeiner haben wir dann auch vom Hals."

Carlotta drehte sich zur Wand. „Lass mich allein."

Während Carlotta, gepeinigt von finstersten Gedanken, keinen Schlaf fand, wälzte sich Michel stöhnend im Bett hin und her, presste die Hände gegen den krampfdurchwühlten Bauch. Verwirrt schreckte er hoch, tiefe Dunkelheit umgab ihn. Erst, als ein trüber Mondstrahl durchs Fenster drang, erkannte er seine Schlafkammer. Alles drehte sich um ihn, schneidender Schmerz fuhr ihm in die Eingeweide. Er schälte sich aus dem Bett, in das er am Abend todmüde samt Kleidung gekrochen war. Nach dem ersten Schritt knickten ihm die Beine ein. Ihm war so speiübel wie noch nie in seinem Leben. Mit letzter Kraft stemmte er sich hoch, tastete sich bis in die Küche die Wand entlang, griff dort hastig nach dem Wasserkrug. Noch vor dem ersten Schluck füllte sich sein Mund mit Erbrochenem. Er beugte sich über den Spülstein, spie alles hinein. Würgte, spie noch einmal. Sein Kopf dröhnte, als wolle er zerspringen. Auf allen vieren kroch er zurück in die Schlafkammer. Noch nie hatte er sich an den Allerhöchsten gewandt, doch nun flehte er: „Herrgott hilf!"

Er wollte sich am Bett hochziehen, schlaff fiel seine Hand herab. Einer Ohnmacht nahe, suchten ihn Bilder aus seiner Kindheit heim. Sah den strengen Vater, die verhärmte Mutter vor sich, die boshaften Geschwister, die ihn so lange verhöhnt hatten, bis er sie mit seinen Späßen zum Lachen brachte. Er dachte an Katharina, spürte ihre zärtlichen Berührungen, ihre Arme, die ihn umschlangen. Bevor ihn eine tiefe Bewusstlosigkeit umfing, galt sein letzter Gedanke ihr.

Am nächsten Morgen stieg Carlotta die Treppe zu Michels Wohnung hinauf. Blieb auf jedem Treppenabsatz stehen, getraute sich nicht weiter. Flüsterte immer wieder: „Hoffentlich geht's ihm gut. Hoffentlich geht's ihm gut." Zaghaft öffnete sie die Tür. „Seid Ihr da?"

Keine Antwort. Der verdreckte Spülstein, der umgestürzte Stuhl ließen sie Schlimmstes ahnen. Ängstlich schlich sie zur Schlafkammer, fand Michel zusammengekauert neben dem Bett. Mit einem Aufschrei kniete sie sich neben ihn, vernahm sein schwaches Röcheln. „Steht auf. Ich bitt Euch, steht auf!"

„Mir ist so elend", keuchte er.

Ihre Gedanken rasten. Der Doktor musste her. Doch was, wenn er herausfand, was passiert war? Rasch holte sie den Wasserkrug aus der Küche, hob Michels Kopf an und benetzte seine Lippen.

Ein Stöhnen entrang sich seiner Kehle, ein Strahl Erbrochenes ergoss sich aus seinem Mund. „Mit mir geht's zu End."
„Katharina", flüsterte er, bevor er in sich zusammensank.

Carlotta sprang auf, rannte so schnell sie konnte zum Dürnbräu und stürmte in die Küche. „Katharina, schnell! Der Michel stirbt!"

„Was?" Vor Schreck glitten Katharina die Teller aus der Hand und zerbarsten am Boden.

„Wer stirbt, hast gesagt?", schrie die Magda auf.

„Der Michel. Stöhnend liegt er am Boden, kann kaum noch sprechen und speibt immer wieder."

„Warst schon beim Doktor?"

„Der war nicht da", log Carlotta. Wandte sich zur Katharina, stieß verzweifelt hervor: „Nach dir gefragt hat er. Also, komm." Katharina, die vor Entsetzen kein Wort hervorbrachte, hatte bereits die Schürze abgebunden und stand an der Tür.

„Wartets", befahl die Magda. „Wenn er am Boden liegt und immer wieder speibt, dann könnt's auch sein, dass er ein Gift erwischt hat."

Carlotta presste sich die Hand auf den Mund. Suchte, um die Magda von dem Gift abzulenken, verzweifelt nach einem Ausweg. „Kann's nicht auch der Typhus sein? Sind in der Stadt doch so viele daran erkrankt."

„Nicht, wenn er nur speibt. Beim Typhus wär's viel schlimmer, dann hätt er auch einen grausligen Durchfall", erklärte die Magda. „Ich geb euch eine Medizin für ihn mit." Schon eilte sie in ihre Kammer.

Konrad kam herein. „Was ist hier los? Kochts weiter, die Gäste warten schon."

„Ich muss weg", widersprach Katharina.

„Die Wirtschaft ist voll. Musst gleich bedienen."

Krampfhaft überlegte Katharina. „Die Tante hat nach mir rufen lassen. Schlechter geht's ihr."

„Dann schick dich, damit du bald wieder da bist." Konrad drehte sich um und ging zurück in die Wirtsstube.

Magda kam zurück und drückte Katharina zwei kleine Flaschen in die Hand. „In der einen ist ein Brechwein. Aber sei vorsichtig. Gib ihm nur einen kleinen Schluck davon. Falls er wirklich ein Gift in sich hat, wird er kurz drauf alles erbrechen."

„Aber das tut er doch schon", jammerte Carlotta.

„Mit dem Brechwein ist's anders. Der treibt das restliche Gift auch noch aus. In der anderen Flasche ist ein Bärwurz. Den gebts ihm hinterher, damit sich sein Bauch wieder beruhigt. Schauts trotzdem, dass der Doktor kommt."

Katharina verstaute die Flaschen in der Rocktasche und rannte mit Carlotta los. Sie eilten Richtung Schrannenplatz, quetschten sich Hand in Hand durch den Durchgang unterm Ratsturm, drängten sich vorbei an den Pferdefuhrwerken.

Endlich erreichten sie das Lebzelterhaus, keuchten die Treppen hinauf und betraten Michels Wohnung.

Carlotta deutete zur Schlafkammer: „Da hinein."

Sie beugte sich hinab zum Michel, der noch genauso dalag, wie sie ihn verlassen hatte.

Katharina kniete sich neben ihn, hob seinen Kopf an. „Ich bin's. Kannst mich hören?" Michels Lider flatterten.

Sie zog den Brechwein aus der Tasche, entfernte den Stopfen und setzte die Flasche an seine blauverfärbten Lippen. „Trink etwas davon."

Vorsichtig träufelte sie ihm einige Tropfen in den Mund.

Michel hustete, ein Rinnsal floss ihm übers Kinn. „Ich hab so gehofft, dass du kommst", hauchte er.

„Hol eine Schüssel", befahl sie Carlotta.

Carlotta eilte in die Küche, kam mit einer Schüssel zurück. Fragte angsterfüllt: „Wie lang wird's dauern, bis er wieder speiben kann?"

„Warten wir's ab."

Endlich würgte Michel, krümmte sich, spie giftgrüne Galle aus.

Katharina säuberte ihm mit einem Tuch den Mund, legte seinen Kopf auf ihren Schoß. Hielt ihm nach einer Weile die Flasche Bärwurz an die Lippen. „Trink. Dann geht's dir bald besser."

Gehorsam öffnete Michel den Mund, schluckte vom Bärwurz und versank in bewusstlosen Dämmer. Ratlos blickten sich die beiden Frauen an.

„Wie kommt die Magda drauf, dass jemand ihn vergiften wollt?", wunderte sich Katharina.

„Das weiß doch ich nicht." Lautlos schwor Carlotta bei allen Heiligen, dass sie, wenn Michel wieder gesund würde, eine Wallfahrt nach Altötting machen würde. Dort um Vergebung bitten für ihre Sünd.

Michel stöhnte, rollte sich zur Seite, würgte schon wieder. Katharina schob ihm die Schüssel unters Kinn. Wischte ihm das grünfädig Erbrochene vom Mund, flößte ihm abermals vom Bärwurz ein.

Michel versuchte sich aufzurichten, sackte hilflos in sich zusammen.

„Ich glaub, das, was uns die Magda mitgegeben hat, hilft nicht", wimmerte Carlotta. Ging wie im Wahn in der Kammer umher, murmelte unverständliches Zeug vor sich hin, schlug sich immer wieder mit der Hand gegen die Stirn.

„Hör endlich auf!", befahl Katharina. „Davon wird er auch nicht gesund."

Carlotta fasste einen Entschluss: Zum Wundarzt Pitzl in der Lederergasse, bei dem sie wegen einem Rotlauf* an ihrer Hand schon gewesen war, wollte sie. Inzwischen alt, war er nur noch zuständig für die Wiederbelebung todscheinender Ertrunkener, die sie aus der Isar fischten. Der würde sie nicht mit Fragen quälen.

Als sich Carlotta gerade auf den Weg machen wollte, beschloss Katharina: „Ich hol den Athanasius. Der kennt sich mit sowas aus."

Völlig außer Atem stand Katharina vor dem Franziskanerkloster. Wo konnte sie den Athanasius um diese Uhrzeit finden? Wahrscheinlich nahm er gerade die Beichte ab. Sie stieß die kleine Pforte neben dem Hauptportal auf, ging rasch den Gang entlang und gelangte zu den in einem Seitentrakt gelegenen Beichtstühlen, die die Klausur von den Gläubigen trennten.

Aus einem Beichtstuhl hörte sie die Stimme einer Frau, anschließend den Athanasius: „Bete vier Rosenkränze und drei Vaterunser."

Die Frau kam heraus, nickte hin zu Katharina und wandte sich zum Kirchenschiff.

„Athanasius, ich bin's. Ich bitt dich von Herzen: Komm mit mir", stieß Katharina vor dem Beichtstuhl hervor.

Athanasius kam heraus. „Ist was mit dem Vater? Oder der Magda?"

* *Rotlauf: bakterielle Infektion der Haut.*

„Um den Michel geht's. Ich glaub, ihn habens vergiftet."

Streng fuhr Athanasius sie an: „Um den? Um den Falschgläubigen? Und woher willst was von einem Gift wissen?"

„Die Carlotta hat mich geholt. Weil der Michel dagelegen ist wie tot. Die Magda hat gemeint, dass es eine Vergiftung sein könnt. Ich bitt dich, hilf."

„Hol den Doktor. Mit so einem wie dem Michel will ich nix zu schaffen haben."

Katharina sank auf die Knie. „Ich bitt dich inständig: Tu's um deiner Christenpflicht willen."

Sie blickte auf und sah die widerstreitenden Gefühle in Athanasius' Gesicht. Seine Stirn zog sich in Falten, glättete sich.

„Also gut. Wart draußen am Portal. Ich hol noch eine Medizin. Aber eins sag ich dir: Wenn ich dich hinterher auch nur ein Mal mit dem Kerl seh, dann kannst was erleben."

Sterbezimmer

Von der Versuchung, wieder umzukehren, geplagt, stieg Athanasius wenig später hinter Katharina die Treppen zu Michels Wohnung hinauf.

„So komm doch!", rief sie von weiter oben.

„Seitenstechen hab ich", rief er zurück. „Fehlt mir grad noch", maulte er, „dass ich wegen dem Protestanten keine Luft mehr krieg."

Oben angekommen, betrat er mit Katharina die Schlafkammer. Stumm saß Carlotta neben Michel auf dem Boden.

„Machts das Fenster auf", forderte Athanasius. „Bei dem Gestank wird er sonst nie gesund." Angewidert blickte er auf die verschmierte Schüssel, die verschmutzten Tücher. Beugte sich hinab zum Michel. „Kannst mich hören? Wir müssen dich aufs Bett legen."

Mühsam hievte er mit Katharina den Kranken auf die Bettstatt. „Hat er vielleicht bloß einen nachrauschigen Zustand? Hab ihn schon mal im Dürnbräu gesehen."

„Nie im Leben", verteidigte ihn Katharina. Wie er einmal sturzbetrunken nach der Blonden hinausgewankt war, verschwieg sie.

Athanasius knöpfte Michels Hemd auf, nahm einen Schwamm und eine Flasche mit Kampferwasser aus seinem Beutel. Fuhr mit dem durchfeuchteten Schwamm über Michels Brust. Michels Blick wurde klarer, sein Atem kräftiger.

Athanasius zog eine Tüte hervor und faltete sie auseinander. Schon wieder ein Pulver! Carlotta zuckte zusammen. „Hilft ihm das auch wirklich?"

„Ist eine Medizin, die sogar Tote wieder zum Leben erweckt. Bring mir ein Wasser."

Carlotta kam mit einem Becher voll Wasser zurück. Athanasius schüttelte etwas von dem Pulver hinein, verrührte es mit dem Finger. „Trink."

Schluck für Schluck trank Michel, schaute verwirrt den Athanasius an. „Du hier?"

„Ist wegen der Katharina. Wegen dir wär ich nicht gekommen."

Michel trank noch etwas, dann fielen ihm die Augen zu.

„Hast ihm was Verdorbenes gekocht?", wandte sich Athanasius an Carlotta.

Fahrig zupfte sie an ihrer Schürze. „Einen Eintopf hat's gegeben." Log: „Hab selber was davon gegessen. Mit dem kann nix gewesen sein."

„War jemand in der Wohnung?"

Sie überlegte. Vielleicht war das ihr Ausweg. „Kommen immer wieder Leut zu Besuch."

Athanasius spürte, dass sie ihm etwas verheimlichte. Wusste, dass die Menschen es mit der Wahrheit nicht immer so genau nahmen. Nicht die von ihren Männern geschundenen Frauen, die ihm was von einem Sturz von der Treppe erzählten. Nicht die Mutter, deren ungewollter Säugling am plötzlichen Kindstod verstarb. Carlotta würde er sich später vorknöpfen.

Zäh vergingen die Stunden. Durch das offene Fenster drang kühle Abendluft herein. Athanasius entzündete die Kerze auf der Truhe, beobachtete dabei, wie Katharina Michel den Schweiß von der Stirn wischte, wie ihre Augen glänzten, ihre Lippen bebten. So verzweifelt hatte er sie noch nie erlebt. Nicht einmal damals, als ihre Katze gestorben war. Katharina hatte das tote Tier so lange auf dem Arm gehalten, es immer wieder gestreichelt, bis er es ihr weggenommen hatte.

Unruhig wälzte sich Michel hin und her, flüsterte: „Bet für mich."

Hart kam die Bitte den Athanasius an. Doch hatte nicht auch Jesus für alle Sünder gebetet? Er faltete die Hände. „Vater unser, der du bist im Himmel..." Katharina stimmte mit ein, Athanasius sah, wie sie mit den Tränen kämpfte.

Mit einem Mal dauerte sie ihn. Noch während er das Vaterunser sprach, bereute er, wie er den Michel in der Sakristei angeschrien hatte.

Zweifel beschlichen ihn. Stand es ihm zu, sich zwischen die beiden zu drängen? Aber ein Falschgläubiger an Katharinas Seite? Doch sie war ihm der liebste Mensch, den er auf Erden noch hatte. Glücklich sollte sie sein. Selbst wenn's mit dem war, der jetzt so marod darnierlag.

„Bringen wir ihn in unsre Krankenstube. Lauf ins Kloster", befahl er Carlotta. „Fragst nach dem Bruder Ignatius und bringst ihn her. Sagst ihm, ich hab's angeschafft. Mehr sagst nicht."

Die Reaktion seiner Mitbrüder, wenn er einen Lutherischen daherschleppte, wollte er sich gar nicht ausmalen.

Die Zeit des Wartens verbrachten sie mit Schweigen. Immer wieder flößte Athanasius Michel von der Medizin ein.

Endlich betrat Carlotta mit Ignatius die Schlafkammer. Was ist passiert?", fragte Ignatius.

„Schwerkrank ist er. Wir müssen ihn ins Kloster bringen."

Sie halfen Michel auf. Er schwankte und konnte sich nur mühsam auf den Beinen halten. Sie zogen ihm ein frisches Hemd an, ließen ihn in seine Schuhe schlüpfen.

Katharina bückte sich und verknotete die Schuhbänder. „Ich komm mit."

„Nix da", widersprach Athanasius. Fasste mit dem Ignatius Michel unter den Armen. „Wir müssen ein Stück durch die Stadt. Wär gut, wenn die Leut nicht merken würden, dass er krank ist. Sonst gibt's gleich wieder eine Gered."

„In seinem Zustand?", zweifelte Ignatius.

„Wird schon klappen. Und jetzt los."

Der Gang durch die Gassen kam Ignatius und Athanasius schier endlos vor. Immer wieder sackte Michel in sich zusammen, schleifte mit den Füßen über den Boden. Scheele Blicke der Fußgänger streiften sie.

„Reiß dich zamm, sonst kommen wir nie an!", zischte Athanasius dem stöhnenden Michel ins Ohr.

Endlich erreichten sie das Kloster. „Wohin mit ihm?", wollte Ignatius wissen. „Das Hospiz ist voll."

„Ins Antoniuszimmer."

„Das Sterbezimmer? So schlimm steht's um ihn?", flüsterte Ignatius.

Sie betraten den Raum mit seiner getäfelten Holzdecke, in die ein Bild des Märtyrers Antonius, der seine Wundmale empfing und mit dem Tode rang, eingelassen war. Außer der Bettstatt gab es nur einen Hocker, einen Tisch und ein Waschgestell. Behutsam legten sie Michel aufs Bett, entkleideten ihn und deckten ihn zu. Willenlos ließ er alles mit sich geschehen.

„Gleich kommt ein Mitbruder und kümmert sich um dich", versprach Athanasius. Zog Michel die Decke bis zum Kinn und ging mit Bruder Ignatius hinaus.

„Meinst, er wird wieder gesund?", wollte Ignatius wissen.

„Wenn wir ihn gut pflegen, wird's mit Gottes Hilfe vielleicht so sein."

Beichte

Kaum hatten Athanasius und Ignatius Michels Wohnung verlassen, sank Carlotta todbleich auf den Hocker. Katharina setzte sich auf die Bettkante, schaute mit leerem Blick vor sich hin. Drückendes Schweigen erfüllte die Kammer. Die Kerze auf der Truhe flackerte, dicke Wachstropfen liefen an ihr hinab.

„Ich merk doch, dass dich außer dem Zustand vom Michel noch was bedrückt", unterbrach Katharina das Schweigen. „Magst mir sagen, was?"

Bitter lachte Carlotta auf. „Seit wann tät's dich denn interessieren, wenn mich was bedrückt?"

Verwundert schüttelte Katharina den Kopf. „Wie meinst das?"

„So gute Freundinnen sind wir gewesen. Doch seit wir beide arbeiten müssen, hast kein einziges Mal nach mir gefragt. Was weißt denn du, wie's ist, sich den ganzen Tag die Finger wund zu stechen und hinterher noch beim Michel zu putzen und zu kochen."

„Ich hab doch nicht gewusst, wie schwer du's hast."

„Wie auch. Hast es ja nicht nötig gehabt, mich im Bortenladen zu besuchen."

Den Vorwurf wollte Katharina nicht auf sich sitzen lassen. „Bist ja auch nie zu uns ins Dürnbräu gekommen."

„Doch. Aber du bist nicht da gewesen. Dem Vater hab ich gesagt, dass er's dir ausrichten soll."

„Das hat er bestimmt vergessen. Jetzt sei halt nicht so. Erinnerst dich nicht, wie wir uns als Kinder ewige Freundschaft geschworen haben?"

Ein Lächeln überzog Carlottas Gesicht und erlosch wieder. „Ich…", flüsterte sie mit erstickter Stimme. Die nächsten Worte konnte Katharina nicht verstehen. Doch dann hörte sie fassungslos Carlottas Geständnis an. „Aber warum?"

Carlotta krampfte die Hände ineinander. „Weil mir der Michel lieb ist. Und dass du und er…"

„Was?" Außer sich ging Katharina auf Carlotta zu. „Und deshalb wolltest ihn umbringen?"

„Der Gmeiner hat uns doch wegen dem Dienstbuch gedroht. Und gesagt, dass dem Michel nix Schlimmes passiert. Sogar ein Medaillon hat er mir geschenkt." Sie zog es aus der Schürzentasche und reichte es Katharina.

Die betrachtete den grob gearbeiteten Christophoros, das stümperhaft geschnitzte Jesuskind auf seiner Schulter. Abfällig drehte sie das Medaillon in der Hand. „Auf so einen Tand bist reingefallen?"

Langsam reimte sie sich alles zusammen. Im Dürnbräu hatte sie den Gmeiner mit dem Vater einmal reden hören. Immer lauter war der Magistratsrat geworden. Hatte gepoltert, dass er der Einbürgerung vom Michel niemals zustimmen würd. Konnte es sein, dass er…? Nur um zu verhindern, dass ein Lutherischer das Bürgerrecht erhielt? Bei dem Gedanken an den hinterhältigen Gmeiner schwand ihr Zorn auf Carlotta. Nur zu gut konnte sie sich vorstellen, wie er Carlotta zugesetzt hatte. Wer konnte ihnen jetzt noch helfen? Der Vater? Doch der, besorgt um seine künftige Stelle im Magistrat, würde sich aus allem raushalten.

Die Sorge um den Michel trieb Katharina weiter um. „Was ist, wenn er stirbt?"

„Sag doch nicht sowas!" Verzweifelt rang Carlotta die Hände. „Der Gmeiner hat doch gesagt…"

„Gesagt, gesagt!", fauchte Katharina. „Und was, wenn er dich reingelegt, dich nur dazu benutzt hat, den Michel endgültig loszuwerden?"

Die Angst in Carlottas Gesicht ließ Katharina innehalten. „Ob der Michel wieder gesund wird, das müssen wir abwarten. Wenn einer ihm helfen kann, dann der Athanasius. Weißt was? Jetzt rächen wir uns am Gmeiner. Wir jagen ihm so einen Schreck ein, dass er dich ab jetzt in Ruhe lässt. Wasch dein Gesicht, dann gehn wir."

Gehorsam fuhr sich Carlotta am Spülstein mit einem Tuch übers Gesicht, trocknete es mit der Schürze ab. „Ich glaub, ich trau mich nicht."

„Du sagst nix. Das Reden überlasst mir."

Nur widerstrebend verließ Carlotta mit Katharina die Wohnung.

Am Haus vom Gmeiner bumperte Katharina gegen die Tür. Der Gmeiner öffnete. „Was willst?"

„Zu was hast die Carlotta angestiftet?", spie ihm Katharina entgegen.

„Schrei nicht so! Kommts rein."

Im Hausgang baute er sich bedrohlich vor Katharina auf. „Was für einen Schmarrn verzapfst da?"

„Weißt es ganz genau. Umbringen wolltest den Michel. Stolz kannst sein. Hast es geschafft." Voller Genugtuung sah sie, wie der Gmeiner zusammenzuckte.

„Was sagst? Der Michel ist tot?" Sein sonst so biergerötetes Gesicht wurde aschfahl. Er vergaß alle Vorsicht und stotterte hin zur Carlotta: „Wie viel von dem Pulver hast ihm denn gegeben?"

„Genug, dass er daran gestorben ist", schrie Katharina, noch ehe Carlotta antworten konnte.

Erschüttert lehnte sich der Gmeiner an die Wand. Wie ein Fausthieb traf ihn das ganze Ausmaß seiner Tat. Zu was hatte er sich in seinem maßlosen Zorn gegen den Protestan nur hinreißen lassen! Eine plötzliche Angst nahm ihm fast die Luft zum Atmen. Nicht auszudenken, wenn der Kurfürst von Michels

Tod erfuhr. Nachforschungen würde es geben. Ins Gefängnis würde er kommen.

„Wo habens ihn hingebracht?", brachte er nur mühsam hervor.

„Was geht's dich an. Aber eins sag ich dir", setzte Katharina ihm weiter zu, „wenn du noch ein Mal der Carlotta oder ihrer Mutter drohst, dann erzähl ich allen, dass du dahintersteckst. Hast mich?"

Ergeben nickte der Gmeiner.

„Schwör's!"

Schadenfroh beobachtete sie, wie der Magistratsrat mit sich rang. Schwer musste es ihn ankommen, sich von einem Weib was sagen zu lassen. „Und? Was ist?"

Schließlich hob er die Hand. „Ich schwör's."

„Und merk dir: Wenn du deinen Schwur brichst, dann meld ich dich."

„Von dem hast nix mehr zu befürchten", raunte sie Carlotta zu und schob sie zur Tür hinaus.

Am nächsten Morgen saß der Gmeiner, mit den Nerven völlig am Ende, im Rathaussaal. Gab keinem, der ihn ansprach, eine Antwort.

Mit ernstem Gesicht trat der Stadtoberrichter Sedlmayr an sein Pult und verkündete: „Die Forderungen des Kurfürsten bezüglich des Michel werden immer dringlicher. Ich warte immer noch auf die Antwort des Landschaftsausschusses auf unsere Einwände. Ich befürchte fast, dass die Delegierten der Einbürgerung Michels zustimmen werden. Sollte dies der Fall sein, können auch wir uns nicht widersetzen."

Dem weiteren Verlauf der Sitzung konnte der Gmeiner nicht mehr folgen. Nahm nur vage einzelne Worte oder Beschlüsse des Gremiums wahr. In seinen Ohren brummte es, heftiges Kopfweh plagte ihn. Endlich war die Zusammenkunft beendet.

Gmeiner stolperte hinaus. Wenn einer jetzt noch einen Rat wusste, dann sein Beichtvater Athanasius.

Verzagten Schrittes gelangte er zum Kloster und betrat die Kirche. Athanasius, einen Beutel über der Schulter, kam ihm entgegen.
„Nimm mir die Beichte ab", bat Gmeiner.
„Jetzt nicht. Ich muss zum Krankenbesuch."
„Ich bitt dich inständig."
„Was ist denn so dringend?"
„Das kann ich dir nur bei der Beichte sagen."
Athanasius musterte den aufgewühlten Magistratsrat. „Dann komm. Aber mach's kurz."
Im Beichtstuhl erzählte Gmeiner, den Kopf tief gesenkt, von seiner Tat. Athanasius konnte kaum glauben, was er hörte. „Ja, bist denn ganz von Sinnen?"
„Ich hab doch nicht gewollt, dass der Michel stirbt."
Der Mönch stutzte. „Wer hat dir was von seinem Tod erzählt?"
„Die Katharina."
Athanasius verkniff sich ein Lächeln. Da hatte Katharina den Magistratsrat ja sauber reingelegt.
„Bloß so richtig schlecht sollt es ihm werden", jammerte der Gmeiner weiter. „Wenn das rauskommt! Sag mir, was ich tun soll."
Tiefe Abscheu erfasste Athanasius. Er wusste, wie der Gmeiner seine Frau herumschikaniert, zum ehelichen Beischlaf gezwungen hatte, hinter jedem Weiberrock hergewesen war. Obwohl er inzwischen glaubte, dass Michel wieder gesund werden würde, wollte er dem Gmeiner gründlich einheizen. „Einen Rat willst? Den kann ich dir nicht geben. Musst selber wissen, wie du aus der Sach herauskommst."
Der sonst so hoffärtige Magistratsrat verlor jegliche Würde und flehte: „Erteil mir wenigstens die Absolution."

„Plagt dich mehr dein Gewissen oder die Angst, dass sie dir draufkommen?"

„Beides", keuchte der Gmeiner.

„Nach aufrichtiger Reue hört sich das nicht an. Und ohne die darf ich dir die Absolution nicht geben."

„Ich bereu! Ich bereu!" Gmeiner rutschte vom Beichtstuhl, kauerte wimmernd am Boden.

„Ist schnell dahingesagt. Beweisen musst es."

„Spenden werd ich eurer Kirch", versprach der Gmeiner unter Schluchzen. „Wie viel ist nötig?"

Athanasius konnte ihn nicht mehr ertragen. „Der Herrgott lasst sich nicht bestechen. Und jetzt geh."

Am Boden zerstört verließ Gmeiner das Kloster und riegelte sich daheim ein. Wollte, um Carlotta oder Katharina nicht zu begegnen, gar nicht mehr aus dem Haus. Auch dem Gschwendner und dem Senftl machte er nicht mehr auf.

Nachtwache

Wieder wachte Athanasius die ganze Nacht an Michels Bett. Lauschte seinem gequälten Atmen, hob den Kopf des Kranken an, damit ihm das Luftholen leichter fiel. Gab ihm von der Medizin ein.

Einmal hatte Michel die Augen aufgeschlagen und verwundert gefragt: „Wo bin ich?"

„In unserem Kloster."

„Warum?"

„Weil mich die Katharina um Hilfe gebeten hat." Bei dem Namen „Katharina" hatte Michel gelächelt, war dann in einen ruhigen Schlaf gesunken.

Lange hatte Athanasius das Gesicht des Kranken betrachtet. Welche Gedanken mochten sich hinter seiner Stirn verbergen?

Nur zu gerne hätte er den Michel dazu überredet, zum katholischen Glauben überzutreten.

Während der Nachtwache, in der Athanasius nur ab und zu aufstand, um Beine und Arme zu strecken, hatte er viel Zeit, um nachzudenken. Aufhören musste die Zwietracht, die die Herzen der Gläubigen vergiftete. War Jesus nicht für alle Menschen als Zeichen der Vergebung am Kreuz gestorben? Gleich, welchen Glauben sie hatten?

Athanasius tauschte die heruntergebrannte Kerze gegen eine neue aus, blickte gedankenverloren in die Flamme. Vergebung, sinnierte er. Galt sie auch für Menschen wie den Gmeiner? Schwer würde es ihm fallen, dem Gmeiner zu vergeben. Geschieht ihm ganz recht, dass er denkt, der Michel ist tot. Das wird ihm das Leben erstmal gehörig vergällen.

Athanasius zog Michels Decke zurecht, sprach ihm leisen Trost zu: „Wirst sehen, bald wirst wieder gesund."

Katharina und Michel. Noch immer haderte Athanasius mit sich. Schließlich überwand er sich. „Dann kannst auch die Katharina wiedersehen."

Michels sorgenvolles Gesicht glättete sich.

Bruder Ignatius trat ein. „Wie steht's um ihn?"

„Ich glaub, er kommt durch."

Bald schon konnte Michel sich aufsetzen und von der Suppe essen, die Ignatius hereingebracht hatte. Zubereitet nach einem Rezept, das auch dem Schwächsten wieder auf die Füße half: ein Suppenhuhn, acht Stunden lang gekocht, die Brühe mit zarten Fleischfasern durchsetzt. Nach dem Essen hatte Michel sogar das Bett verlassen und sich für kurze Zeit an den Tisch setzen können. „Schaut so aus, als wärst fast wieder gesund", freute sich der Athanasius.

„Ich danke dir von ganzem Herzen für alles, was du für mich getan hast. Doch ich weiß immer noch nicht, was mit mir passiert ist."

„So speiübel war dir, dass du ohnmächtig geworden bist." Über den Gmeiner wollte Athanasius Stillschweigen bewahren. Er nahm den leer gegessenen Suppenhafen vom Tisch. „Leg dich wieder hin. Schlaf ist die beste Medizin."

Anschließend aß Athanasius in der Klosterküche von den Resten des Mittagsmahls. Gerstenbrei mit gelben Rüben. Trank etwas Bier nach und durchschritt dann, die Hände in die Ärmel seines Habits gesteckt, den inneren Kreuzgang. Hier, in der tiefen Ruhe, die dem Gemäuer entströmte, nur unterbrochen von den Schritten eines betenden Mitbruders, konnte er seine Gedanken ordnen. Bisher hatte er nur seinem Vertrauten Ignatius erzählt, was es mit dem Michel auf sich hatte. Doch Gerüchte machten im Kloster die Runde.

Während der Abendmahlzeit, bei der alle Mitbrüder anwesend waren, spürte Athanasius die fragenden Blicke und stand auf. „Ich habe etwas mit euch zu besprechen. Ihr habt euch sicher gefragt, was es mit dem Kranken im Antoniuszimmer auf sich hat. Es handelt sich um den Balthasar Michel…"

„Was, um den?", rief Bruder Kajetan entsetzt.

„Ich weiß, dass manche von euch schon von ihm gehört haben und wissen, dass er Protestant ist."

Ein Raunen durchzog den Raum.

Athanasius blickte in die aufgebrachten Gesichter seiner Mitbrüder. „Ich möchte euch an eure Christenpflicht gemahnen", fuhr er fort, „Notleidenden beizustehen. Und Not hat Michel wahrhaft gelitten."

„Was hat er denn gehabt?", fragte Bruder Kajetan.

„Viel hätte nicht gefehlt und Gott hätte ihn wegen einer schweren Krankheit zu sich gerufen." Herr, verzeih mir meine Lüge, flehte er stumm. „Doch nun befindet er sich auf dem Weg der Besserung und wird uns bald verlassen."

Einige atmeten erleichtert auf, Ignatius nickte ihm verschwörerisch zu.

Tags darauf konnte Michel, auf Athanasius gestützt, den inneren Kreuzgang entlanggehen. Blieb, weil ihm das Atmen noch schwerfiel, immer wieder stehen.

„Manchmal glaube ich", begann er, „ohne Religion wären die Menschen besser dran."

„Was redest denn? Ein Leben ohne Gott, was hätte das für einen Sinn?"

„Ich meine nicht ohne Gott, sondern ohne Religion. Dann hätte der ganze Glaubensstreit ein Ende."

„Liegt nicht an der Religion, sondern an der Unvollkommenheit des Menschen." Athanasius hielt inne. War nicht auch er der Versuchung erlegen, einen Lutherischen geringer zu schätzen als einen Katholiken?

Schließlich ging es Michel so gut, dass er alles über das Kloster und den Tagesablauf der Franziskaner wissen wollte.

„Ich führ dich herum", schlug Athanasius vor und begleitete ihn zur nördlichen Hofseite des Klosters. Zeigte ihm das Brauhaus und die Werkgebäude, die Bäckerei, die Tuchmacherei und die Schreinerei, aus der Hammerschläge und die Geräusche einer Säge drangen.

„Und ich habe gedacht, ihr betet nur den lieben langen Tag. Aber wenn ich sehe, was ihr alles vollbringt..."

Die Hochachtung, die Michel ihrer Arbeit entgegenbrachte, erwärmte Athanasius' Herz. Und ohne dass er sich dessen recht gewahr wurde, schwand auch sein letzter Groll gegen den Lutherischen.

„Ich zeig dir noch was. Oder bist schon zu müde?"

Michel wollte sich seine Erschöpfung nicht anmerken lassen und schüttelte den Kopf.

Athanasius öffnete das Stalltor. An einer Wand hingen aufgereihtes Zaumzeug, Halfter und Striegel. Es roch nach Pferdeäpfeln und frischem Stroh, ein Pferd wieherte. Stolz deutete Athanasius in einen Holzverschlag. „Sogar ein Fohlen ist uns geboren worden. Halt! Geh nicht hinein. Die Stute schlägt aus."

Schon näherte sich Michel vorsichtig dem Tier, murmelte beruhigende Worte.

Ängstlich flüsterte Athanasius: „Komm raus!"

Unruhig warf die Stute den Kopf hin und her. Ganz nah ging Michel heran an sie, strich ihr bedächtig über die Stirn und den Hals. Sie schnaubte, stand dann ganz still. Michel raunte ihr etwas ins Ohr und zog sich langsam zurück.

„Wie hast das nur geschafft?", wunderte sich Athanasius.

„Der Umgang mit Pferden ist mir vertraut."

Kenn sich jemand aus mit dem Kerl, dachte Athanasius. Aber ein schlechter Mensch ist er nicht.

Athanasius kam gerade aus dem Brauhaus, in dem er mit Bruder Fortunatus übers Bier gesprochen hatte, als er Gelächter aus dem Kräutergarten vernahm. Neugierig gesellte er sich zu seinen Mitbrüdern, die sich um Michel drängten.

„Warum arbeitet ihr nicht weiter?", fuhr er sie an.

„Der Michel will uns was zeigen", antwortete Bruder Kajetan.

„Darf ich?", wandte sich Michel an den Athanasius. Als er die lachenden Gesichter seiner Mitbrüder sah, die wegen der Sorge um ihr Kloster sonst immer so schwermütig dreinblickten, nickte er.

Michel zog einen Kreuzer aus der Hosentasche. Klug aus der Erfahrung im Dürnbräu geworden, erklärte er: „Hat nix mit Hexerei zu tun. Nur geschickte Finger braucht's." Er steckte das Geldstück zwischen seine Finger, hob den Arm etwas an, schon war es verschwunden. Er ließ den Arm wieder sinken und deutete auf die Münze in seiner Handfläche. „Ihr lasst die Münze einfach in den Ärmel eures Habits gleiten und anschließend vorsichtig wieder herausrollen."

Immer dichter drängten sich die Brüder um ihn.

„Wenn man's schnell macht und die Leute mit einer spaßigen Geschichte ablenkt, dann klappt's. Probiert es aus."

Ignatius wagte es als Erster. Beim ersten Versuch fiel das Geldstück, begleitet vom Gelächter seiner Mitbrüder, zu Boden. Er gab auf und reichte den Kreuzer weiter.

So fröhlich hatte Athanasius seine Mitbrüder schon lange nicht mehr erlebt. Arbeit hin oder her, das Vergnügen gönnte er ihnen. Und Michel schien auch wieder wohlauf zu sein.

Er zog ihn ein paar Schritte zur Seite. „Jetzt bist gesund genug, dass du uns verlassen kannst. Ich denk, morgen ist's soweit."

Michel legte Athanasius die Hand auf die Schulter. „Ich weiß nicht, wie ich dir danken soll. Ich bin beeindruckt, wie hingebungsvoll ihr euer Tagwerk verrichtet und euch um die Armen kümmert. Gibt viele, deren Wohltätigkeit nur aus wohlfeilen Worten besteht. Ihr aber seid anders."

Gerührt umfasste Athanasius Michels Hände. „Morgen wartet Katharina vor dem Kloster auf dich. Meinen Segen hast."

Voller Freude, Katharina endlich wiederzusehen, machte sich Michel bereit zum Aufbruch. Zog die frisch gewaschene Kleidung an, blickte sich noch einmal im Zimmer um. Nicht einmal das Bild des gepeinigten Märtyrers ging ihm noch so richtig nah.

An der Tür drängten sich einige Klosterbrüder. „Schad, dass du uns schon verlässt", meinte einer.

„Kommst uns wieder besuchen?", fragte der Kajetan.

„Ich komm wieder", versprach Michel.

Athanasius beleitete ihn durchs Kloster bis an die Pforte. „Geh mit Gott."

Michel trat ins Freie, das helle Tageslicht blendete ihn. Suchend schaute er sich um. Wo war Katharina? Hatte sie sich verspätet? Er blickte zur gegenüberliegenden Häuserzeile, schaute nach links und nach rechts. Ihm wurde klamm ums Herz. Hatte der Vater ihr vielleicht endgültig verboten, sich mit ihm zu treffen? Mutlos machte er sich auf den Heimweg.

Am Lebzelterhaus zog er den Schlüssel aus der Tasche und sperrte auf. Der Hauswart Drexl lehnte den Kehrbesen gegen die Wand. „Herr Michel…"

„Jetzt nicht", schnitt ihm Michel das Wort ab. Stieg langsam die Treppe hinauf und betrat seine Wohnung. Endlich daheim. Doch war er das wirklich? In den lieblos eingerichteten Räumen hatte er sich nie wohlgefühlt. Hatte deshalb seinen Plan, das herrschaftliche Haus des Reichsfreiherrn von Pilgram zu kaufen, es nach Katharinas Wünschen einrichten zu lassen, rasch umsetzen wollen. Doch jetzt?

Carlotta kam aus der Küche und wischte sich die Hände an der Schürze ab. „Ich freu mich ja so, dass Ihr wieder da seid."

Michel wunderte sich über ihren verlegenen Blick, der so gar nicht zu ihrer Begrüßung passte.

„Ich freue mich auch, dass ich dich wiedersehe."

Betreten schaute sie auf ihre Schuhe.

„Woher hast gewusst, dass ich…?"

„Von der Katharina. Ausrichten soll ich, dass sie später kommt, weil der Vater sie nicht weglassen hat."

Unwillen schnürte ihm fast die Kehle zu. „Sonst hat sie nix gesagt?"

Als Carlotta Michel so vor sich stehen sah, die Wangen eingefallen, den Blick flehend auf sie gerichtet, war sie schon drauf und dran ihm alles zu erzählen. Doch dann fiel ihr ein, dass Katharina ihm irgendwann ohnehin vom Gmeiner berichten wollte. Antwortete deshalb nur kurz: „Nein."

Michel setzte sich an den Tisch und goss sich vom Wein ein. Carlotta stellte ihm einen Hafen Griebenschmalz, aufgeschnittenes Brot und einige Scheiben vom kalten Braten hin. Erst jetzt fielen ihm Carlottas dunkel umschattete Augen auf.

„Fehlt dir was?", erkundigte er sich. „Reicht, dass einer von uns zwei krank war."

Schwer rang Carlotta mit sich. „Ich kann nicht weiter bei Euch bleiben."

„Was? Aber warum?"

„Weil die Mutter die Stickereien nicht mehr alleine schafft."

„Jetzt setz dich erst einmal her zu mir."

Beklommen nahm sie auf der äußersten Stuhlkante Platz.

„Ist das der einzige Grund?"

„Wenn ich's doch sag."

Michel griff über den Tisch nach ihrer Hand. „Ich will dich nicht verlieren. Was, wenn ich dir mehr zahl?"

„Das wird nix ändern." Bei Michels Händedruck wurde ihr siedend heiß. Doch dann stand sie auf, legte wortlos den Schlüssel auf den Tisch und verließ die Wohnung.

Kopfschüttelnd goss Michel sich vom Wein nach. Überlegte, ob er Carlotta mit irgendetwas beleidigt hatte. Wüsst nicht mit was, beruhigte er sich. Ging in die Schlafkammer, legte sich aufs Bett und schloss die Augen. Er hatte sich so auf Katharina gefreut. Doch immer hieß es nur: der Vater, der Vater. Er konnte es einfach nicht länger ertragen.

Ein Klopfen an der Tür ließ ihn hochfahren. Rasch stand er auf, rückte seine Kleidung zurecht und öffnete. Bevor er etwas sagen konnte, fiel ihm Katharina um den Hals. „Endlich bist wieder da."

Michel zog sie aufs Kanapee, strich ihr übers Haar, über die Wangen, über den Mund. „So sehr hab ich gehofft, dass du mich am Kloster abholst."

„Hat's dir die Carlotta nicht gesagt? Ich hab nicht können, weil mir der Vater dauernd was anderes angeschafft hat."

Er rückte ein Stück ab von ihr. „Ich will eine Entscheidung. Will wissen, ob dein Vater uns seinen Segen gibt. Und wenn nicht, dann überleg dir, ob du mich trotzdem heiraten willst. Länger hinhalten lasse ich mich nämlich nicht."

Bestürzt sah Katharina ihn an. „So hast noch nie mit mir geredet. Weißt doch, der Vater..."

„Ist mein letztes Wort: Überleg dir, was du willst."

Stumm betrachtete sie ihre Hände. Hob den Kopf und sprach: „Dann soll's so sein. Wir reden mit ihm. Aber ich muss ihm erklären, dass wir nach der Heirat ein gutes Auskommen haben. Hast das mit dem Rasp geregelt?"

„Mit dem ist alles abgemacht.

„Warum hast mir das nicht schon früher gesagt?"

Weil es jetzt die Angelegenheit von den Behörden ist, mir die Konzession als Weinwirt zu bewilligen. Wollte erst abwarten, ob es auch wirklich klappt. Mit dem Bürgerrecht kann's auch nicht mehr lang dauern."

Katharina stand auf. „Ich sag dem Vater, dass du kommst."

Bevor sie die Wohnung verließ, fragte Michel: „Weißt du, was mit der Carlotta los ist? Sie hat mir den Dienst aufgekündigt."

Zögernd antwortete Katharina: „Ihre Mutter braucht sie."

Michel begleitete Katharina zur Tür, umschlang sie mit beiden Armen und forderte noch einmal voller Nachdruck: „Sag dem Vater, dass ich komme."

Fäustlinge

Konrad lehnte am Fenster und beobachtete, wie Katharina im Garten die Hühner fütterte. Die Tiere scharten sich um sie, pickten gackernd die Körner auf.

„Sei nicht so frech", lachte sie und schob den Gockel weg.

Der Gockel spreizte das Gefieder und stolzierte davon.

„Kathi", rief Konrad ihr zu. „Geh nachher zum Metzger und hol die bestellten Würste."

Eigentlich hatte er ihr sagen wollen, wie sehr ihr Lachen sein Herz erwärmte. Und dass er sich gesorgt hatte, weil sie in letzter Zeit so ernst gewesen war. Doch wie immer brachte er es nicht über die Lippen.

Die Arbeit rief, eine wacklige Türangel musste repariert werden. Konrad stieg die Treppe zum Speicher hinauf, blieb plötzlich stehen, presste die Hand gegen die Rippen. Wie in einer Schraubzwinge fühlte sich sein Brustkorb an. „Möcht bloß wissen, was in letzter Zeit mit mir los ist", brummte er. Öffnete die knarzende Speichertür, rückte die ausrangierten Tische und Stühle zur Seite und schaute sich suchend um. Erst neulich hatte die Magda den Speicher aufgeräumt. Wo stand jetzt der Kasten mit den Schrauben, Nägeln, Feilen und Stechbeiteln?

„Weiberleut und aufräumen. Hab vorher auch im größten Durcheinander gewusst, wo mein Sach ist."

Er ging zu der Stellage, auf der sich etliche Kästen nebeneinander reihten. Öffnete einen Kasten, fand nur altes Kochgeschirr. Klappte den nächsten auf. Randvoll war er mit gestrickten Fäustlingen, Kinderkleidern, bestickten Mützen. Warum um alles in der Welt hatte seine Hedwig das aufbewahrt? Sie hatte doch sonst die abgelegten Sachen immer an die Armen verschenkt. Er nahm einen Fäustling in die Hand, steckte seinen klobigen Daumen hinein, drehte das Ding hin und her. Schmerzlich überfiel ihn die Erinnerung an die Zeit, als sein Weib guter Hoffnung war. Nichts hatte er sich sehnlicher gewünscht, als dass es ein Bub würde. Damit der ihm einmal zur Hand gehen, später die Wirtschaft übernehmen konnte.

„Ist doch gleich, ob es ein Bub oder ein Mädel wird", hatte die Hedwig widersprochen. „Hauptsach, das Kind ist gesund."

Sogar eine Kerze hatte er für die Kirche gespendet. Den Herrgott um einen männlichen Nachkommen angefleht.

Und dann war Katharina gekommen. Er wusste noch genau, wie groß seine Enttäuschung gewesen war. Unbeholfen hatte er das in Decken gewickelte Bündel auf dem Arm gehalten.

„Freust dich?", hatte sein Weib aus dem Wochenbett gefragt. „Na ja…"

Ihren traurigen Blick würde er nie vergessen. Und heute? Heute erfüllte ihn Katharina voller Stolz. Und seine Hedwig fehlte ihm immer noch. Er klappte den Kasten zu und stellte ihn zurück. Für die kaputte Türangel war morgen auch noch Zeit.

Im Hausflur begegnete er Katharina. „Sag einmal…" Krampfhaft suchte er nach Worten. „Hab mitgekriegt, dass du dir ein Kreuz wünschst. Eins zum Umhängen."

„Und?"

„Dann kauf es dir. Komm mit in die Wohnstube, dann kriegst das Geld."

Langsam ging Katharina hinter ihm her. Was war nur mit dem Vater los?

Nachdem er Katharina einige Münzen in die Hand gedrückt hatte, betrat Konrad die Wirtsstube. Die ersten Gäste warteten schon auf die Mittagsspeis. Es gab Geselchtes mit Kraut, saures Lüngerl und eine Pfannkuchensuppe. Konrad ging von Tisch zu Tisch, begrüßte die, die er kannte mit Namen, die anderen mit einem Kopfnicken.

Der Gmeiner kam herein, schaute sich suchend um und setzte sich an einen freien Tisch.

„Was darf's sein?", fragte Konrad.

„Ein Bier."

„Und was wollt Ihr essen?"

„Bloß eine Suppe."

Konrad wunderte sich nicht schlecht über den Gmeiner, der sonst vom Essen nie genug bekam. „Sonst nix?"

Ein schroffes „Nein" war die Antwort.

In der Küche fragte Konrad: „Dauert's noch lang? Die Gäste warten. Der Gmeiner will bloß eine Suppe." Dann ging er zurück in die Wirtsstube.

„Was soll ich jetzt machen?" Erschrocken drehte sich Katharina zur Magda um.

„Tust einfach ganz normal."

Zögernd richtete Katharina die Teller aufs Tablett, stellte den Hafen Suppe dazu. Bediente zuerst die anderen Gäste, trat dann an den Tisch vom Gmeiner.

Er versuchte, sie auf die Bank zu ziehen. „Ich muss mit dir reden."

„Wüsst nicht, über was." Unwirsch machte sie sich los, blickte zur Tür und stand da, wie vom Blitz getroffen. Den Hut in den Nacken geschoben, ein breites Lächeln im Gesicht, betrat Michel die Wirtsstube.

Katharina stellte den Hafen so heftig auf den Tisch, dass die Suppe überschwappte. Dass der auch grad jetzt auftauchen musste! Sie hatte dem Vater doch gesagt, dass der Michel am Nachmittag kommen würde. Und jetzt saß ausgerechnet auch noch der Gmeiner da. Schon verließen der Vater und Michel die Wirtsstube.

Fassungslos stammelte der Gmeiner: „Aber ... Ich hab geglaubt ..."

„Angelogen hab ich dich", zischte Katharina. „Und glaub bloß nicht, dass dein Schwur jetzt nix mehr gilt."

Dem Gmeiner verschlug es die Sprache. Da hatte ihn das Weib ja sauber reingelegt. Obwohl ihm nie im Leben eingefallen wär, jemand von der Sache zu erzählen, holte er tief Luft und drohte: „So eine bist also. Gottlos daherlügen tust. Das sag ich deinem ..."

„Gar nix sagst", zischte Katharina erneut. „Bis jetzt weiß niemand was von der Sach. Also, behalt's für dich. Sonst zeig ich dich doch noch an."

„Und die Carlotta?"

„Die verrät dich auch nicht. Und damit das so bleibt, erfüllst deinen Schwur. Und noch etwas: Wenn's im Rat um den Michel geht, dann stimmst für ihn."

„Spinnst jetzt? Wo du mich so angelogen hast?" Schon bekam er wieder Oberwasser. „Meinst, ich lass mir von einem Weib vorschreiben, für wen ich stimm und für wen nicht?"

„Hast keine andre Wahl. Auch jetzt würd's die Behörden bestimmt noch interessieren, was du dem Michel hast antun wollen."

„Dir glaubens doch eh nicht."

„Da wär ich mir an deiner Stell nicht so sicher. Die Carlotta würd aussagen, von wem sie das Pulver hat. Nachforschungen würd's dann auf jeden Fall geben."

Schwer rang der Gmeiner mit sich. „Gesetzt den Fall, ich stimme im Rat für den Michel, ist dann das Ganze auch wirklich vom Tisch?"

„Hast mein Wort."

„Das reicht mir nicht." Boshaft verzog er die Lippen. „Jetzt bist du dran mit schwören. Und für die Carlotta schwörst gleich mit."

„Den Schwur hast."

Voller Grant schob der Gmeiner das Bierseidel hin und her. Wie er den Lutherischen hasste! Für den Dahergelaufenen sollte er im Magistrat stimmen? Andererseits… Wenn er so aus der leidigen Sach herauskäm? In Gottes Namen, dachte er, dann soll's halt so sein. Er nahm einen kräftigen Schluck vom Bier. Endlich schmeckte es ihm wieder.

Derweil deutete Konrad in der Wohnstube auf einen Stuhl. „Ich hab gedacht, du kommst erst am Nachmittag. Musst mich grad jetzt von der Arbeit abhalten?"

Michel nahm Platz, legte den Hut ab und überlegte, wie er dem Konrad sein Ansinnen schonend beibringen konnte.

„Kommst wegen deinem Bürgerrecht?", wollte Konrad wissen. „Da bist bei mir an der falschen Stelle. Ich weiß, dass der Rat gegen dich ist."

„Ich bekomme es trotzdem, weil's der Kurfürst so will."

„Der Kurfürst ist auch nicht allmächtig", wiegelte Konrad ab. „In der Stadt bestimmt immer noch der Magistrat."

„Wirst schon sehen, dass es klappt. Gekommen bin ich, weil ich mit dir über die Katharina reden will."

„Wegen der Kathi willst mit mir reden?", fuhr Konrad auf. „Eins sag ich dir…"

„Heiraten will ich sie", platzte Michel heraus. „Um deinen Segen tät ich dich bitten."

„Bist von allen guten Geistern verlassen? Nie und nimmer geb ich sie einem wie dir."

Nur mit größter Beherrschung konnte Michel an sich halten. „Und warum nicht?", fragte er so ruhig wie möglich. „Ich wär nicht der Schlechteste für sie. Tät gut für sie sorgen und für unsre Kinder auch."

„Kinder!" Konrad wurde fuchsteufelswild. „Ungetauft müssten sie bleiben. In die Höll würden sie kommen."

„Reg dich doch nicht so auf", wollte Michel ihn beschwichtigen. „Kriegst ja sonst noch den Schlagfluss. Der Kabinettsprediger der Kurfürstin darf jetzt auch Kinder von Protestanten taufen. So hat's der Kurfürst bestimmt."

Konrad hieb mit der Faust auf den Tisch. „Ich erlaub's nicht! Die Kathi heiratet den Krinner. Der kommt aus einer angesehenen Familie, ist katholisch und…"

Michel hielt es nicht länger auf dem Stuhl. „Verschachern willst dein Kind, weil du in den Magistrat gewählt werden willst. Und was ist mit der Liebe? Ist die nicht das Wichtigste?"

„Die Liebe! Dass ich nicht lach!" Jetzt sprang auch Konrad auf. „Die Kathi nimmt den Krinner und damit hat sich's."

„Wen die Katharina nimmt und wen nicht, entscheidet immer noch sie."

Drohend hob Konrad die Faust. „Soweit kommt's noch, dass die Weiberleut ihr Sach selber entscheiden."

Ganz nah ging Michel heran an den Konrad. „Die Faust tust sofort runter!"

„Hörts auf!" Katharina, die vor der Tür gelauscht hatte, stürmte herein. „Könnts nicht wie zwei Vernünftige miteinander reden?"

„Wie soll ich ihm denn sonst beikommen?", belferte Konrad.

„Sagst ihm einfach, dass du einverstanden bist." Sie zog Michel zur Tür. „Und du, du brauchst nicht meinen, dass du auch dann noch so rumplärren kannst, wenn wir verheiratet sind." Sie wandte sich um zum Vater: „Jetzt sei halt nicht so. Sag halt ja."

„Wenn das deine Mutter, Gott hab sie selig, hören könnt. Du und ein Protestant. Im Grab tät sie sich umdrehn."

„Freuen tät sie sich, dass ich einen gefunden hab, dem ich so richtig gut bin."

„Konrad, ich bitt dich", versuchte es Michel noch einmal. „Gib uns deinen Segen."

„Da draus wird nix. Und jetzt schauts, dass ihr hinauskommt."

Handbillett

Nach einer unruhigen Nacht, in der Gmeiner schwer mit sich gerungen hatte, betrat er den Sitzungssaal des kleinen Rathauses. Heute führten ihm das vergoldete Kruzifix, die mit dem Stadtwappen bemalte Bürgermeistertruhe, die Bedeutung seines Amtes nicht vor Augen. Zu schwer lasteten die Sorgen auf ihm.

„Meine Zustimmung kriegt der Michel nicht", „meine auch nicht", tönte es aus dem Gremium.

Gmeiner setzte sich auf seinen Platz neben dem Krinner.

„Für dem sein Bürgerrecht stimme ich nie und nimmer", verkündete der Krinner. „Bloß gut, dass auch du dagegen bist."

Fest presste Gmeiner die Lippen aufeinander.

Der Stadtoberrichter Sedlmayr, tiefe Sorgenfalten im Gesicht, ordnete einige Dokumente. Räusperte sich und begann: „Was ich heute zu verkünden habe, wird euch nicht gefallen. Mir ist nämlich ein Handbillett Max Josephs überbracht worden."

„Was steht drin?", wollte ein Rat wissen.

Stockend las Sedlmayr vor: „Nach reifer Überlegung und mit der Gewissheit, dass das Recht auf meiner Seite ist, befehle ich hiermit dem Stadtmagistrat, dem Handelsmann Michel von Mannheim das Bürgerrecht zu erteilen. Widrigenfalls ich mich genötigt sehen würde, die strengsten Mittel zu ergreifen. Für den geringsten Exzess haftet jedes Magistratsmitglied persönlich. Diese meine Gesinnung befehle ich dem Stadtoberrichter Sedlmayr, dem Magistrat mitzuteilen."

Wie gelähmt saßen die Räte da.

„Das kann er nicht machen", rief der Senftl. „Stimmen wir ab. Dann wird sich zeigen, dass wir dagegen sind."

„Wenn er uns so droht, haben wir doch gar keine andere Wahl, widersprach ein Rat.

„Unsere Entmachtung ist's", murrte der Senftl. „Was glaubt denn der, wer wir sind?"

„Ich hab keine Lust, persönlich zu haften", wandte der Seyfried ein. „Wir wissen nicht, welche Strafe uns der Kurfürst dann auferlegt."

„Meine Herren!", ging Sedlmayr dazwischen. „Gesetzt den Fall, dass wir dem Befehl Max Josephs nicht nachkommen, müssen wir uns einig sein. Stimmen wir ab. Also, wer ist gegen das Bürgerrecht vom Michel?"

Nur der Krinner und noch drei Räte hoben die Hand. Persönliche Verantwortung tragen wollte sonst keiner.

„Und du?", raunzte Krinner den Gmeiner an.

Der Gmeiner presste die Lippen noch fester aufeinander.

„Wer ist dafür, dem Befehl des Kurfürsten nachzukommen?", fuhr der Stadtoberrichter fort.

Schwer kam dem Gmeiner die Entscheidung an. Dann hob auch er mit den übrigen Räten die Hand.

„Wie ich sehe, will die Mehrheit unseres Gremiums dem Befehl Max Josephs Folge leisten."

„Was ist denn in dich gefahren", herrschte Krinner den Gmeiner an. „Warst doch der entschiedenste Gegner vom Michel."

„Hab mir's anders überlegt."

„Da ich vermutet habe, dass die Abstimmung zugunsten Max Josephs ausgehen wird", verkündete Sedlmayr, „habe ich bereits ein Schreiben an ihn verfassen lassen."

„Nicht so schnell", meldete sich der Krinner zu Wort. „Überdenken wir die Sache noch einmal und berufen eine neue Sitzung ein. Wer weiß, ob nicht einer, der jetzt für den Kurfürst gestimmt hat", er bedachte den Gmeiner mit einem scharfen Blick, „seine Meinung doch noch ändert."

„Lasst uns die Sache jetzt zum Abschluss bringen", bestimmte der Oberrichter. „Das Schreiben lautet: ‚Dem J. B. Michel von Mannheim wird auf dessen Gesuch bezüglich des Kaufs der Weingastgeb Raspischen Gerechtigkeit und Bürgers Aufnahme, von Seiten des Magistrats mitgeteilt, dass man abgeschlossenen Verkauf ratifiziert habe und ihn als Bürger und Weingastgeb aufnehmen werde. Er muss sich beim Amte einfinden, um die Angabe seines Vermögens zu machen, und den Eid zur Einhaltung seiner Bürgerpflicht leisten. Die Gebühr für sein Bürgerrecht hat er ad depositum judiciale zu entrichten.'"

„Kurz gesagt", fuhr Sedlmyar, als er die verständnislosen Blicke aus dem Gremium bemerkte, fort, „der Balthasar Michel kann die Wirtschaft in der Rosengasse übernehmen, er bekommt das Bürgerrecht und muss die Gebühr dafür beim Amt entrichten."

„Wie hoch soll die Gebühr denn sein?", warf missmutig der Gmeiner ein. Seinen Schwur Katharina gegenüber hatte er erfüllt. Trotzdem stieß ihm das Ganze gewaltig auf.

„Wie ihr wisst", antwortete der Stadtoberrichter, „berechnet sich die Gebühr für das Bürgerrecht aus seinem Vermögen. Da wir sein Vermögen nicht ausreichend überprüfen können und uns auf seine Aussage verlassen müssen, werde ich sie entsprechend hoch ansetzen."

„Wie hoch?", hakte der Gmeiner nach.

„470 Gulden und sieben Kreuzer."

„Das kann er nie und nimmer bezahlen", höhnte der Senftl. „Das entspricht ja fast 95 Zentner Weizen."

Sedlmayr mit schadenfrohem Lächeln: „Genauso ist's. Warten wir also ab."

Pamphlete

Am heutigen Markttag schickte die Sonne ihre Strahlen auf den Schrannenplatz. In den hellen und finsteren Bögen boten Händler Leinwand, Knöpfe, bunte Bänder und feinbestickte Tücher feil. An der Mariensäule warteten Mietkutscher auf Kundschaft. Händler stapelte ihre Mehl- oder Getreidesäcke aufeinander, Käufer ließen das Korn durch ihre Finger rieseln, kauften oder verwarfen die Ware. Dazwischen patrouillierten Gendarmen, schlichteten Händel, wenn Streit um den besten Platz ausbrach.

Michel schlenderte vorbei am Stand der Litzen- und Bändelmacherin. Ein rotes Samtband stach ihm ins Auge. Schon sah er Katharina, das Band ins Haar geflochten, im Geiste vor sich. Er erstand es, steckte es in seine Joppentasche und überquerte den Platz.

„Du da!", hörte er einen Gendarmen ausrufen, der breitbeinig vor einem Melber stand. „Stell deine Säck gefälligst ordentlich hin."

Der Melber rückte seine Säcke zurecht, schlug einen auf, um seine Ware anzubieten. Atmete erleichtert auf, als der Gendarm endlich weiterging. Michel beobachtete, wie der Mehlhändler mit erstaunter Miene einen Zettel aus dem Sack zog. Hörte ihn leise vorlesen: „Wehrt euch gegen die Misswirtschaft des Kurfürsten".

„Tu ihn bloß weg", warnte ein Kornverkäufer. „Das waren bestimmt Aufständische. Wenn die Ware unbeobachtet ist, steckens Pamphlete in die Säcke. Wenn du damit erwischt wirst, dann bist fällig."

„Aber wann sollten sie's gemacht haben?", wunderte sich der Melber. „Hab doch immer gut aufgepasst."

„Die finden immer eine Gelegenheit. Steck ihn weg! Überall schleichen Aufpasser vom Max Joseph rum. Der Kurfürst weiß genau, dass es den Bürgern stinkt, dass sie das Geld in der Residenz nur so hinaushauen und unsre Abgaben immer höher werden. Kannst dir ja kaum noch ein anständiges Essen leisten."

Ein paar Männer kamen neugierig näher. Schauten sich um, ob nicht ein Gendarm in der Nähe war und ereiferten sich dann über die Befehle des Kurfürsten. Einer lautete, dass sie keine Wallfahrten mehr machen, ihre Gräber in der Christnacht nicht mehr mit bunten Bändern und Kugeln schmücken durften. Wegen abergläubischer Rituale, wie es aus der Residenz hieß. Und dass sie die Christmette nicht mehr nach alter Tradition um Mitternacht feiern durften, sondern erst in der Früh um fünf.

„Von den Verordnungen ist eine blöder als wie die andere", ereiferte sich einer.

„Auseinander!", ging ein Gendarm dazwischen. „Wissts genau, dass das Rumstehen in Gruppen verboten ist."

„Soweit kommt's noch, dass wir nicht mehr miteinander reden dürfen", begehrte der Melber auf, ließ den Zettel auf den Boden fallen und verbarg ihn unterm Fuß.

Als er einige Schritte zur Seite trat, bückte sich Michel, nahm den Zettel unauffällig an sich und schob ihn in die

Hosentasche. Holte ihn, während er Richtung Rindermarkt ging, hervor und las: „Wehren wir uns gegen die Verschwendung vom Kurfürst und gegen seine protestantische Frau."

Ungemütlich ist es in der Stadt geworden, dachte Michel. In Augsburg hätte ich es leichter. Keinen Streit wegen meiner Religion, kein Geschiss wegen dem Bürgerrecht. Und so bedroht würde ich mich dort auch nicht fühlen. Müsste nicht ständig über die Schulter schauen, ob mir nicht wieder irgendwelche Kerle auflauern. Aber in Augsburg gibt es keine Katharina. Sein Wunsch, sie zu sehen, wurde schier übermächtig. Ganz still wollte er sich ins Dürnbräu setzen. Sie nicht anreden, damit der Vater ihr nicht wieder die Hölle heißmachte. Ihr nur heimlich das Band zustecken.

Schon von Weitem hörte Michel lautes Gegröle aus dem geöffneten Fenster des Dürnbräus. Er stieß die Tür auf und bei dem Anblick, der sich ihm bot, verschlug es ihm die Sprache. Alle Bänke waren von Franzmännern besetzt, brüllend verlangten sie Wein und Schnaps von Katharina.

Mit erhitztem Gesicht, ein Tablett in der Hand, eilte sie an einen Tisch. „Nimm deine Pratzn weg!", fauchte sie einen der Soldaten an.

Er zog an ihren Schürzenbändern, befahl mit glasigen Augen: „Setz dich her zu mir."

Michel sah die Angst in Katharinas Augen. Mit einem Satz sprang er hin zu ihr und zerrte den Besoffenen vom Stuhl. „Finger weg von ihr!"

„Die gehört uns", grölte einer, zog an Katharinas Brusttuch und lachte hämisch.

Konrad stolperte hinter dem Tresen hervor. „Lasst sie sofort los!"

Ein Soldat verstellte ihm den Weg. „So eine schöne Maid! Wie für uns gemacht." Michel packte den Kerl am Uniformkragen und presste ihn gegen die Wand.

Drohend kam ein Franzmann näher, drückte Michel das Bajonett gegen den Bauch. „Misch dich nicht ein, sonst stirbst."

Geschickt drehte sich Michel zur Seite, nahm einen Weinhumpen vom Tisch, schlug den Rand an einer Stuhlkante ab. „Verschwind! Oder ich zerschneid dir das Gesicht."

Nun brach die Hölle los. Franzosen sprangen auf, einige fielen, benommen durch ihren Rausch, auf ihren Stuhl zurück. Die, die noch stehen konnten, prügelten auf Michel ein. Michel schlug um sich, duckte sich, entwand sich immer wieder ihrem Griff.

Auch Konrad mischte eifrig mit. Donnerte einem der Franzmänner einen Bierkrug auf den Schädel, schleuderte einem anderen einen massiven Kerzenständer gegen die Stirn.

Katharina knallte einem Soldaten einen Teller auf den Kopf, lachte schrill, als ihm die Soßenreste übers Gesicht liefen.

Sogar die betagte Magda eilte zu Hilfe. Die gusseiserne Pfanne in der Hand, schlug sie auf die verhassten Schädel ein. Stühle kippten um, Gläser zersplitterten, Teller zerbarsten.

Endlich hauten die Franzosen ab.

Michel keuchte, Magda hustete, Konrad hielt sich die Seite.

„Die sind wir los", stieß Katharina hervor. „Bis auf den." Sie deutete auf einen Soldaten, der, den Kopf auf die Brust gesenkt, an der Wand saß und schnarchte.

„Nix wie raus mit ihm." Michel packte ihn und warf ihn auf die Straße.

Stumm standen sie im Gastraum und besahen sich die Verwüstung. „Das wird uns schöne Scherereien einbringen", keuchte Konrad. „Wo doch die Franzosen auf allerhöchste Anordnung Kost und Logis freihaben."

„Können trotzdem nicht hausen wie die Wilden", widersprach Michel.

„Wo soll das bloß noch hinführen?", stöhnte Konrad. „Alle Bewohner müssen ihr Essen und Schlachtvieh für die Franzosen hergeben. Häuser und Ställe durchsuchen sie, damit ihnen ja nix auskommt. Und weh, wenn einer ein Stück Vieh versteckt hat. Dann setzt's Prügel. Dass wir fast nix mehr zum Essen haben, interessiert die nicht."

„Die Eierfrau hat mir erzählt", sprach die Magda, „dass sie alle ihre Hühner mitgenommen haben. Sogar die ganz zerrupften." Sie kicherte. „Danach hab ich unsere Eier gleich im Keller versteckt."

Konrad stellte die umgekippten Stühle wieder an die Tische, drehte sich um zum Michel. „Hast dich sauber geschlagen. Wer weiß, was sonst noch passiert wär."

Verdutzt schauten Katharina und Magda den Vater, dem sonst nie was Anerkennendes über die Lippen kam, an.

„Dein Lob ist mir viel wert", freute sich Michel.

Konrad rückte noch einige Stühle zurecht und verließ die Wirtsstube. Fragte sich, ob der Krinner seine Katharina auch so verteidigt hätte.

In der Wohnstube holte Konrad eine Weinflasche aus dem Schrank und füllte sein Glas. Es hatte ihm schon imponiert, wie Michel die Franzosen vertrieben hatte. Widerwillig musste er sich eingestehen: Kein Wunder, dass sich die Katharina in den verschaut hatte. Und der Krinner? War halt viel älter als der Michel. Klagte ständig über den Magen. Der mit einer so jungen Frau? Aber einen Vorteil hatte er: Er saß im Rat und konnte sich dort für ihn einsetzen. Aber war's das wert? Plötzlich war ihm, als höre er seine Hedwig: „Gib die Kathi dem Michel."

Die Magda kam herein und setzte sich zu ihm.

„Habts alles aufgeräumt?", fragte er.

„Der Michel hat uns geholfen."

„Kann mir schon denken, was du jetzt sagen willst."

„Konrad, ich bitt dich: Geh noch einmal in dich. Willst dein Kind mit dem Krinner wirklich unglücklich machen?"

Weil Konrad nicht gleich lospolterte, fuhr sie fort: „Der Krinner ist alt und ein Griesgram noch dazu. Die Kathi hat das ganze Leben noch vor sich. Ohne Freud würd ihr Leben sein."

„Gegen den Michel hab ich eigentlich gar nix", räumte Konrad ein. „Ist ein tüchtiges Mannsbild. Aber seine Religion. Wie würden mich die Leut denn anschauen, wenn ich die Kathi an so einen geb?"

„Was ist dir wichtiger?", ernst schaute ihn die Magda an. „Dein Kind oder die Leut?"

„Sind nicht nur die Leut. Im rechten Glauben soll sie leben."

„Hör mir doch auf mit so einem Schmarrn! Die Protestanten sind genauso gläubig wie wir. Sogar der Kurfürst hat eine protestantische Frau."

Konrads Widerstand bröckelte. „Aber wie sollt ich dem Krinner überhaupt beibringen, dass er die Katharina nicht kriegt?"

„Dir wird schon was einfallen. Der wird eine andre finden. Eine, die besser zu ihm passt."

Konrad stand auf und schaute aus dem Fenster. Sah Katharina mit dem Michel im Garten stehen. Sah das glückliche Gesicht von seinem Kind.

Er drehte sich zur Magda um. „Ich überleg mir's."

Pranger

Katharina rannte die Treppen im Lebzelterhaus hinauf und klopfte im obersten Stock an die Tür.

Michel öffnete. Als sie so außer Atem vor ihm stand, fragte er voller Sorge: „Waren die Franzmänner wieder bei euch?"

„Die kommen so schnell nicht wieder." Lachend fiel sie ihm um den Hals. „Der Vater hat uns seine Zustimmung gegeben."

„Was? Und das, nachdem wir uns so gestritten haben?"

„Warum er sich's anders überlegt hat, weiß ich auch nicht. Hat nur gesagt, dass ich dich heiraten darf. Komm. Wir gehn zu ihm."

„Meinst, ihm ist's wirklich ernst damit?"

„Ja. Und jetzt komm endlich."

Michel nahm seinen Rock vom Haken und knöpfte ihn zu. Hand in Hand stiegen sie die Treppe hinunter.

Der Hauswart Drexl kam schon wieder aus seiner Wohnung. „Herr Michel. Wann zieht Ihr endlich aus? Die Behörden..."

„Dauert nimmer lang", unterbrach ihn Michel brüsk und verließ mit Katharina das Haus.

Sie gingen durch den Ratsturmdurchgang, immer mehr Menschen schoben sich vom Tal Richtung Schrannenplatz. Katharina drehte sich um und erspähte in der Menge den Gmeiner. Vergaß ihren Widerwillen gegen ihn und rief ihm zu: „Was ist denn plötzlich los? So einen Auflauf hat's doch noch nie gegeben."

Der Gmeiner kam näher, maß Michel mit abschätzigem Blick. Wollte wegen dem Kerl, der ihm so viel Verdruss bereitete, schon weitergehen, gab sich aber dann doch wichtig. „Der Kurfürst hat befohlen, dass die Lechner Apollonia eine halbe Stunde an den Pranger muss. Aus dem Zuchthaus wurde sie hergeschleppt. Zwanzig Karbatschenschläge* soll sie kriegen."

„Da irrst dich bestimmt", widersprach Michel. „Sind doch nicht mehr im Mittelalter."

„Was weißt denn du über unsere Gebräuche? Der Pranger ist in unserer Konstitution festgelegt. Zeit wird's, dass die elende Betrügerin ihre Strafe bekommt", bot ihm der Gmeiner Paroli und verschwand in der Menge.

Michel und Katharina gelangten vor das Rathaus. Eine tobende Menschenmesse hatte sich versammelt und grölte: „Nieder mit der Betrügerin!"

* *Karbatsche: eine Peitsche mit Riemen.*

Apollonia, ein dreckiges, sackleinenes Gewand am Leib, stand mit verfilztem Haar, den Kopf tief gesenkt, auf einer Tribüne vor dem Rathaus. Auf ihrer Brust verkündete ein Schild: „Leutebetrügerin".

„Wie kann man ihr nur so was antun." Katharina kämpfte mit den Tränen. „Wird ja schlimmer behandelt als wie ein Viech."

Ratlos schaute Michel zur Apollonia. „Meinst, es stimmt, was der Gemeiner gesagt hat? Dass der Kurfürst das angeordnet hat?"

„Kann schon sein. Hast ja selber gemerkt, wie's in der Stadt zugeht mit seinen ganzen Verordnungen."

Die Pfiffe und Buhrufe wurden lauter. Ein Kerl hob einen Pferdeapfel vom Boden auf, schleuderte ihn in Richtung der Apollonia.

Der Richter, ein Dokument in der Hand, stieg auf die Tribüne und entrollte das Papier. Die Menge verstummte. Mit lauter Stimme verlas er das gegen die Apollonia gefällte Urteil. Bestätigte, was der Gmeiner gesagt hatte. Dass sie eine halbe Stunde auf dem Pranger ausharren, anschließend zwanzig Karbatschenhiebe erdulden musste.

Apollonia heulte auf und sank auf die Knie. Der Scherge neben ihr zog sie hoch. „Stehen geblieben ist, du elende Betrügerin."

Als Katharina das ausgemergelte, von tiefen Furchen gezeichnete Gesicht der Frau sah, flehte sie Michel an: „Bring mich weg."

Michel führte sie aus der Menge, stumm gingen sie bis zur Rosengasse, stumm gelangten sie in die Hackenstraße. Vor dem Dürnbräu blieb Katharina stehen. „Mit dem Vater reden wir ein andres Mal. Jetzt kann ich nicht."

Als Katharina mit bleichem Gesicht die Küche betrat, hielt die Magda erschrocken mit dem Begießen des Bratens inne. „Was ist denn passiert?"

„Die Apollonia habens an den Pranger gestellt. Grauslig war's, wie alle gejubelt haben."

„War schon immer so, dass sich die Leut übers Unglück von andern gefreut haben." Ungerührt schob Magda den Braten in den Ofen. „Mitleid kennen die nur mit sich selber."

Aussterbkloster

Dumpfe Schläge ließen die Klostermauern erzittern, ein Schwarm Raben erhob sich krächzend in die Lüfte.

„Ich halt's nicht mehr aus!" Der Braumeister Fortunatus klammerte sich an Athanasius. „Viel lieber wär ich mit den anderen fort. Aber sie haben gesagt, dass ich bleiben muss, weil's Bier noch nicht fertig gebraut ist." Er wischte sich mit dem Kuttenärmel übers angstverzerrte Gesicht.

„Sei froh, dass sie dich nicht auch mit dem Wagen weggekarrt haben." Athanasius hob den Kopf. „Hörst, wie sie in der Kirch wüten?"

Sie schlichen aus dem Brauhaus, huschten hinüber zur Kirche, duckten sich hinter einen Mauerrest und beobachteten den Abriss ihres Klosters.

Voller Bitternis stieß Athanaius hervor: „So viele Jahre waren wir hier." Er hob einen Stein mit dem eingemeißelte Gesicht Marias vom Boden auf. „Den behalt ich als Erinnerung an das, was einmal unser Daheim war."

In Windeseile hatte sich die Nachricht vom Abriss des Franziskanerklosters in der Stadt verbreitet. Aus allen Gassen eilten Menschen herbei, Entsetzensschreie durchschnitten die Luft.

In der Menge befand sich auch Michel, der kaum glauben konnte, was er sah. Das Kirchendach war abgetragen, fast alle Gewölbe und Außenmauern hatten Handwerker bereits niedergerissen. Wie ein Gerippe ragten die Mauerreste gen Himmel.

„Eine Schand ist's, was uns der Kurfürst antut", gellte es. „Jagts ihn fort mitsamt seiner Protestantischen!"

„Weg da!" Erbarmungslos schlug ein Gendarm mit dem Knüppel auf die Leute ein.

Einige Männer hakten sich unter, schoben sich ihm wie eine Wand entgegen und kreisten ihn ein.

„Weg da!", schrie der Gendarm erneut. „Ich führe nur Befehle der Obrigkeit aus."

„Hinter der Obrigkeit willst dich verstecken", herrschte ihn ein Bürger an. „Auf uns einprügeln willst?"

„Ich bin doch auch gegen den Abriss. Aber Befehl ist Befehl."

„Hau ab. Und lass dich hier nicht mehr blicken." Eilends suchte der Gendarm das Weite.

Michel hatte Athanasius und Fortunatus hinter dem Mauerrest entdeckt. „Wieso bist noch da?", fragte er den Athanasius. „Hab gehört, dass sie die Mönche ins Aussterbkloster nach Ingolstadt gebracht haben."

„Ohne die Reliquie vom heiligen Antonius geh ich nicht. Und außerdem: Was soll ich denn in einem Aussterbkloster, wo die Behörden nur darauf warten, dass wir endlich das Zeitliche segnen." Er deutete auf den blutdurchtränkten Verband an seinem Fuß. „Die schrecken vor nichts zurück. Damit die Bevölkerung nix mitbekommt, sinds mitten in der Nacht aufgetaucht. Bluthund habens auf uns gehetzt. Nur mit knapper Not konnt ich ihnen entkommen. Sonst wär ich jetzt auch auf dem Wagen."

Michel legte ihm den Arm um die Schulter. „Aber hier kannst nicht bleiben."

„Und was ist mit mir?", jammerte Fortunatus.

„So leid mir's tut, aber du musst bleiben." Bitter lachte Athanasius auf. „Damit die in der Residenz was zum Saufen haben."

„Könntest dich bei mir verstecken", schlug Michel dem Athanasius vor.

„Wie die Geier stehens rum." Athanasius deutete auf den kurfürstlichen Landesdirektionsrat von Schwaiger, den Hofmaurermeister Deigelmeier, den Hutmachermeister Giglberger und den Schuhmachermeister Weinberl. „Haben am meisten für die Überreste geboten und jetzt habens Angst, dass ihnen was auskommt."

„Schon wieder der Weinberl!", erboste sich Michel. „Dass sich der Hundsfott auch überall herumtreibt!"

Der Weinberl hatte Michel schon entdeckt. „Da schau her! Bist also auch da, Protestant elendiger. Bräuchten bloß wieder die Bluthund einsetzen, dann wärst gleich weg."

„Du Mistkerl!" Michel hob die Faust, doch bevor er zuschlagen konnte, zog Athanasius ihn weg. „Ärger mit dem brauchen wir jetzt am Allerwenigsten."

Handwerker, von den Käufern der Klosterüberreste eingestellt, wühlten im Bauschutt, trennten Ziegelsteine, Balken, Kupfer- und Bleirohre, verluden sie auf die Wagen ihrer neuen Besitzer und fuhren davon.

Michel und Athanaius fanden einen Durchschlupf in die verwüstete Kirche.

Einige Seitenpfeiler, als hätten sie sich dem Abriss verweigert, standen noch. Doch die prächtige Uhr, die ihm einst neue Hoffnung gegeben hatte, lag auf dem Boden. Der Anblick des Posaunenengels war grauenhaft: Mit abgetrenntem Kopf befand er sich zwischen den Trümmern, hielt, wie in einem letzten Aufbäumen, die Posaune noch in der Hand.

Handwerker lehnten Leitern an die Mauerreste, stiegen hinauf und droschen mit Pickeln auf Ziegeln und Balken ein.

Athanasius vergaß alle Vorsicht und rief: „In der Höll werdets schmoren."

Einige Balken krachten herab, mit einem Sprung rettete sich Michel zur Seite. Ein Arbeiter stürzte von der Leiter, schlug auf dem Boden auf, blieb mit verrenkten Gliedern liegen.

Helfer eilten herbei und versuchten, den Leblosen aus dem Schutt zu bergen.

„Hilfe!", gellte plötzlich der Schrei des Athanasius. Schon wurde er unter Ziegeln und Mörtelstaub begraben, blutüberströmt ragte seine Hand aus dem Staub.

Michel und Fortunatus eilten ihm zu Hilfe, gruben mit bloßen Händen, legten sein Gesicht frei, wischten den Mörtelstaub weg.

„Hörts auf", keuchte Athanasius. „Lasst mich sterben."

„Versuch aufzustehen und dann nix wie weg!"

„Ich kann nicht."

Mühsam zog Michel ihn hoch. „Stütz dich auf mich. Dann schaffst es."

Schwankend stand Athanasius vor ihm. „Aber wohin soll ich denn gehen?"

„Zu mir."

„Ich will auch mit", greinte Fortunatus.

„Nach dir schau ich später", versprach ihm Michel.

Um sie herum wühlten Handwerker weiter im Schutt, sortierten die verbliebenen Kupferrohre und Eisenstreben aus. Käufer drängten herbei, feilschten um den besten Preis.

Unbemerkt stahlen sich Michel und Athanasius davon.

„Was soll ich denn bei dir?", keuchte Athanasius.

„Jetzt ist's an mir, dass ich mich um dich kümmer."

„Bring mich lieber zum Wundarzt Pitzl. Der wird mich nicht verraten."

„Wennst meinst."

Mühsam schleppten sie sich in die Lederergasse, immer wieder sackten Athanasius die Beine weg. „Halt durch", redete ihm Michel gut zu. „Gleich sind wir da."

Langsam setzten sie einen Fuß vor den anderen, kamen endlich beim Wundarzt an. Michel klopfte fest an die Tür. Pitzl öffnete und Michel schob Athanasius ins Innere des Hauses. „Deine Hilfe braucht er."

Ohne viel Worte führte der Wundarzt Athanasius in die Küche, hörte sich an, was Michel berichtete. „Setz dich", befahl er dem Athanasius. „Schaust ganz schön übel aus." Er drehte sich um zum Michel: „Lass uns jetzt allein."
„Soll ich nicht lieber...?"
„Geh. Beim Arbeiten brauch ich meine Ruh."

Am nächsten Tag stieg Michel leise, damit ihm der Hauswart Drexl nicht wieder zusetzte, die Treppe hinunter. Den Hut tief in die Stirn gezogen, verließ er das Haus, um sich nach dem Athanasius zu erkundigen.

Schreie und Pferdegewieher drangen an sein Ohr. Bauern mit ihren Karren oder Leiterwagen, vollgepackt mit den Habseligkeiten, die ihnen nach den Plünderungen durch die Franzosen noch geblieben waren, rumpelten vom Land in die Stadt, hofften, hier Schutz zu finden.

Michel zwängte sich zwischen den Verzweifelten hindurch.

Auf den Straßen patrouillierten die verhassten Soldaten. Wind brauste durch die Gassen. Wer nicht aus dem Haus musste, blieb daheim. Musste er doch fürchten, bei seiner Rückkehr die Stube verwüstet, Keller und Speicher geplündert vorzufinden.

Michel hatte erfahren, dass über dreihundert französische Offiziere samt Gefolge in Privathäusern einquartiert wurden, dort lauthals Fleisch, Wein und Brot forderten. Getreidevorräte wurden requiriert, Häuser durchsucht und wehe dem, der es wagte, sein letztes Huhn, die letzte Ziege zu verstecken.

Immer dreister wurden die Franzosen. Soffen ganze Weinkeller leer, veranstalteten in Gasthäusern Saufgelage, machten sich dann grölend auf zu Plünderungen.

Vor dem Haus vom Wundarzt Pitzl blieb Michel stehen. Traute sich aus Angst, dass Athanasius vielleicht mit dem Tode rang, nicht anzuklopfen. Sein Blick fiel auf das Bild der schmerzhaften Muttergottes an der Hausfassade. Las darüber den Spruch: „Heil den Kranken". Wunderte sich über die Tafel am Fensterrahmen: „Kistchen zur Belebung todscheinender Ertrunkener". Schließlich gab er sich einen Ruck und klopfte an.

Der Pitzl öffnete und winkte ihn hinein.

„Wie geht's ihm?", erkundigte sich Michel.

„In ein paar Tag ist er wiederhergestellt."

In der Wohnstube setzten sie sich zum Athanasius, der am Tisch langsam eine Suppe löffelte.

„Wenigstens schmeckt's dir wieder", lachte Michel. „Aber ganz schön ramponiert schaust aus."

Athanasius' Gesicht war übersät von Blutergüssen, ein Auge fast ganz zugeschwollen.

„Zum Lachen ist mir nicht zumute." Athanasius ließ den Löffel sinken. „Ich hab mir überlegt, wie's mit mir weitergehen soll."

„Werd erst einmal richtig gesund."

Athanasius presste die verbundene Hand gegen die schmerzenden Rippen. „Wie durch ein Wunder ist keine gebrochen. Heut noch schleich ich mich ins Kloster."

„Bist narrisch geworden!"

„Der Herrgott wird mich beschützen. Ich hab viel nachgedacht. Ich werd beim Fortunatus bleiben. Einfach sagen, dass ich mich mit ihm ums Bier kümmern muss. Wegen einem einzelnen Franziskaner werden die Behörden schon kein Aufsehen machen. Und um die Reliquie kann ich mich dann auch kümmern."

Nachdenklich schaute er den Michel an. „Hätt nie gedacht, dass mir ein Protestant einmal das Leben retten würd."

Dem Pitzl, der bei seiner Arbeit schon zu viel Elend gesehen hatte, war die Religion gleich. Den Glauben an göttliche Gerechtigkeit hatte er längst verloren. In den über dreißig Jahren, die er nun Wundarzt war, hatten sie unzählige leblose Menschen aus der Isar geborgen. Mehr als die Hälfte hatte er wiederbeleben können. Er wusste, wie schwer Armut und Elend ihnen zugesetzt hatten, bis sie keinen anderen Ausweg mehr sahen, als ins Wasser zu gehen.

„Ich bring dich zum Kloster", schlug er Athanasius vor. „Mich kennens und werden nicht weiter nachfragen. Gibt etliche verletzte Handwerker, die ich versorgen muss. Aber deine Kutte musst ausziehn. Sonst erkennens dich gleich. Kannst sie ja später wieder anlegen."

Der Wundarzt holte aus seiner Schlafkammer Jacke, Hose und ein Hemd. Während Athanasius sich umzog, fragte Michel: „Was bedeutet das Schild an deinem Fensterrahmen? Das mit dem Kistchen."

„Das Kisterl brauch ich, wenn ich zu einem gerufen werd, den sie aus der Isar gefischt haben. Ist alles zur Wiederbelebung drin: Bürsten, Tücher, Klistiere und ein Aderlassbesteck. Hab mehrere und verkauf sie auch an andere Ärzte."

Als Athanasius im Gewand vom Pitzl vor ihm stand, wurde Michel schwer ums Herz. „Hoffentlich klappt alles so, wie du es dir vorstellst."

„Ich denk, das Brauhaus werden sie noch eine Weile stehen lassen. Und mit dem Fortunatus werde ich vielleicht drin wohnen können."

Herzlich umarmten sie sich, dann machte sich Michel auf den Heimweg.

Kirchenbuch

Schon seit dem frühen Morgen werkelte Magda in der Wohnstube herum. Wischte mit dem Staublappen über die Kredenz, polierte den Eckschrank, fegte den Raum sorgsam aus. Sogar eine frisch gebügelte Schürze hatte sie umgebunden und einen Strauß Blumen in eine Vase gesteckt. Heute erwarteten sie einen ganz besonderen Gast.

Wehmütig dachte sie an die Zeit zurück, als die Hedwig noch unter ihnen weilte. Immer fröhlich war sie gewesen, hatte für jeden ein freundliches Wort gehabt. Oft waren Gäste nur auf einen Ratsch vorbeigekommen. Nach Hedwigs Tod war es vorbei damit. Mürrisch und eigenbrötlerisch war Konrad geworden.

Magda zog eine leinene Tischdecke aus dem Kommodenschuber, breitete sie über den Tisch, strich die Bügelfalten glatt und stellte den Blumenstrauß auf den Tisch.

„Was machst denn für ein Getue?", moserte Konrad. „Dem Prediger muss unsre Stube auch so gut genug sein."

„Grantl nicht rum, sondern sag mir, was du ihm anbieten willst."

„Was weiß denn ich, was die noblen Herren trinken."

„Ich glaub, ein Kaffee wär ihm schon recht", schlug Magda vor und deckte das Sonntagsgeschirr auf. „Und von den Schmalznudeln biete ich auch welche an."

Hand in Hand traten Katharina und Michel ins Zimmer.

„Und, Vater?", fragte Katharina. „Bist auch so gespannt, was der Prediger mit uns besprechen will?"

„Hm." Wohl war dem Konrad nicht, dass die Heirat nun endgültig besiegelt werden sollte. Obwohl ihm der Michel gar nicht so übel gefiel, hatte er bis zuletzt gehofft, dass doch noch was dazwischenkommen würd.

„Ich hab gehört, dass er ganz umgänglich sein soll", meinte Michel und setzte sich mit Katharina an den Tisch.

„Hoffentlich sieht niemand, dass der Schmidt bei uns ist", grantelte Konrad weiter vor sich hin.

„Die werden sich daran gewöhnen müssen", entgegnete Michel, „dass Protestanten auch nur Menschen sind."

Zum hundertsten Mal überlegte Konrad, ob's wirklich richtig war, sein Kind einem Lutherischen zur Frau zu geben. Er öffnete den obersten Knopf seines Hemdkragens. „Besser wär's, wir wären zu ihm gegangen. Dann hätt keiner was mitgekriegt."

„Hier ist's mir lieber", widersprach Michel. „Der Schmidt wohnt im Ostflügel der Residenz. Wer weiß, wie steif es dort zugeht."

Konrad zog die Uhr aus seiner Westentasche. „Kurz vor neun ist's. Gleich muss er kommen."

Er öffnete das Fenster und schaute die Straße entlang. Sah den Kabinettsprediger um die Ecke biegen, sah ein paar Männer, die mit dem Finger auf ihn zeigten. Als er einen seiner Stammgäste erkannte, trat er erschrocken zurück. Ging hinaus und wartete im Hausflur auf den Schmidt. Öffnete beim ersten Klopfen die Tür.

„Gott zum Gruß", empfing ihn Konrad und bedeutete dem Prediger, in die Wohnstube einzutreten.

„Gott zum Gruß", erwiderte Schmidt, nahm den Hut ab und trat ein.

Katharina und Michel erhoben sich. „Freut mich, dich kennenzulernen", begrüßte Schmidt Katharina. „Und wir kennen uns ja bereits", wandte er sich an den Michel.

„Wie das?", fragte Katharina erstaunt.

Doch schon forderte Konrad den Kabinettsprediger auf: „Setzens Ihnen doch. Wär Ihnen ein Kaffee recht?"

„Da sag ich nicht Nein. Kommen wir am besten gleich zur Sache", begann Schmidt. „Ihr wollt also heiraten."

Beide nickten. Katharina, sonst nie um ein Wort verlegen, war wegen des vornehmen Herrn nun doch eingeschüchtert. Das lockige Haar sorgsam zurückgekämmt, im feinen Anzug, den steifen Hemdkragen hochgeschlagen, saß er kerzengerade auf dem Stuhl.

„Du weißt, was auf dich zukommt?", fragte er Katharina. „Kann sein, dass deine Heirat nicht allen gefällt."

„Der Athanasius hat's mir gesagt."

„Wer ist das?"

„Ein Franziskaner."

„Ich habe vom Abriss des Klosters gehört."

Katharina wartete auf ein Wort des Bedauerns, als keines kam, fuhr sie fort: „Gesagt hat er, dass, wenn eins von unseren Kindern stirbt, es nicht auf einem ordentlichen Friedhof begraben wird."

„Da kann ich dich beruhigen. Dank unseres Kurfürsten findet nun für alle Protestanten ein ordentliches Begräbnis statt. Bis jetzt konnten es sich nur die reichen Lutherischen leisten, ihre Toten zur Aussegnung nach Augsburg zu bringen und sie hinterher bei uns bestatten zu lassen."

„Aber der Athanasius hat gemeint, dass kein katholischer Geistlicher dazu bereit ist."

„Die Begräbniszeremonie werde ich durchführen." Schmidts ernste Miene wurde noch ernster. „Allerdings muss die Gebühr für das Begräbnis beim zuständigen katholischen Pfarrer entrichtet werden. Anschließend vermerkt er den Namen des Verstorbenen im Kirchenbuch."

Konrad atmete hörbar aus.

„Dann steht der Name vom Kind, gesetzt den Fall, dass es stirbt, im katholischen und nicht im protestantischen Kirchenbuch?"

„So ist es."

Die Erleichterung war Konrad deutlich anzusehen.

„Aber lasst uns nicht vom Schlimmsten ausgehen", fuhr Schmidt fort. „Noch ist ja kein Kind unterwegs. Oder doch?"

Verschämt schüttelte Katharina den Kopf.

„Und mit der Taufe verhält es sich folgendermaßen: Wird es ein Bub, so erhält er die Religion des Vaters. Wird es ein Mädchen, erhält es die Religion der Mutter. Seid ihr willens, eure Kinder gottesfürchtig zu erziehen?"

„Das sind wir."

Einen schönen Streit wird's geben, dachte sich Konrad, wenn jedes Kind einen anderen Glauben hat.

„Und wo soll die Trauung stattfinden?", erkundigte sich Michel.

Bevor der Prediger antworten konnte, trat die Magda mit einem Tablett an den Tisch, stellte es ab und nahm die Kaffeekanne zur Hand. „Darf ich?"

„Sehr gerne."

Mit zitternden Fingern goss sie zuerst dem Schmidt, dann Michel und Katharina ein.

„Für mich nicht", winkte Konrad ab. „Ich trink lieber ein Bier." Katharina gab ihm unterm Tisch einen Stoß.

„Ich nehm doch einen", lenkte er ein.

Magda deutete auf den Teller mit dem Schmalzgebäck, sprach schüchtern zum Schmidt: „Bitte bedient Euch."

Sie konnte es kaum fassen, dem Prediger von Angesicht zu Angesicht gegenüberzustehen. Er war so ganz anders, als wie die Leut daherredeten. Von wegen er wär schroff und hochnäsig. Etwas unnahbar wirkte er zwar schon, wie er so steif auf dem Stuhl saß. Aber seine blauen Augen waren doch ganz freundlich.

„Wenn Ihr noch etwas braucht, dann lasst mich rufen." Sie ging hinaus und presste ihr Ohr fest gegen die Tür.

Schmidt brach ein Stück von der Schmalznudel ab, schob es sich in den Mund, nahm einen Schluck vom Kaffee.

„Die Trauung wird in einer Privatwohnung stattfinden. Auf die Zeremonie in einer katholischen Kirche müsst ihr verzichten. Aber vor dem Gesetz seid ihr dann Mann und Frau."

Dem Konrad war es ganz recht, dass das Ganze ohne großes Gewese über die Bühne gehen sollte. Je weniger davon mitbekamen, umso besser.

„Doch vorher muss ich wissen: Ist eure Liebe stark genug, um alle Schwierigkeiten zu überwinden? Seid ihr gewillt, bis an euer Lebensende gegenseitige Treue zu bewahren?"

Katharina und Michel fassten sich an den Händen, sprachen einmütig ihr „Ja".

„Und wie steht es mit Euch? Werdet Ihr Eurem Kind auch nach der Trauung ein guter Vater sein?"

Als Konrad in die flehenden Augen Katharinas blickte, gab auch er sein „Ja".

Die Magda, die draußen alles mitgehört hatte, unterdrückte einen Jubelschrei.

Froh, das Gespräch hinter sich gebracht zu haben, stand Konrad auf und entnahm dem Eckkasten eine Flasche Obstler. „Darauf stoßen wir an. Oder mögt Ihr keinen Schnaps?"

„Doch, doch."

Konrad stellte Gläser auf den Tisch und füllte sie. „Trinken wir darauf, dass alles sich zum Guten wendet."

Nachdem Schmidt sein Glas geleert hatte, wurde seine strenge Miene umgänglicher.

„Ich habe bemerkt", sprach er zum Konrad, „dass Euch die Zustimmung zur Heirat nicht leichtgefallen ist."

Katharina presste die Lippen aufeinander, hoffte, dass der Vater jetzt nicht alles noch verdarb.

„Unsere religiösen Ansichten", fuhr Schmidt fort, „sollen uns nicht entzweien. Auch bei unterschiedlicher Religion kann man ein ehrlicher Mann und ein guter Christ sein."

„Der Meinung bin ich auch", entgegnete Michel anstelle vom Konrad.

„Mir ist zu Ohren gekommen", wandte Schmidt sich ihm zu, „dass Euer Bürgerrecht noch auf sich warten lässt."

„Lange kann es nicht mehr dauern. Ein Magistratsmitglied hat mir anvertraut, dass ich es bekommen werde."

Konrad füllte die Gläser erneut. Nach dem zweiten Schnaps röteten sich die Wangen des Predigers. Er taute sichtlich auf, lehnte sich entspannt im Stuhl zurück.

„Eigentlich ist er gar nicht so übel", flüsterte Konrad Katharina zu.

„Nun muss ich aber aufbrechen." Schmidt erhob sich. „Um die Hochzeitsformalitäten werde ich mich kümmern."

„Dann soll's so sein", entgegnete Konrad und begleitete den Kabinettsprediger hinaus.

Riegelhaube

Kaum hatten Konrad und der Kabinettsprediger den Raum verlassen, legte Michel seine Hände um Katharina und wirbelte sie herum. „Heiraten können wir! Endlich heiraten."

Voller Begeisterung klatschte sie in die Hände. „Jetzt müssen wir uns nicht mehr vor den anderen verstecken." Sie zog Michel an sich und drückte ihm einen Kuss auf die Lippen.

Konrad kam herein und schimpfte gleich los: „Damit wartets, bis ihr verheiratet seids."

„Jetzt sei halt nicht so." Katharina wollte ihn umarmen, rasch wich er einen Schritt zurück. „Freu dich doch mit mir. Du verlierst mich doch nicht. Nach der Hochzeit komm ich dich auch ganz oft besuchen."

Konrad brummte vor sich hin und verließ die Stube. „Dass er auch nie ein gutes Wort übrig hat." Enttäuscht räumte sie das Kaffeegeschirr aufs Tablett.

„Lass ihm etwas Zeit. Er muss sich erst an den Gedanken gewöhnen, dass du nicht mehr im Haus bist."

„Wenn er später etwas braucht, helfen wir ihm dann? Ich sorg mich, weil er in letzter Zeit gar so schwer schnauft."

Michel nahm ihr das Tablett ab, stellte es wieder auf den Tisch und schloss sie in seine Arme. „Natürlich helfen wir ihm. Und besuchen kannst ihn, so oft du willst. Nie werde ich über dich bestimmen."

Nachdem Michel sich verabschiedet hatte, betrat Katharina die Küche. „Und? Wie wars's?", fragte die Magda mit Unschuldsmiene.

„Ist alles geregelt." Katharina strahlte übers ganze Gesicht. „Und der Vater hat seine Zustimmung gegeben."

Jetzt drückte auch die sonst so spröde Magda Katharina fest an sich. „Ich freu mich ja so für dich. Hab doch gemerkt, wie dein Herz am Michel hängt."

„Weißt was? Jetzt geh ich zur Carlotta und erzähl ihr alles."
Auf der Straße musste Katharina an sich halten, um nicht vor lauter Übermut zu singen. Jetzt wollte sie unbedingt der Carlotta von ihrem Glück berichten. Sie obendrein um etwas bitten. Die Trauung würde zwar bescheiden ausfallen, auf ein prächtiges Hochzeitsgewand musste sie verzichten, doch eine neue Riegelhaube wollte sie unbedingt. Und niemand konnte schöner sticken als ihre Freundin.

„Grüß dich, Carlotta. Es klappt!", rief Katharina gleich an der Tür des Bortenladens. „Wir können heiraten! Der Kabinettsprediger traut uns."

Carlotta legte ihre Stickerei beiseite. Katharina bemerkte ihr trauriges Gesicht. „Bin ich dumm!", versuchte sie ihre achtlosen Worte wieder gutzumachen. „Ich weiß doch, wie gern du den Michel hast."

„Das ist längst vorbei." Carlotta beugte sich wieder über den Stramin, stach mit zitternden Fingern die Nadel durch den Stoff. So richtig gönnte sie Katharina ihr Glück nicht. Doch sie hätte ohnehin keine Chance gehabt. So arm wie sie war, hätte der Michel sie sowieso nicht wollen.

Katharina zog einen Schemel heran und setzte sich. „Kannst dich nicht ein bisserl freuen für mich?"

„Doch, doch."

„Bei unserem Hochzeitsessen musst unbedingt dabei sein. Vielleicht bring ich sogar die kranke Tante dazu, dass sie kommt."

„Auf mich musst verzichten." Den Gedanken, Katharina und Michel vereint zu sehen, konnte Carlotta nicht ertragen.

„Aber ich wünsch mir so, dass du an dem Tag bei mir bist."

„Ich überleg mir's noch."

„Und um etwas wollt ich dich bitten: Dass du mir eine Riegelhaube machst. Weißt schon. So eine schön bestickte, mit Perlen drin."

„Das dauert aber." Dass sie für sich heimlich an einer Haube gestickt hatte, als sie noch hoffte, den Michel für sich zu gewinnen, behielt sie für sich. Den schönsten Stoff hatte sie heimlich abgezwackt, einige Goldfäden in ihrer Kammer versteckt und nachts bei Kerzenschein daran gearbeitet. Fertig geworden war die Haube nie. Doch was brachte es, wenn sie dem ewig nachhing?

„Mir fällt etwas ein." Carlotta stellte eine Leiter an die deckenhohe Stellage und stieg einige Sprossen hinauf. Durchsuchte einige Schachteln und kam mit einer wieder herunter. Hob den Deckel ab und nahm eine Haube in die Hand. „Die haben wir vor ewigen Zeiten für eine durchreisende Dame gemacht. Abgeholt hat sie sie nie. Die ganze Arbeit war für umsonst und verdient dran war auch nix. Gefällt sie dir?"

Verzückt drehte Katharina die Haube in den Händen. „Genauso eine hab ich mir gewünscht." Sie steckte den Zopf zurück, probierte das Prachtstück an und besah sich im Spiegel.

„Und? Steht sie mir?"

„Wunderschön bist."

„Meinst, der Michel ist dann stolz auf mich?"

Carlotta verdrängte ihren Seelenschmerz. „Weißt was? Ich schenk sie dir. Ist mein Hochzeitsgeschenk für dich."

Herzlich drückte Katharina Carlottas Hände. „Bist die beste Freundin, die ich mir denken kann. Aber ist die Kreszenz damit einverstanden?"

„Die Mutter braucht's nicht zu wissen."

„Dann haben wir zwei noch ein Geheimnis. Jetzt bringt uns nix mehr auseinander."

„Komm in ein paar Tag wieder. Ich stick noch ein paar Perlen hinein."

Katharina betrat das Dürnbräu und staunte nicht schlecht. Obwohl in letzter Zeit immer weniger Gäste gekommen waren, waren nun alle Bänke und Stühle besetzt.

Als die Gäste sie bemerkten, verstummten die Gespräche.
„Da kommt sie", zischte einer.
„Dass der Konrad so was erlaubt", flüsterte ein anderer.
Konrad, einige Bierseidel in der Hand, bediente mit hochrotem Kopf.
„Was ist denn los?", wollte sie wissen.
„Herumgesprochen hat sich's. Jetzt treibts die Neugier zu uns her."
Schlagartig fiel Katharinas Freude in sich zusammen. Hämisch schauten ihr einige Gäste ins Gesicht.
„Was gibt's zum Gaffen?", fuhr sie die Männer an.
Kopfschüttelnd stand einer auf und verließ das Dürnbräu. Ein andrer trank aus, knallte das Bierseidel auf den Tisch. „Zahlen will ich."
Auf der Bank im Herrgottswinkel steckten ein paar die Köpfe zusammen. Einer lallte hinauf zum Gekreuzigten: „Sauber mitspielen tun sie dir."
Der Seyfried konnte nicht länger an sich halten. „Hörts auf mit dem Gehetz!"
„Aber dass eine von uns einen von denen...", lallte der Besoffene zurück.
„Ja und?", schimpfte der Seyfried. „Unsere Kurfürstin ist doch auch eine Lutherische. Hat viel Gutes für die Stadt getan. Sogar eine Schule eingerichtet, in die auch die Mädel dürfen."
„Zu was soll das gut sein, wenn die Weiber was gelernt haben?", grölte einer. „Aufsässig werdens. Wer kümmert sich dann um die Kinder? Wer stellt uns dann das Essen auf den Tisch? Und überhaupt: Wo soll das hinführen, wenn jeder mit seiner eigenen Religion daherkommt?"
„Der Gottesdienst ist euch eh nicht so wichtig wie hinterher die Rumhockerei im Wirtshaus", bot der Seyfried Paroli.
Katharina flüchtete sich in die Küche.
Konrad lehnte blass an der Wand und presste die Hand gegen die Rippen. Immer wenn er sich aufregte, wurden die

Schmerzen in seiner Brust schlimmer. So schlimm, dass ihm ganz schlecht davon wurde.

Dankesschreiben

Alle Ratsmitglieder hatten sich bereits zur außerordentlichen Sitzung versammelt und warteten auf den Stadtoberrichter Sedlmayr. Dringend sei es, hatte er verlautbaren lassen.

„Und das bei der vielen Arbeit, die mir die Behörden wegen der neuen Verordnungen aufbürden", klagte der Krinner.

„Bin bloß gespannt, mit welcher Nachricht er heut wieder daherkommt", moserte der Senftl. „Bestimmt ist der Beschluss durch, dass uns die Gerichtshoheit entzogen wird."

„Acht Uhr ist schon vorbei", stellte Seyfried fest. „Ist doch noch nie vorgekommen, dass unser Oberrichter zu spät kommt."

„Ob auch er was fürs Zuspätkommen zahlen muss?", fragte der Senftl in die Runde.

Der ganz bestimmt nicht, dachte sich der Gmeiner. Aussprechen wollte er es nicht. Die eigene Meinung kundtun, in einer Zeit in der alle überwacht wurden? Er doch nicht! Bloß froh war er, dass die Sache mit dem Michel nicht aufgekommen war. Selbstgefällig strich er über seinen Bauch, der, seit er die Sorge wegen der Carlotta los war, wieder an Umfang zugenommen hatte.

„Bestimmt geht es wieder um den Michel", mutmaßte der Seyfried. „Dabei haben wir unsere Zustimmung doch gegeben. Aber wer weiß, was dem Kurfürst noch eingefallen ist."

Nach weiteren zehn Minuten machte sich Unruhe breit. „Wo er bloß bleibt", sorgte sich der Seyfried. „Ob ihm was passiert ist?"

Endlich betrat der Stadtoberrichter den Saal. Nichts war mehr zu sehen von den Sorgenfalten auf seiner Stirn.

„Meine Herren", begann er. „Zuerst möchte ich mich für mein Zuspätkommen entschuldigen. Auf meinem Weg hierher musste ich mich noch um einen Rechtsfall kümmern."

„Was war denn los?", wollte der Gmeiner wissen.

„Laut einer kurfürstlichen Anordnung", erklärte Sedlmayr, „müssen beim Umbau eines Hauses die alten Bretter sorgsam an der Hauswand aufgeschichtet werden, damit Vorübergehende keinen Schaden erleiden und sich die Armen von dem Holz nehmen können, um ihre Öfen zu beheizen. Trotz dieser Anordnung hat ein Hausbesitzer die Bretter einfach auf den Gehweg geworfen. Das musste unverzüglich geahndet und mit einer Geldstrafe belegt werden."

„Hoffentlich kommt er bald zur Sache", raunte der Senftl seinem Sitznachbarn zu.

„Doch nun zum Grund unserer heutigen Sitzung." Lächelnd nahm der Stadtoberrichter ein Dokument zur Hand. „Ich werde nun ein Schreiben unseres erlauchten Kurfürsten verlesen."

Gespannt richteten sich alle Augen auf ihn.

„Sein Schreiben lautet folgendermaßen: ‚Das allgemeine Beste, nicht bloße Gunst für den Handelsmann Michel, hat mich bewogen, auf dessen Aufnahme als Bürger zu dringen.'"

„Wieso das allgemeine Beste?", unterbrach ihn der Senftl.

„Wart's doch ab", befahl der Seyfried.

„Dem Stadtoberrichter Sedlmayr gebe ich den Auftrag", verlas der Richter weiter, „dem Magistrat meine Freude zu bezeugen über seine Bereitwilligkeit meinem Wunsche nachzukommen. Sie ist mir ein neuer Beweis der Liebe, welche der Magistrat, wie auch die gesamte Bürgerschaft für mich hegen."

„Liebe!" Der Senftl wollte sich gar nicht mehr beruhigen. „Von Liebe kann gar keine Rede sein."

„Sei endlich still", fuhr ihn der Seyfried an.

„Weiß der denn nix von den Umtrieben gegen ihn?", wunderte sich der Senftl.

Laut las Sedlmayr weiter: „Ich löse die persönliche Responsibiltät der Magistratsglieder auf in der Zuversicht, dass, wenn übeldenkende Menschen die Ruhe stören wollten, die rechtschaffenen Bürger Münchens mit ihren Oberhäuptern mir gute Hülfe leisten werden. Nymphenburg, den 30. Juli 1801. Max Joseph Churfürst."

„Jetzt sind wir unsere Verantwortung endgültig los", meinte der Seyfried erleichtert.

„So ist es", bekräftigte der Stadtoberrichter. „Der Einbürgerung des Weinwirts Johann Balthasar Michel steht somit nichts mehr im Wege. Lasst uns allen Streit begraben und befassen wir uns mit den Aufgaben, die noch vor uns liegen."

Den Krinner wurmte es ganz gewaltig, dass der Michel jetzt doch sein Bürgerrecht bekam. Die Katharina hatte ihn nicht wollen und jetzt bekam der Kerl auch noch recht.

Der Gmeiner war einfach froh, dass er ungeschoren davongekommen war. Auch der Senftl moserte nicht mehr. Wusste um die Pamphlete gegen den Kurfürsten, die schon auf ihre Verbreitung warteten.

Weizen

Nach den Unwettern der letzten Tage strömten die Leute heute zahlreicher als sonst in die Kirche. Erbaten von Gott Schutz vor Sturm und Hagelschlag.

Kaum war der Gottesdienst in Sankt Peter zu Ende, eilte Ottilie, die Frau vom Seyfried Lorenz zu ihrer Freundin, der Adelheid.

„Hast es schon gehört? Bald heiratet eine von uns einen Lutherischen."

„Was?" Aufgebracht fuhr die Adelheid mit dem Finger unter ihr Kropfband und kratzte sich am Hals. „Von wem hast das?"

Unauffällig deutete Ottilie zu ihrem Mann, der auf dem Kirchplatz mit einigen Ratsmitgliedern beieinanderstand. „Von ihm. Die Katharina vom Dürnbräu ist's."

„Das glaub ich nicht. Die war doch immer so eine Stolze. Hat auf der Straße kaum jemanden gegrüßt."

„Hat sich immer für was Besseres gehalten." Missgünstig verzog Ottilie die Lippen. „Nachgeschaut haben ihr die Mannsbilder trotzdem."

„Aber genommen hat sie keinen. Und jetzt so was!", fauchte die Adelheid so laut, dass sich die Männer zu ihr umdrehten. Sie senkte die Stimme. „Und wer traut sie?"

„Der Lorenz hat gemeint, der Prediger von der Carolin."

„Geschieht ihr ganz recht", kicherte die Adelheid. „Der soll ja mit dem Teufel verbandelt sein."

Ottilie zog ihren Umhang fester um die Schultern. „Aber halt den Mund. Der Lorenz will kein Getratsch."

Langsam lösten sich die Gruppen auf. Die Männer eilten auf ein Bier ins Wirtshaus, die Frauen heim, damit sie den Sonntagsbraten noch rechtzeitig auf den Tisch brachten.

Schnell hatte die Adelheid unter dem Siegel der Verschwiegenheit alles herumerzählt. Der Nachbarin, der Eierfrau, der Händlerin vom Gemüsestand. Die Empörung unter den Weibern war groß.

Unruhe unter den Bürgern machte sich breit, denn wie eine Schlinge legten sich die Bestimmungen Max Josephs um die Stadt. Bettler wurden verjagt, Hurenhäuser ausgehoben, Klöster niedergerissen. Die Aufständischen wurden renitenter, schlugen immer mehr Pamphlete an die Hauswände, riefen zum Widerstand gegen die Staatsmacht auf.

Um der Unruhe Herr zu werden, jagte ein kurfürstlicher Erlass den nächsten. Das Militär wurde eingesetzt, griff unbarmherzig zu.

Von alledem bekam Michel nur wenig mit. Der Kauf der Weingaststätte war endlich abgeschlossen, Hals über Kopf hatte der Rasp die Stadt verlassen.

So sehr Michel ihn auch bedauerte, weil ihm die Franzosen so übel mitgespielt hatten, für ihn selbst war's eine glückliche Fügung gewesen. Sonst hätte der Rasp vielleicht nie an ihn verkauft.

Nun ließ Michel Handwerker anrücken. Hieß sie im oberen Stock neue Dielen verlegen, die Wände weißeln. Die Räume sollten nach den Wünschen Katharinas eingerichtet werden. Wohl sollte sie sich fühlen in ihrem neuen Heim. Den Kauf eines herrschaftlichen Hauses hatte er erst einmal verschoben.

Umso mehr wunderte sich Michel, als ihm der Kurfürst durch einen Schreiber ausrichten ließ, er habe sich in der Residenz einzufinden.

Beklommen saß Michel im Vorraum des kurfürstlichen Kabinetts. Dass Max Joseph ihn herbestellt hatte, und das auch noch um sechs Uhr in der Früh, konnte nichts Gutes bedeuten. Hatte es sich der Kurfürst mit dem Bürgerrecht doch noch anders überlegt? Michel drehte seinen Hut in den Händen, rückte den steifen Hemdkragen zurecht.

Die Kanarienvögel in der Voliere hüpften von Stange zu Stange, trällerten fröhlich vor sich hin.

„Komm rein", begrüßte ihn Max Joseph an der Tür des Kabinetts.

Michel ging auf ihn zu, wunderte sich, dass der Kurfürst ihm lächelnd die Hand reichte.

Bestimmt will er mich nur trösten, schoss es ihm durch den Kopf. Er verbeugte sich, trat mit einem „Gott zum Gruß" ein und setzte sich, weil der Kurfürst ihm den Rücken zukehrte und die zahlreichen Uhren an der Wand betrachtete, auf den Stuhl vor dem Schreibtisch.

Max Joseph rückte die Uhrenzeiger zurecht, verglich sie dabei immer wieder mit seiner Taschenuhr.

Michel konnte die Anspannung kaum noch ertragen. Endlich, nachdem er die siebte Uhr kontrolliert hatte, schien der Kurfürst zufrieden und drehte sich um. „Geschafft."

Meinte er die Uhren oder die Entscheidung des Magistrats?, überlegte Michel.

„Du hast dein Bürgerrecht", verkündete Max Joseph zufrieden.

Vor Erleichterung brachte Michel kein Wort heraus.

„Aber raffiniert sind die Ratsmitglieder schon", fuhr der Kurfürst fort. „Um dir eins auszuwischen, haben sie die Gebühr dafür unglaublich hoch angesetzt. Aber ich denke, bei deinen Geldmitteln dürfte dir das egal sein."

Michel fand seine Stimme wieder. „Und ich bekomme das Bürgerrecht wirklich?"

„So ist es. War ein schwerer Kampf. Doch es hat gezeigt, wie wichtig es ist, dass ich meine Macht gegen alle Widerstände durchsetze. Dies gilt auch für die Gleichstellung der Religionen, die ich in Kürze mit einem Religionsedikt verfügen werde. Wie sonst sollten Ruhe und Ordnung im Lande herrschen?"

Max Joseph schmunzelte. „Und dabei haben sie gedacht, sie könnten dich mit der Gebühr abschrecken."

„Wie hoch ist sie denn?"

„470 Gulden und sieben Kreuzer. Soviel wie 95 Zentner Weizen kosten."

Jetzt musste auch Michel schmunzeln. „Werde es schon verkraften." Er beugte sich zum Kurfürsten. „Natürlich gilt unsere Abmachung. Und auf die Rückzahlung des restlichen Geldes kann ich noch eine ganze Weile warten."

Max Joseph nahm eines seiner Malteserhündchen auf den Arm, kraulte es bedächtig hinter den Ohren.

In bestem Einvernehmen blickten sich die beiden Männer an.

„Ich stehe tief in Eurer Schuld", bekannte Michel und nahm, weil er wusste, wie sehr Max Joseph seine Hunde liebte, einen auf den Arm und streichelte ihn.

„Du warst nur der Auslöser für den ganzen Eklat", erklärte der Kurfürst. „Die Gleichstellung der Konfessionen ist mir seit Langem ein wichtiges Anliegen. Und nun: Gehab dich wohl."

Michel setzte das Hündchen wieder auf den Boden und verließ mit einer tiefen Verbeugung das Kabinett.

Wie benommen stand Michel auf der Straße. Nur langsam wurde ihm bewusst, dass sein Kampf ein Ende hatte. Endlich besaß er sein Bürgerrecht. Jetzt drängte es ihn zur Katharina.

Da er die Vordertür des Dürnbräu noch verschlossen fand, ging er nach hinten in den Garten. Die Magda hängte gerade Wäschestücke auf die Leine.

„Hast du mich erschreckt!", rief sie. „Was willst denn schon in aller Früh?"

Michel umschlang sie mit beiden Armen und hob sie hoch. „Bist noch gescheit!"

Behutsam ließ er sie wieder herab. „Ich war gerade beim Kurfürst. Jetzt ist es amtlich: Ich habe mein Bürgerrecht."

Verdattert setzte sich die Magda auf die Bank. „Stimmt's wirklich? Oder erlaubst dir nur einen Spaß mit mir?"

„Das würde ich nie tun. Wo du immer zu uns gehalten, sogar dem Konrad gut zugeredet hast."

Gerührt wischte sich die Magda über die Augen. „Geh schnell ins Haus. Die Kathi ist in der Küche."

Täubchen

Noch nie hatte Michel Katharina so glücklich gesehen wie in dem Moment, als er ihr vom Ende all seiner Probleme berichtete. Nun wollte er seinem Freund Anton die frohe Kunde überbringen, dass auf Geheiß des Kurfürsten der Religionskampf bald der Vergangenheit angehören würde. Und zum Hochzeitsschmaus im Dürnbräu wollte er den Anton mit seiner Sieglinde ebenfalls einladen. Beschwingt machte er sich auf den Weg.

In Antons Stube beobachtete Michel, wie sein Freund sorgsam eine Geige stimmte, dem Instrument wehmütige Töne entlockte. „Willst wirklich nicht kommen?", versuchte Michel es noch einmal.

Anton ließ die Geige sinken. „Wie stellst dir das vor? Niemand weiß, dass ich ein Protestant bin. Wenn's aufkommt, was wär dann?"

Bedächtig trank Michel vom Wein, den ihm der Anton hingestellt hatte. „Willst denn ewig mit der Angst leben?"

„Ich halt mich lieber bedeckt. Hab schließlich eine Familie."

Michel nahm noch einen Schluck. „Magst es dir nicht doch noch überlegen. Wäre wirklich schade, wenn an dem Tag meine Freunde nicht bei mir wären."

„Lass es gut sein."

Nur mühsam konnte Michel seine Enttäuschung verbergen. „Meinst, wenigstens der Max und der Ferdinand würden kommen?"

„Das glaub ich nicht." Anton legte das Instrument auf den Werkzeugtisch. „Denen geht's bestimmt so wie mir."

Niedergeschlagen blickte Michel den Anton an. „Können die Katharina und ich dich wenigstens einmal besuchen? Sie soll doch erfahren, wer meine Freunde sind. Und Katharina und deine Sieglinde würden sich vielleicht gut verstehen."

„Warten wir's ab."

Nach dem Besuch beim Anton musste Michel jemandem sein Herz ausschütten. Dass keiner seiner Freunde seinen großen

Tag mit ihm feiern wollte, setzte ihm gehörig zu. Katharina und Konrad hatten an die zwanzig Gäste geladen. Und wer waren seine?

In der Wirtsstube vom Adler Carl nahm er an einem freien Tisch Platz.

Carl, der die gedeckten Tische kontrollierte, die Weingläser prüfend gegens Licht hielt, stellte die Gläser ab und setzte sich zu ihm. „Was schaust so sorgenvoll? Hast immer noch Schwierigkeiten mit dem Magistrat?"

„Meine Behördensache ist geregelt."

„Was ist's dann?"

„Meine protestantischen Freunde wollen nicht zu meinem Hochzeitsessen kommen. Fürchten, dass ihnen dadurch ein Nachteil entsteht."

„Sei ihnen nicht gram", redete ihm der Carl gut zu. „Protestanten müssen schlimme Zeiten durchstehen. Kein Wunder, dass sie vorsichtig sind. Aber jetzt iss erst einmal was. Danach geht's dir bestimmt besser."

Carl ließ das Tagesgericht auftragen: gebratene Täubchen in Buttersoße.

Michel zerteilte das zarte Fleisch, nahm einen Bissen zu sich. So richtig schmecken wollte es ihm nicht. „So langsam mache ich mir Sorgen um die Katharina. Was, wenn sie nach der Hochzeit von allen angefeindet wird?"

„Dass es nicht leicht wird, hast doch gewusst. Doch wenn ihr euch wirklich gut seid, werdet ihr alles überstehen. Die Zeiten werden sich zum Besseren wenden. Zum Glück gibt's den Montgelas, der die Reformen mit aller Macht vorantreibt. War höchste Zeit, dass einer mit dem Besen durchs rückständige Bayern kehrt."

„So unbeliebt wie der ist, glaube ich nicht, dass er die Reformen durchsetzen kann."

„Der schafft es schon. Auch wenn die Bürger wollen, dass alles beim Alten bleibt. Denen ist Neues doch immer supsekt."

Carl schenkte Michel vom Burgunder nach. „Viel hat der Montgelas schon bewirkt. Sogar die Zwangsgerechtigkeit der Tafernwirtschaften aufgehoben, die den Leuten vorschrieb, in welcher Wirtschaft sie ihre Hochzeit feiern dürfen. Jetzt dürfens feiern wo sie wollen, auch bei mir."

Durch die Worte Carls etwas beruhigt, aß Michel nun doch voller Appetit. „So was Gutes bekommt man sonst nirgends."

„Hab nur die besten Köchinnen eingestellt. Und noch etwas Besonderes gibt's bei mir: Von meinen Bediensteten sprechen einige mehrere Sprachen. Letztens war ein Engländer da. Der hat nicht schlecht gestaunt, als er sich mit meinem Lakaien unterhalten konnte."

Carl überlegte. „Ich mach dir einen Vorschlag: Als Geschenk an euch würde ich das Hochzeitsessen ausrichten. Und hinterher könntet ihr im Tanzsaal weiterfeiern."

Michel wischte sich mit der blütenweißen Serviette über den Mund. „Das ist mehr als großzügig von dir. Aber ich glaube, der Konrad will die Hochzeit lieber im Dürnbräu feiern."

„Falls er seine Meinung ändert, sag's mir. Würd mich freuen."

Riechkapsel

Im Dürnbräu waren die Vorbereitungen für die Hochzeit in vollem Gange. Dielen wurden geschrubbt, Tischtücher gewaschen und gebügelt.

Konrad wollte es sich nicht nehmen lassen, am Tag der Hochzeit im Garten einen Ochsen zu braten.

„Ist viel zu umständlich, bis unsre Gäste ihr Essen dann auf dem Teller haben", weigerte sich Katharina. „Besser, wir bereiten alles vor, dann können wir nach der Trauung gleich servieren."

Mit der Magda beratschlagte sie, was sie auftischen wollten.

„Saures Lüngerl", schlug die Magda vor.

„Viel zu gewöhnlich", widersprach Katharina.

„Hab gleich gesagt, ein Ochs am Spieß wär das Beste", versuchte es Konrad noch einmal."

„Hör mit dem Ochsen auf", gab Katharina zurück und beriet sich weiter mit der Magda. „Wie wär's mit einem mit Petersil gefüllten Kalbsbraten. Von unsern Hühnern könnten wir auch ein paar schlachten, am Tag vorher braten und kalt auf den Tisch bringen."

„Ich könnt noch eine Knöcherlsülze und einen Hafen mit Griebenschmalz machen", meinte die Magda. „Dann werden die Leut bestimmt satt."

Wie gerufen tauchte in diesem Moment eine Köchin vom Adler Carl auf. „Ich soll euch ausrichten, dass auch der Herr Adler etwas zu eurem Essen beisteuern möchte. Eine ganze Schüssel gebratener Täubchen werde ich euch bringen. Weil die dem Herrn Michel doch so gut geschmeckt haben."

Katharina nickte ihr freundlich zu. „Richte ihm unseren herzlichen Dank aus."

„Gebratene Täubchen", moserte Konrad, kaum war die Köchin gegangen. „Wer will denn so ein neumodisches Zeug. Der Ochs wär immer noch das Beste."

Er wandte sich an den Michel, der gerade hereinkam. „Geh'n wir hinauf in den Speicher und schauen nach noch mehr Stühlen."

Michel umarmte Katharina, drückte auch noch die verdatterte Magda an sich und stieg hinter Konrad die Treppen hinauf.

Im Speicher deutete Konrad auf die abgestellten Tische und Stühle. „Die bringen wir in den Garten. Wenn's herin zu voll wird, ist draußen auch noch Platz. Aber erst einmal müssen wir das Sach wieder herrichten."

Sie schraubten die wackeligen Tisch- und Stuhlbeine wieder fest und polierten die Tischplatten. Konrad, ein Tuch in der

Hand, ließ sich schwer atmend auf einen Stuhl sinken. Presste die Hand gegen die Brust.

„Was ist mit dir?" Besorgt beugte sich Michel zu ihm.

„Manchmal glaub ich, mir presst's das ganze Herz zusammen."

„Warst schon beim Doktor?"

„Ach geh. Wird bloß das Alter sein." Konrad stand auf und stapelte einige Stühle übereinander.

„Lass. Die trag ich", befahl Michel. „Bleib du noch eine Weile sitzen."

Später, im vollsten Trubel, sah Konrad den Gmeiner in der Wirtsstube sitzen. „Einem Protestanten gibst also dein Kind", stichelte der Gmeiner hin zu ihm.

„Was geht's dich an", keuchte Konrad, dem das Herz schon wieder eng wurde.

„Ich würd nicht wollen, dass meine Nachkommen Lutherische werden", ließ der Gmeiner nicht ab.

Katharina kam aus der Küche und warf dem Gmeiner einen scharfen Blick zu. „Wennst uns nicht in Ruh lasst, dann..."

Der Gmeiner legte das Geld fürs Bier auf den Tisch und ging.

Am Abend eilte Katharina zur Carlotta. Lange hatte es gedauert, bis ihre Freundin sich bereit erklärt hatte, ihr ein neues Kleid für die Hochzeit zu nähen.

„Ich bitt dich inständig", hatte Katharina es immer wieder versucht. „Ich weiß doch, wie gut du nähen kannst."

Stets hatte Carlotta nur traurig den Kopf geschüttelt.

Erst als sie versprochen hatte: „Würd dich auch gut dafür entlohnen", hatte die Kreszenz das Weberschiffchen zur Seite gelegt und versucht, Carlotta zu überreden.

„Wenn sie dich so sehr darum bittet, dann mach's halt. Ich hab sogar noch einen grünen Leinenstoff oben in der Kammer.

Würd ihr gut zu Gesicht stehen. Und beim Nähen könnt ich helfen."

Als Katharina nun den Bortenladen betrat, deutete die Kreszenz gleich zur Treppe. „Kommt mit nach oben, das Gewand ist fertig. Hab's doch ganz alleine gemacht."

In Kreszenz' Kammer schlüpfte Katharina in das Kleid. Drehte sich begeistert vor dem Spiegel. Ein knapp geschneidertes Mieder betonte ihre Taille, weiche Rockfalten umschmeichelten ihre schlanke Gestalt. „Das ist ja so was von schön!"

„Hab's nach den Maßen von der Carlotta geschneidert", verkündete stolz die Kreszenz. „Seids ja gleich groß. Die Carlotta hat derweil die Stickerei gemacht."

Katharina hob den Saum an, bewunderte die blumenbestickte Borte. „So eine schöne hab ich noch nie gesehn."

„Hab mir auch richtig Mühe gegeben." Verschämt senkte Carlotta den Kopf. „Wenn du willst, dann komm ich doch ins Dürnbräu."

Erleichtert atmete die Kreszenz auf.

Katharina entnahm ihrer Rocktasche ein eingewickeltes Päckchen und reichte es ihrer Freundin. „Mein Geschenk für dich."

Vorsichtig entfernte Carlotta das Papier und betrachtete ehrfurchtsvoll die kunstvoll gearbeitete Riechkapsel. Klappte sie vorsichtig an den zierlichen Scharnieren auf.

„Die hat mir die Mutter einmal geschenkt", erklärte Katharina, „damit ich sie mit segensreichen Kräutern fülle. Jetzt soll sie dir gehören. Als Andenken an unsere ewige Freundschaft."

Sie schob der Kreszenz einen mit Münzen gefüllten Beutel hin. „Dank dir recht schön für alles."

An der Tür drückte Carlotta Katharina noch einen Leinenbeutel in die Hand. „Da drin ist die Haube. Ist grad heut Nacht fertig geworden."

Herzenge

Nach dem Besuch bei Carlotta machte sich Katharina auf den Weg zum Dürnbräu. Konnte der Versuchung nicht widerstehen und löste das Schnürl vom Leinenbeutel. Fuhr mit dem Finger über die kunstvoll eingestickten Perlen. Stolz würde Michel auf sie sein. In dem wunderschönen Gewand, mit der prächtigen Haube würde sie beim Kabinettsprediger erscheinen. Beschwingt setzte sie einen Fuß vor den anderen.

Die meiste Arbeit für das Hochzeitsessen war auch getan. Dass der Adler Carl eine seiner Köchinnen, die Vroni, als Hilfe geschickt hatte, war der reinste Segen gewesen. Vor allem, wenn die Magda über ihre schweren Füße vom langen Rumstehen in der Küche geklagt hatte. Die Vroni hatte ihr dann einfach den Rührlöffel aus der Hand genommen und sie aufgefordert, sich hinzusetzen.

Katharina bog in die Hackenstraße ein. Als die Magda ihr entgegenrannte und schrie: „Schnell! Der Vater!", erschrak sich fast zu Tode.

Ohne ein Wort eilte sie mit der Magda ins Haus und hinauf in Konrads Kammer. Mit kreideweißem, eingefallenem Gesicht lag er im Bett. „Vater! Was ist mit dir?", keuchte sie.

Keine Antwort.

Mit sorgenvollem Gesicht stand Michel neben der Bettstatt. „Im Garten ist er zusammengebrochen. Hat übers Herz geklagt, und dass ihm speiübel ist. Mit der Magda hab ich ihn heraufgebracht. Die Vroni holt schon den Doktor."

Bleierne Stille, nur ab und zu unterbrochen von Katharinas Schluchzen, erfüllte die Kammer.

„Warum hast nicht auf ihn aufgepasst?"

Ihr vorwurfsvoller Ton schnitt Michel tief ins Herz. „Was hätt ich denn machen sollen?" Insgeheim machte er sich jedoch schwere Vorwürfe, weil es dem Konrad schon bei der Arbeit auf dem Speicher nicht gutgegangen war.

Wie betäubt saß die Magda auf dem Stuhl. „Alle hätten wir besser auf ihn aufpassen müssen. Hat den ganzen Tag rumgewerkelt, sich nie eine Pause gegönnt. Und dann noch die Aufregung mit der Hochzeit."

„Meinst, ich bin schuld?", flüsterte Katharina.

„Niemand ist schuld", antwortete Michel. „Warten wir erst einmal ab, was der Doktor sagt. Vielleicht ist's nur ein Schwächeanfall."

Katharina streichelte die eisigkalten Hände des Vaters. „Bald kommt der Doktor. Wirst sehen, dann wird alles wieder gut."

Konrad bewegte die Lippen, brachte aber keinen Ton hervor.

„Warum dauert's nur so lang, bis er kommt?" Unruhig ging Katharina in der Kammer hin und her.

Endlich trat der Doktor mit einem „Gott zum Gruß" ein. Schritt ans Bett des Kranken, musterte die blauen Lippen, das eingefallene Gesicht. „Was ist passiert?"

„Im Garten ist er zu Boden gesunken, hat über Schmerzen in der Brust geklagt", berichtete Michel. „Speiübel ist ihm dabei geworden."

Das Gesicht des Doktors wurde ernst. „Gab es vorher schon ähnliche Vorfälle?"

Michel schwieg.

„So richtig wohl ist ihm in letzter Zeit nicht gewesen", schaltete sich die Magda ein. „Hat öfters gesagt, dass er fast keine Luft mehr kriegt."

Der Doktor befühlte Konrads Puls, klopfte ihm Brust und Rücken ab, betastete die Schlagader. Seine Miene wurde noch ernster.

„Ist's was Schlimmes?" Angstvoll schaute Katharina ihn an.

„Seid Ihr die Tochter?" Sie nickte.

Er deutete zum Michel und zur Magda. „Lasst uns allein." Anschließend sprach er so leise, dass Konrad es nicht hören konnte: „Alles deutet darauf hin, dass Euer Vater an einer lebensbedrohlichen Herzenge leidet. Man kann nur hoffen, dass er den Anfall übersteht. Wenn nicht…"

„Was dann?", schrie Katharina auf.

„Ich will ehrlich sein. Herzenge, Übelkeit, und das in seinem Alter… Sein Zustand ist bedenklich. Ich fürchte, dass es bald mit ihm zu Ende geht. Sorgt dafür, dass seine letzten Tage friedliche sind."

„Letzte Tage!" Katharina klammerte sich an den Doktor. „So helft ihm doch."

„Ich lasse Euch eine Medizin da. Gebt ihm vier Mal täglich zehn Tropfen davon. Und legt ihm kalte Umschläge auf die Brust. Wenn es mir die Zeit erlaubt, sehe ich später noch einmal nach ihm."

Katharina sank zu Boden, hörte nicht, wie der Doktor die Kammer verließ.

Sie fühlte sich wie in einem Albtraum. Wich den ganzen Tag nicht von Konrads Bett, wechselte regelmäßig das Tuch auf seiner Brust, flößte ihm von der Medizin ein.

Die Magda schlich mutlos im Haus herum, kniete sich in ihrer Kammer hin, betete für den Konrad. So viele Jahre hatte sie ihm gedient. Jetzt sollte er von ihr gehen? „Ich bitt dich, lass ihn nicht sterben", flehte sie hinauf zum Kreuz. Betete einen Rosenkranz nach dem anderen herunter.

Später setzte sie sich zum Michel in die Küche. Aus seinem Gesicht war jede Farbe gewichen.

„Meinst, der Konrad erholt sich wieder?" Verzagt schaute sie ihn an.

Michel fand keine Antwort. War vor lauter Gewissensbissen keines klaren Gedankens mehr fähig.

Sie brühte einen Tee auf, füllte zwei Becher. „Was wird aus eurer Hochzeit?" Auch hier blieb Michel die Antwort schuldig.

Es wurde Nacht. Der Doktor hatte den Kranken abermals untersucht. „Ich kann Euch wenig Hoffnung machen. Sein

Zustand hat sich verschlechtert. Sorgt dafür, dass immer jemand bei ihm ist."

Nachdem der Doktor das Haus verlassen hatte, setzte sich Katharina an Konrads Bett, strich ihm übers Gesicht, beugte sich über ihn und küsste ihn auf die Stirn.

Flackerndes Kerzenlicht beschien seine eingefallenen Wangen. Er tastete nach Katharinas Hand. „Bald komm ich zu meiner Hedwig."

Ihr schien, als lächele er, bevor er wieder in tiefen Dämmer versank. Mühsam hob und senkte sich seine Brust.

Katharinas Kopf sank aufs Bett und sie schlief ein. Schrak hoch, als sie Konrads leise Stimme vernahm: „Kathi."

Schwer rang er nach Worten. „Bist mir immer das Liebste auf der Welt gewesen. Versprich mir eins …"

„Alles, was du willst, wenn du nur bei mir bleibst."

„Heirat nicht den Protestanten. Ich ertrag's einfach nicht."

Starr vor Schreck schaute Katharina den Vater an. „Das kannst mir nicht antun!"

„Ist mein letzter Wunsch. Versag ihn mir nicht."

Wie betäubt erhob sie sich, stieß dabei die Kerze auf dem Nachttisch um, stellte sie wieder auf. Wie Konrads Lebensfaden war sie fast am Erlöschen.

Sie wusste nicht mehr ein noch aus. Stieß verzweifelt hervor: „Wie kannst mir den Liebsten nehmen?"

„Wirst einen anderen finden, der gut zu dir ist. Einen von uns. Versprich's."

Sie zögerte. Doch als sie Konrads flehenden Blick bemerkte, gab sie nach. „Ich versprech's."

Ein friedlicher Ausdruck trat in sein Gesicht. „Dann kann ich beruhigt gehen. Hol mir den Athanasius."

Magda betrat die Kammer. „Wie geht's …" Beim Anblick der todesbleichen Katharina versagte ihr die Stimme.

„Versprechen …" Weiter kam Katharina nicht.

„Was?"

„Versprechen hab ich ihm müssen, dass ich den Michel nicht heirate."

„Was? Wie?", stieß die Magda heiser hervor. „War doch alles schon geregelt. Und was ist mit dem ganzen Essen?"

Katharina zog sie in eine Zimmerecke. „Und wenn ich den Michel trotzdem heirate?"

„Das kannst nicht machen. Ein Versprechen am Totenbett ist heilig."

„Aber er würd's nach seinem Tod doch gar nicht merken."

„Kind! Versündige dich nicht. Vom Himmel wird er herabschauen auf dich! Und jetzt geh zum Michel. Er sitzt in der Küche. Am besten, du sagst es ihm gleich."

Gebeugt ging Katharina hinaus. Jetzt mit dem Michel reden? Dazu hatte sie keine Kraft.

Im Garten setzte Katharina sich auf die Bank. „Was hast mir angetan?", warf sie stumm dem Vater vor. „Mein ganzes Glück hast mir genommen." Düster sah sie ihre Zukunft vor sich. Einen anderen heiraten? Nie im Leben. Lieber wollte sie ledig bleiben.

Sie ging zurück ins Haus und öffnete die Küchentür.

„Wie geht's ihm?", fragte Michel. Wollte, als sie sich neben ihn setzte, den Arm um sie legen.

Sie wich zurück, faltete die Hände auf dem Schoß, presste die Finger fest ineinander. „Der Vater hat gesagt, dass ich dich nicht heiraten soll."

Der liebevolle Blick des Michel wurde zu purem Entsetzen. „Aber er war doch einverstanden."

„Ist sein letzter Wunsch." Unter heftigem Schluchzen stieß Katharina hervor: „Ich bitt dich, geh."

Voller Unverständnis schüttelte Michel den Kopf. „Ist das dein Ernst? Willst mich wirklich verlassen?"

„Hab doch keine andere Wahl."

„Und wenn wir eine Zeit warten?"

„Wird nix ändern. Bitte geh."

Michel stand auf, fragte todernst: „Ist das wirklich dein Wunsch?"

„Ja", hauchte sie mit letzter Kraft.

An der Tür drehte er sich noch einmal um. So sehr ihn Katharina dauerte, der Zustand Konrads ihm ins Herz schnitt, bemächtigte sich seiner eine tiefe Empörung. „Mein Leben hätt ich für dich gegeben. Aber spielen lass ich nicht mit mir."

Laut fiel die Tür hinter ihm ins Schloss.

Katharina legte die Arme auf den Tisch und vergrub das Gesicht in den Händen.

Knöcherlsülze

Am nächsten Tag stand die Magda ratlos in der Küche. „Was sollen wir nur machen? Die Wirtsstube ist voll."

Katharina, dunkle Schatten unter den Augen, überlegte. „Ich bediene. Irgendwie muss es ja weitergehn."

In der Wirtsstube bot sie als Mittagsspeise gebratene Täubchen, gefüllten Kalbsbraten und Knöcherlsülze an.

Zurück in der Küche fragte sie die Magda, die am Herd das Essen warmhielt: „War der Athanasius schon da?"

„Ist grad oben."

„Gibt er ihm den letzten Segen?"

„Weiß ich nicht. Hat mich hinausgeschickt."

Stumm schichtete Katharina das Essen aufs Tablett.

Athanasius schaute zur Tür herein, nickte ihr zu. Katharina hob den Kopf. „Wie steht's um ihn?"

„Ich komm später wieder", antwortete er kurz angebunden und verließ die Küche.

Katharina bediente, beachtete nicht die verwunderten Blicke der Gäste, die bei ihrem kummervollen Gesicht nicht wagten, das Wort an sie zu richten.

Nachdem sich die Wirtsstube geleert hatte, räumte sie mit der Magda auf und putzte den Herd.

„Magst nicht hinaufgehen zu ihm?", drängte die Magda.

„Ich kann nicht. Geh du."

„Wirst es bitter bereuen, wenn er ohne ein versöhnliches Wort von dir sterben muss."

„Ich kann nicht."

Am Abend betrat Katharina dann doch Konrads Kammer, wechselte wortlos die Umschläge auf seiner Brust, schob ihm ein Kissen hinter den Rücken.

„Kathi", begann er leise.

„Lass es gut sein." Sie träufelte von der Medizin auf einen Löffel, hielt ihn an Konrads Lippen. Gehorsam schluckte er.

„Kathi."

Sie wandte sich ab.

Die Tür ging auf und Athanasius kam herein. „Lass uns allein."

„Kann ich mit dir reden?"

„Jetzt nicht. Ich komm nachher zu dir"

In ihrer Kammer öffnete Katharina die Truhe, nahm das Bild der heiligen Hildegard hervor und flehte: „Hilf mir, ich bitt dich, hilf."

Trüb flackerten die Kerzen.

Leise betrat Athanasius das Zimmer, zog einen Schemel heran und setzte sich zu ihr.

„Wie kann der Vater mir..."

„Still, mein Kind."

Mühsam kämpfte sie gegen ihre Tränen.

Athanasius ordnete die Falten seines Habits. „Ich habe mit ihm geredet. Ihm immer wieder das Gleiche gesagt." Liebevoll schaute er ihr in die Augen. „Am End hat er seine Zustimmung gegeben. Mit seinem Segen kannst den Michel heiraten."

Katharina sprang auf. „Ist's wirklich wahr?"
„So wahr wie ich hier sitze."
Sie sank auf den Stuhl zurück. „Aber jetzt ist's zu spät. Der Michel hat sich abgewandt von mir."
„Kind..." Begütigend strich Athanasius ihr über den Kopf. „Der Michel würde sich nie abwenden von dir. Geh jetzt zum Vater und versöhn dich mit ihm. Und dann gehst zum Michel."
So schnell sie konnte, eilte Katharina in Konrads Kammer.

Still wurde die Hochzeit beim Kabinettsprediger begangen. Außer Michel und Katharina waren nur der Adler Carl und die Magda anwesend.

Hand in Hand verließen Katharina und Michel nach Schmidts Segen als Eheleute den festlich geschmückten Raum.

Michel führte mit Erfolg als erster Protestant, der in München das Bürgerrecht bekam, seine Weingaststätte in der Rosengasse. Katharina half ihm dabei und ging, so oft es ihre Zeit erlaubte, auf den Alten Südfriedhof und legte Blumen auf Konrads Grab.

Nachwort

Die Zeit um 1800 war eine Zeit des Umbruchs. Kurfürst Max IV. Joseph – der spätere König Maximilian I. Joseph – wollte mithilfe seines Ministers Maximilian von Montgelas Bayern reformieren. Dies hatte weitreichende Folgen auch für München: Dem Magistrat der Stadt und dem Klerus wurden Befugnisse entzogen, Klöster aufgelöst, Mönche umgesiedelt. Hinzu kamen zahlreiche neue Gesetze, um den Beamtenapparat zu straffen und die Gleichstellung der Konfessionen voranzutreiben.

In meinem Roman wollte ich die damaligen Zustände in der Stadt schildern, die geprägt waren vom Religionskampf zwischen Katholiken und Protestanten. Ein Kampf, in den auch Johann Balthasar Michel hineingezogen wurde, der 1801 als erster Protestant das Münchner Bürgerrecht erhielt. Seine Grabstätte befindet sich auf dem Alten Südlichen Friedhof.

Ich habe mir die schriftstellerische Freiheit genommen, zwei Ereignisse vorzuziehen: Die Auflösung des neben der Residenz gelegenen Franziskanerklosters fand erst zwischen 1802 und 1803 statt, die Wallfahrt nach Andechs 1802.

Über die historische Figur des Johann Balthasar Michel gibt es in der einschlägigen Literatur nur spärliche Hinweise. Und so habe ich mir auch hier die Freiheit genommen, mir vorzustellen, wie es ihm gelang, trotz aller Widrigkeiten, die ihm entgegenschlugen, das Bürgerrecht zu erhalten und eine Weinwirtschaft in der Rosengasse zu eröffnen.

Literatur und Quellen

- Adalbert Prinz von Bayern: Als die Residenz noch Residenz war, München 1982.
- Richard Bauer: Geschichte Münchens. Vom Mittelalter bis zur Gegenwart, München 2003.
- Anton Baumgartner: Polizey-Uebersicht von München: vom Monat Dezember 1804 bis zum Monat April 1805, Erstauflage 1805, Neuauflage Braunschweig 1991.
- Evangelisch-lutherisches Dekanat München (Hrsg.): Evangelische Diaspora in Altbayern. Werden und Wachsen in Wort und Bild, München 1951.
- Geschichte der ersten Bürgeraufnahme eines Protestanten in München. Ein Beitrag zur Charakteristik der Baierischen Landstände mit Urkunden, Erstauflage 1801, Neuauflage München 1976.
- Andreas Gößner: Evangelisch in München. Spuren des Protestantismus von der Reformationszeit bis zum Beginn des 19. Jahrhunderts, München 2017.
- Manfred Peter Heimers: Die Trikolore über München. Vorgeschichte, Ablauf und Folgen der französischen Besetzung 1800/1801, München 2000.
- Marcus Junkelmann: Montgelas. „Der fähigste Staatsmann, der jemals die Geschicke Bayerns geleitet hat", München 2015.
- Königlich baierischer Polizey-Anzeiger 1801.
- Churpfalzbaierisches Regierungsblatt 1802.
- Thomas Langenholt: Das Wittelsbacher Album. Das Interieur als kunsthistorisches Dokument am Beispiel der Münchner Residenz im ersten Drittel des 19. Jahrhunderts, Books on Demand 2001.
- Michael Schattenhofer: Das Alte Rathaus in München. Seine bauliche Entwicklung und seine stadtgeschichtliche Bedeutung, München 1972.
- Michael Schattenhofer: Von Kirchen, Kurfürsten, und Kaffeesiedern et cetera. Aus Münchens Vergangenheit, München 1974.

- Alois Schmid (Hrsg.): Die Säkularisation in Bayern 1803. Kulturbruch oder Modernisierung? (= Zeitschrift für bayerische Landesgeschichte. Reihe B, Beiheft 23), München 2003.
- Lebenserinnerungen des ehemaligen bayrischen Cabinetspredigers und Ministerialraths Ludwig Friedrich v. Schmidt „Aus meinem Leben", in: Blätter für bayrische Kirchengeschichte 4–8 (1888).
- Georg Schwaiger: Zur Geschichte der bayerischen Frauenklöster nach der Säkularisation, in: Münchener Theologische Zeitschrift 14 (1963), S. 60–75.
- Johann Michael Söltl: Maximilian Joseph, König von Bayern. Sein Leben und Wirken, Stuttgart 1837.
- Helmuth Stahleder: Chronik der Stadt München, 3 Bände, München 2005.
- Lorenz Westenrieder: Beschreibung der Haupt- und Residenzstadt München, Erstauflage 1782, Neuauflage München 1984.
- Ralf Zerback: München und sein Stadtbürgertum. Eine Residenzstadt als Bürgergemeinde 1780–1870, München 1997.